Letras Hispánicas

La tregua

Letras Hispánicas

Mario Benedetti

La tregua

Edición de Eduardo Nogareda

TRIGÉSIMA EDICIÓN

CÁTEDRA

LETRAS HISPÁNICAS

1.ª edición, 1978
30.ª edición, 2021

Ilustración de cubierta: Eduardo Úrculo

PAPEL DE FIBRA
CERTIFICADO

© Mario Benedetti
© Ediciones Cátedra (Grupo Anaya, S. A.), 1978, 2021
Juan Ignacio Luca de Tena, 15. 28027 Madrid
Depósito legal: M. 23.667-2009
I.S.B.N.: 978-84-376-0148-9
Printed in Spain

Índice

Índice

Introducción

Mario Benedetti ha dicho: «Cuando parece que la vida imita al arte, es porque el arte ha logrado anunciar la vida»[1]. Siguiendo el cauce de esta idea creo que podemos vislumbrar con claridad el sentido primordial de la obra literaria de este escritor, expresándolo así: *el arte de Benedetti anuncia la vida.*

Tan estrecha, tan entrañable es la comunión existente entre lo que él escribe y la realidad que lo circunda, que no sólo la ficción escrita refleja la realidad y evoluciona a su mismo ritmo y respira a su compás, sino que a veces se le adelanta. Y no se trata de premoniciones o pronósticos felices, sino de una información inteligente, lúcida y honesta; y esa entrega en la participación, que culminará con la asunción del rol de dirigente político en 1971, son las que apuntalan esta literatura de pies más ágiles que los de la misma historia.

Así es que, para conocer en profundidad la obra literaria de Mario Benedetti, hay que conocer antes ese segmento histórico que le ha tocado en suerte vivir. Claro está que siempre el conocimiento de las coordenadas históricas que inciden sobre la producción de un escritor ayudan a comprenderla de manera más cabal, pero el de Benedetti es un caso en el que tal circunstancia se da con una intensidad superior a la normal.

---

[1] Mario Benedetti, *Poemas de otros,* Buenos Aires, Editorial Alfa, 1975[2], pág. 110.

Empecemos, entonces, por el principio: su nacimiento se produce el 14 de septiembre de 1920, en Paso de los Toros, un pequeño pueblo de campaña en un pequeño país sudamericano, el más pequeño de todos: Uruguay, tradicionalmente descrito como una cuña interpuesta entre los gigantescos territorios de Argentina y Brasil.

Los primeros años de la infancia de Mario Benedetti transcurren en Tacuarembó, localidad cercana a su pueblo natal, y coinciden con un período de apremiantes dificultades económicas familiares. Don Brenno Benedetti —su padre— era un farmacéutico arruinado, cuyo negocio había quebrado. En la estrechez campesina de Tacuarembó no había soluciones para esa crítica situación, y así es que, en 1924, don Brenno y su mujer, Matilde Farrugia, deciden trasladarse a Montevideo, llevando consigo al pequeño Mario. Ya en la capital, la familia pugna por emerger de aquel estado de virtual indigencia en que se encontraba, agravado por una relación no muy armónica del matrimonio. La pobreza y las tensiones domésticas van dejando su doliente huella en el niño, hasta que, con ocho años de edad, y una cierta recuperación económica de la casa paterna, ingresa como alumno en el Colegio Alemán de Montevideo, donde hace toda la primaria.

También ésta fue una dura experiencia para Benedetti. Este Colegio Alemán era, ya en aquel tiempo —1928-1934— un anticipo de lo que sería años más tarde el nazismo. Consecuentemente, en su seno tenía cabida una clarísima discriminación entre alemanes e hijos de alemanes por un lado, y criollos por otro. Esta vivencia, unida a la práctica de crueles castigos corporales por parte de los maestros, pudo haber sido nefasta para Mario Benedetti pero, sin embargo, revirtió en su ánimo fomentando un incipiente sentido de la solidaridad con los castigados y los relegados. Por otro lado, importa señalar que el nivel de estudios en esta institución era muy riguroso, por lo cual los años de la escuela constituyeron para Benedetti un aporte útil para cimentar una sólida base cultural.

Llega el tiempo de la secundaria, y el adolescente Mario la cursa de manera un tanto irregular, terminándola como alumno libre.

En 1938 se traslada a Buenos Aires, donde consigue un empleo de taquígrafo con el cual se gana la vida durante tres años.

Vuelto a Montevideo, su afición literaria, despierta prácticamente desde los tiempos del Colegio Alemán, va cobrando cada vez mayor fuerza en su vida, al punto de que en 1945 —o sea, a los veinticinco años de edad— publica su primer libro, *La víspera indeleble*, compendio de poemas desestimado posteriormente por su autor, y nunca reeditado, ni de forma independiente ni formando parte de ninguna antología.

Ese mismo año de 1945 ha sido utilizado por diversos estudiosos para darle nombre a toda una generación cultural uruguaya. Comúnmente se habla de la «generación del 45», en la cual Mario Benedetti coexiste, por ejemplo, con la poetisa Idea Vilariño (1920), con el dramaturgo Jacobo Langsner (1927) o el ensayista Carlos Real de Azúa (1916-1977), por citar sólo algunos nombres.

Retomando el hilo cronológico de la vida de Benedetti, digamos que en 1946 se casa con quien será su compañera inseparable para siempre: Luz López Alegre. Era ésta la época del Uruguay bucólico, de franca germinación de los tópicos tales como «la tacita del Plata», «la Suiza de América», «como el Uruguay no hay», etc. Los mismísimos ecos del genocidio hitleriano llegaban muy apagados a este país de buen nivel cultural, democracia estable, ejército pacífico y economía más o menos placentera, virtudes todas que contrastaban con la realidad de la generalidad de los países de Latinoamérica. Todavía, el propio Benedetti no era totalmente Benedetti. Aún no había terminado de desprenderse de la «siesta» que dormía la nación. Sus horas las repartía entre la literatura y una multiplicidad de sucesivos trabajos oficinescos: cajero en una casa de repuestos de automóviles, empleado público en la Contaduría General de la Nación, tenedor de libros de una empresa inmobiliaria, taquígrafo en la Facultad de Química...

Quizás Benedetti llegue a ser totalmente Benedetti cuando renuncie, algunos años más tarde, a su empleo público cometiendo, al decir del crítico Jesús Díaz, «uno de los mayores desacatos de la historia civil de la nación»[2].

El final de la década del 40 encuentra ya a este trabajador de la cultura entregado a una intensa actividad intelectual: es director de una revista literaria —*Marginalia*— y codirector de otra: *Número*, de singular relevancia en aquel momento. También publica ensayos y cuentos, obteniendo varios premios.

En 1953 aparece su primera novela, *Quién de nosotros*, que narra la historia de un clásico triángulo amoroso, pero con la variante de que el marido es quien motiva a la mujer para que caiga en brazos del amante. La obra consta de tres partes, coincidentes con el relato que cada personaje hace de la historia desde su perspectiva personal. La acción transcurre en Montevideo, pero eso es circunstancial. Lo que importa en esta novela es el buceo psicológico y no la detección de un ambiente social. A eso llegará Benedetti más tarde.

Al año siguiente a la publicación de su primera novela, Benedetti se incorpora a la revista *Marcha*, desempeñando la dirección literaria de esta publicación que ha constituido, durante prácticamente tres décadas, el vivo testimonio de la cultura igualmente viva del Uruguay, hasta el día de su cierre, decretado por el gobierno en 1973. Tanto es así que el propio Benedetti habla de una «generación de *Marcha*», involucrando en ella «a todos los periodistas y lectores (no importan mayormente sus edades) que se han sentido más o menos vinculados e identificados con el mencionado semanario durante algún período relativamente extenso de los últimos veinte años»[3]. No cabe duda de que Mario Benedetti es uno de los hombres clave de esa «generación de *Marcha*», que no es sino la misma «generación del 45» ya mencionada, y que, por su parte, el ensayista uruguayo Ángel Rama denominó «la generación crítica», caracterizándola inteli-

[2] Jesús Díaz, *La fábula del espejo*, en *Mario Benedetti. Variaciones críticas,* Montevideo, Libros del Astillero, 1973, pág. 125.

[3] Jaime Mejía Duque, «Otras opiniones», en *Recopilación de textos sobre Mario Benedetti. Serie Valoración Múltiple,* La Habana, Casa de las Américas, 1976, pág. 264.

gentemente por el racionalismo que despliega en la observación de los hechos sociales, políticos y culturales[4].

Ese sentido crítico frente a la realidad circundante cuaja en Benedetti, definitivamente, en 1956, con la publicación de uno de sus libros fundamentales: *Poemas de la oficina.* Con la aparición de este título, el autor deja sentadas para siempre las bases de su literatura humanista, comunitaria y «comunicante», según su propia terminología. Con estos poemas que simplemente cantan a la monotonía y gris frustración del hombre-montevideano-medio-oficinesco, la poesía uruguaya se libera del peso muerto de un cierto lirismo vacuo en que se hallaba empantanada.

Un año después de la aparición de los *Poemas de la oficina,* el autor viaja a Europa por primera vez. En ese tiempo —cerca de un año— trabaja como corresponsal para *Marcha* y para *El Diario,* otro periódico uruguayo. La estancia en Europa le valió a Benedetti no tanto por la misma Europa, sino más bien por el nuevo punto de vista que la distancia y la perspectiva geopolítica le aportaron sobre la realidad de su propio país.

Cuando vuelve a él, publica una obra de teatro, *El reportaje,* premiada por el Ministerio de Instrucción Pública, pero reprobada después por su creador, que no vuelve a escribir teatro por entender que «el teatro que escribo es malo»[5]. Éste será, por otra parte, el último de los premios del Ministerio aceptado por Benedetti, que desde 1958 en adelante los rechazará invariablemente.

Sin embargo, será justamente a partir de este momento cuando Mario Benedetti se convertirá en un *best-seller,* en «el» escritor nacional por antonomasia, en el autor más leído, más admirado, más seguido y más discutido también, como ocurre normalmente con las figuras descollantes. Este éxito notorio, que ya no lo abandonará jamás, es debido principalmente a la capacidad de Benedetti de profundizar en los grandes y en los pequeños temas que interesan y com-

---

[4] Ángel Rama, *La generación crítica. 1939-1969,* Montevideo, Arca, 1972.
[5] Ernesto González Bermejo, «El caso Mario Benedetti», en *Mario Benedetti. Variaciones críticas,* Montevideo, Libros del Astillero, 1973, pág. 26.

prometen a todo el país y, además, hacerlo de forma tan clara que su lectura es inteligible y placentera para todos: desde el intelectual sofisticado hasta los semianalfabetos asimilan, disfrutan y discuten sus obras.

En 1959 aparece la primera edición de *Montevideanos,* un libro de cuentos cortos que es el correlato narrativo de los *Poemas de la oficina* publicados tres años antes, y que constituye, al igual que éstos, uno de los hitos fundamentales en la carrera literaria de Benedetti. *Montevideanos* ahonda la visión típicamente aguda, irónica y sensible de este creador, refiriéndola como siempre a lo que es «su» tema esencial: el hombre medio uruguayo, con sus vicios, sus virtudes, sus frustraciones, sus anhelos y desesperanzas.

Pero este año de 1959 está hondamente señalado en la vida de Mario Benedetti, más allá de la publicación de sus *Montevideanos* —que recibirían el premio municipal de literatura inmediatamente después de ocurrida su aparición— por dos hechos extraliterarios. En primer lugar, es éste el año de la Revolución Cubana; y en segundo término, en 1959 Benedetti viaja a Estados Unidos. En cuanto al primer acontecimiento, huelga decir que es el principal del siglo XX en América Latina; que ha sido el catalizador de todas las fuerzas que actúan en el continente y un poderoso factor de definición de actitudes para todos. El propio Benedetti ha explicado así este fenómeno: «El año 59 fue decisivo, no sólo para mí, creo que también para todos los latinoamericanos; no sólo para la gente de izquierda, sino también para la gente de derecha. Algo aconteció en este año que cambió la relación de fuerzas, los puntos de vista, las actitudes humanas, y fue la Revolución Cubana. En un país como el nuestro, que había estado tan de espaldas a América, mirando a Europa especialmente, más que a Estados Unidos, ese acontecimiento fue un sacudón decisivo y, en relación, hasta más dramático que en otros países de América Latina. Significó un serio tirón de orejas para todos nosotros, los intelectuales, que estábamos muy encandilados con los europeos. Para mí fundamentalmente, representó la necesidad de ponerme al día conmigo mismo, y en ese sentido hubo toda una etapa de autoanálisis y de autocrítica con respecto a las actitudes que había tenido hasta ese momento. La Revolución Cubana me sirvió también para comunicarme con mi país, para ver de una manera distinta el Uruguay, y fruto de eso son, evidentemente, ciertos cambios que se establecen en el orden literario»[6]. En dos palabras: una influencia totalizadora.

En cuanto al otro hecho que subrayamos —el viaje a Estados Unidos— digamos que fue motivado por una invitación cursada a Benedetti por el *American Council of Education* para dictar conferencias en varias universidades, entre otras la de Chapell Hill (North Carolina) y la de Stanford (California). La primera fue sobre «Teatro uruguayo de hoy», y la segunda sobre «Situación social, política y cultural del Uruguay». Pero por encima de conferencias y contactos intelectuales, a Benedetti le importó este primer viaje a los Estados Unidos porque le permitió tener una visión personal y directa sobre aquel país, madurando consiguientemente su rechazo. Benedetti dirá: «Mi viaje a los Estados Unidos y lo que vi allí fue lo que me volvió antimperialista...»[7]. Su simpatía e identificación se producirá con los negros y con los latinoamericanos que, por una u otra razón, se encontraban en ese tiempo en la gran metrópoli.

Esquematizando, podríamos decir que el año 1959 tuvo para Benedetti dos polos de atracción de signo contrario: un polo positivo en Cuba y un polo negativo en los Estados Unidos. Así es cómo a partir de este año se negará a aceptar todas las becas que se le ofrecen desde los Estados Unidos, al tiempo que se suceden sus viajes a Cuba y sus trabajos en Casa de las Américas.

1960 será el año de la publicación de *La tregua* y de *El país de la cola de paja,* libro este último extraordinariamente polémico. Se trata de un ensayo sobre el Uruguay, en el que lo apoda —utilizando una expresión típica de aquel lugar— como un país con cola de paja, es decir, un país donde todos

---

[6] Jorge Ruffinelli, «La trinchera permanente», en *Recopilación de textos sobre Mario Benedetti. Serie Valoración Múltiple,* La Habana, Casa de las Américas, 1976, pág. 27.

[7] Jorge Ruffinelli, *op. cit.,* pág. 32.

se sienten culpables de algo y por eso nadie lucha por esclarecer ninguna situación, usufructuando una especie de complicidad colectiva. Benedetti denuncia la corrupción administrativa, las falencias de la idiosincrasia nacional, los pequeños grandes vicios de los uruguayos. La crítica compatriota no entendió este ensayo como lo que es —un conjunto de reflexiones personales del autor, sincera y emocionalmente vertidas— y pretendió que era un libro de sociología mal hecho. O sea, que los críticos, visualizando un objetivo que no era el de Benedetti, le acusaron de no alcanzarlo. Importa señalar que, a pesar de esas críticas adversas, *El país de la cola de paja* tuvo una acogida extraordinariamente calurosa de parte del público, al punto de que en 1973 ya llevaba ocho ediciones publicadas. Lo cierto es que en un momento en el que la paz idílica seguía reinando en el Uruguay, Benedetti fue capaz de detectar, en su urticante ensayo, los gérmenes de una crisis que haría eclosión unos cuantos años más tarde. Él percibió claramente que aquella situación tan apacible no era sino un estado vegetativo, carente de vitalidad y creatividad, sin respuestas para la negra amenaza de una conflictividad social, política y económica, que esperaba agazapada el momento oportuno para saltar sobre el pequeño país. El Benedetti escritor —que es ese mismo ciudadano Mario Benedetti que pasa sus ocho horas diarias cumpliendo con su empleo oficinesco, como tantos— dirá doloridamente en *El país de la cola de paja* que el Uruguay es un país con mentalidad de oficina pública, descubriendo con eso la llaga de la desidia nacional.

Pero esta década, recién comenzada, de los años 60, se encargará de sacudir la modorra general con la fuerza avasallante de los hechos. Si en 1962 un dólar americano costaba 11 pesos uruguayos —después de haber estado incluso por debajo años atrás—, en 1964 había ascendido a 18,70; y en 1968 a 250 pesos. Si en 1959 el Uruguay estrenaba su experiencia inflacionaria con cifras de un 24 %, en 1965 la inflación ya alcanzaba la marca del 80 %. La «Suiza de América» se hundía en las arenas movedizas de una terrible crisis económica, con la consiguiente agitación social. Poco a poco los uruguayos van percibiendo las verdaderas dimensiones de sus problemas. Este lento pero palpable despertar nacional va siendo permanentemente acicateado y a la vez reflejado por todos y cada uno de los trabajos publicados por Mario Benedetti. Para ello utiliza el humor —como ocurre con *Mejor es meneallo,* que es una recopilación, publicada en 1961, de crónicas aparecidas con el seudónimo «Damocles» en *Marcha*—; la poesía —en 1963 publica *Poemas del hoyporhoy* e *Inventario*—, y la novela.

En efecto: en 1963 la tercera novela de Mario Benedetti —*Gracias por el fuego*— resulta finalista en el concurso Seix Barral, de Barcelona, pero la censura impide su publicación. En el Uruguay será publicada dos años más tarde. *Gracias por el fuego* torna protagónico el subterráneo latido de problemas sociopolíticos que aparecía en *La tregua,* y que comentaremos más adelante. El héroe de esta nueva novela es un uruguayo que termina suicidándose porque no es capaz de matar a su padre, jerarca representativo de los peores vicios del país. Se impone a sí mismo la obligación de agredir, aunque al final no puede hacerlo. Así pues, este libro publicado en la mitad justa de los 60, es el antecedente literario de la actitud resueltamente revolucionaria que, años después, ganaría a todo un sector gravitante de la población uruguaya.

En otro orden de cosas, éstos son tiempos de una dinámica personal muy intensa para Mario Benedetti. En 1961 trabaja como «cronista de conferencias» en los diarios *La Mañana* y *El Diario.* En 1962 viaja a Chile para participar en un Encuentro de Escritores Latinoamericanos. En este mismo año viaja también nuevamente a Europa. En 1963 obtiene otro premio municipal por su ensayo *Literatura uruguaya siglo XX;* integra el consejo de la reaparecida revista *Número,* que había dejado de publicarse en 1955; gana un concurso periodístico convocado por SAS (Líneas Aéreas Escandinavas) y en uso del premio pertinente viaja a Estocolmo y Copenhague; y, finalmente, recibe el premio «Cámara del libro» por la novela *Quién de nosotros.* En 1964 viaja a Rumania, ya que había sido requerida su participación en el Encuentro Internacional de Escritores de Bucarest. En 1966 viaja, primero, a Cuba —como jurado en la categoría «Novela» en el Concurso Casa de las Américas— y, más tarde, a

París, donde se queda por un año. En Francia trabaja como traductor y locutor para la ORTF (Organización de Radio y Televisión Francesas) y como taquígrafo de la UNESCO.

En ese tiempo Benedetti dialoga con Mario Vargas Llosa y le declara que piensa quedarse en Europa «entre un año y un año y medio», aproximadamente. Y agrega: «Como motivo de esta larga estada, yo diría que cada tanto tiempo me siento en mi país un poco asfixiado por el trabajo, por los problemas, por distintas crisis que se provocan en el ambiente y en mí mismo, y me hace bien alejarme por un tiempo, incluso para ver más claro las cosas de mi país»[8]. El tiempo del alejamiento se prolonga porque en 1967 tiene que volver a integrar el jurado del Concurso de la Casa de las Américas, esta vez en la categoría «Cuento», marchando luego a México, para participar en el II Congreso Latinoamericano de Escritores, donde forma un bloque de opinión junto con los representantes cubanos. En este mismo año aparece su volumen de ensayos titulado *Letras del continente mestizo,* recopilando en él una amplia variedad de trabajos de crítica literaria sobre autores latinoamericanos, que Benedetti venía publicando de manera dispersa desde 1955.

Y en este mismo año de 1967 ocurre la muerte de Ernesto «Che» Guevara en Bolivia, acontecimiento este que conmoverá las fibras más íntimas de todo el continente latinoamericano. La figura ya gravitante del guerrillero argentino adquiere, tras su muerte en combate, dimensiones míticas, y se transforma en una bandera. Benedetti reflejará en su poesía su profundo estremecimiento personal ante este hecho, con su poema «Consternados, rabiosos», donde declara su vergüenza hasta por el hecho de «tener hambre y comer / esa cosa tan simple»[9].

En Uruguay, mientras tanto, se producen dos acontecimientos fundamentales en 1967: por un lado, al morir el presidente Gestido, le sucede en el mando Jorge Pacheco

---

[8] *Mario Benedetti. Variaciones críticas,* Montevideo, Libros del Astillero, 1973, pág. 19.

[9] Mario Benedetti, *Cuaderno Cubano,* Buenos Aires, Schapire Editor, 1974[3], págs. 32-34.

Areco, hombre que no cuenta prácticamente con ningún antecedente político, y a cuya decisión personal se deberá más adelante la intervención directa del ejército en la vida política del país, cuando ponga la represión en sus manos. Por otro lado, los tupamaros lanzan su primera proclama a la nación, iniciando sus actividades guerrilleras, que adquirirían rápidamente un auge notoriamente importante. Volviendo a Benedetti, digamos que su contacto personal y profesional con el régimen cubano continúa ahondándose, y así es que en 1968 asume funciones como miembro del Consejo de Dirección de Casa de las Américas y como director del Centro de Investigaciones Literarias de dicha institución. También participa en el Congreso Cultural de La Habana, dando lectura a su ponencia «Sobre las relaciones entre el hombre de acción y el intelectual», que sería posteriormente integrada a una nueva edición de *Letras del continente mestizo.*

Por otra parte, 1968 es, también, el año en el que la actitud de Mario Benedetti de rechazar los premios del Ministerio de Cultura de su país se hace extensiva a todos los premios oficiales, provinieran del estamento que provinieran.

En 1969 Benedetti es invitado al I Festival de Cultura Panafricano, de resultas de lo cual publicará luego en la serie «Cuadernos de *Marcha*» un trabajo titulado *África 69,* reuniendo ponencias y entrevistas con políticos e intelectuales africanos.

Aunque continúa viajando asiduamente —Chile, Perú...—, 1969 puede ser considerado el año del retorno al Uruguay, desde aquel viaje a París en 1966. Vuelto a Montevideo, ya Benedetti no realizará más trabajos burocráticos, por lo cual también puede caracterizarse este año como el del fin del prolongado período oficinesco, que comenzara en aquel lejano 1938.

Y llegamos así a los agitados albores de la década del 70, que marcarán una franca agudización de los conflictos sociales y políticos en el Uruguay, instancia que, como todas las del proceso uruguayo, será reflejada de una u otra manera en la literatura de Mario Benedetti. En este momento, los tupamaros se han constituido en un virtual centro de poder dentro del país y, simultáneamente, se ha fortalecido la respuesta del aparato gubernamental, fundamentalmente a través de su ejército. La tensión producida por el accionar de estas fuerzas de signo contrario va haciendo derivar al Uruguay cada vez de manera más clara hacia un estado bélico. Además, en estos años entra en juego el Frente Amplio, coalición de todas las fuerzas políticas progresistas legales del país, en cuyo seno Mario Benedetti, junto con otros compatriotas, fundará, en abril de 1971, el llamado «Movimiento de Independientes 26 de Marzo», agrupación política que no proviene ni mantiene vínculos con ningún partido en particular. Benedetti será miembro del Secretariado Ejecutivo del «26 de Marzo» y, en calidad de tal, a su vez será también titular en la Mesa Ejecutiva y en el Plenario del Frente Amplio.

En el terreno literario, Mario Benedetti producirá, en 1971 una de sus obras fundamentales: *El cumpleaños de Juan Ángel,* cuarta novela del autor. Esta nueva obra contiene una peculiaridad fundamental: es una novela, y como tal participa de las características propias del género narrativo, desarrollando progresivamente una determinada acción en la que intervienen ciertos personajes que construyen una historia, pero está escrita en verso, por donde rinde el tributo debido a las fundamentales coordenadas poéticas. El autor describirá de la siguiente manera el proceso creativo de *El cumpleaños de Juan Ángel:* «Durante dos o tres años tuve presente el tema de esta novela. Varias veces empecé a escribirla en prosa, y no resultó. En alguna ocasión llegué a las treinta o cuarenta páginas. Hasta que un día advertí que la espina dorsal del relato era una idea poética (la obra abarca toda la jornada de un cumpleaños del protagonista, pero a medida que pasan las horas de ese día, cambia también la edad del personaje). Entonces pensé: ¿por qué no escribirla en verso?»[10].

La anécdota narra el proceso evolutivo, desde el nacimiento, de un hombre que a los treinta y cuatro años ingre-

---

[10] *Mario Benedetti. Variaciones críticas,* Montevideo, Libros del Astillero, 1973, pág. 23.

sa en una organización revolucionaria armada. Así como el protagonista de *Gracias por el fuego* termina suicidándose porque no se decide a enfrentar la realidad que él sabe podrida, el protagonista de esta nueva novela es consecuente con sus convicciones y abraza la acción con el objetivo de cambiar aquella misma realidad que, también él, considera que está podrida y debe ser cambiada. Esta realización personal del protagonista es optimista, así como la de *Gracias por el fuego* era pesimista. Al respecto podemos citar nuevamente al propio Benedetti: «Yo militaba antes entre los pesimistas, y ahora milito entre los optimistas. Mis inquietudes políticas antes chocaban con una tremenda frustración: sólo veía un país casi asfixiado por la rutina burocrática. Ya no escribiría eso. Mi último libro, *El cumpleaños de Juan Ángel,* creo que es un libro optimista»[11].

En este mismo año de 1971, en el mes de octubre, Benedetti es nombrado director del Departamento de Literatura Hispanoamericana en la Facultad de Humanidades y Ciencias de Montevideo, actividad esta que no impedirá para nada que siga escribiendo y siga también desarrollando su tarea de dirigente político. En 1972 publica *Los Poetas Comunicantes,* que contiene diez reportajes realizados con otros tantos poetas latinoamericanos, aunque lo más representativo de este período de la vida de Benedetti será *Crónicas del 71* (editoriales y discursos políticos escritos y dichos en el 71, pero recopilados y publicados en el 72) y *Letras de emergencia,* editado en Buenos Aires, en 1973, donde se incluyen poemas, letras de canciones, fábulas, un cuento y un discurso, todos directamente nacidos de la más inmediata circunstancia política vivida por el autor. Con respecto a las letras para ser cantadas, no hay que olvidar que constituyen una parte nada despreciable de la producción total de Benedetti, siendo un hecho que la canción popular del Uruguay, de la Argentina, e incluso de España en estos momentos, se ha enriquecido con el aporte benedettiano. Cantantes populares como la argentina Nacha Guevara, el uruguayo Daniel Viglietti o el castellano Luis Pastor han musicalizado textos de

---

[11] *Op. cit.*, pág. 23.

Benedetti, lo cual constituye una prueba más del arraigo fácil y, a la vez, profundo, que este autor logra frente a públicos masivos e incluso geográficamente distantes.

En el 73, Benedetti vuelve a viajar a Cuba, y además a Chile, mientras que en España se realiza la primera edición de *La tregua*, y la censura vuelve a prohibir *Gracias por el fuego*. En el Uruguay, los acontecimientos se precipitan y el 27 de junio el presidente Bordaberry, sucesor de Pacheco Areco, disuelve el Parlamento y clausura los partidos políticos y y los sindicatos, instaurándose un gobierno cívico-militar. Poco después de estos hechos, Benedetti debe emigrar a Buenos Aires y, desde entonces, ya no le será posible volver al Uruguay, pasando sus años de exilio primero en la Argentina, más tarde en el Perú y después en Cuba.

En 1980 se traslada a Palma de Mallorca y en 1983 traslada su residencia a Madrid. Finalmente, en marzo de 1993, regresa a Uruguay. Hasta la muerte de su esposa, en 2006, Benedetti repartía su tiempo entre sus residencias de Uruguay y España. A partir de 2006, se instala en Montevideo hasta su fallecimiento en mayo de 2009.

Es sorprendente que ni siquiera esta dura experiencia del alejamiento forzado y momentáneamente irreversible de su país lograra aminorar el incesante ritmo creador de Benedetti, que publicó poemas, cuentos y ensayos. Para referirnos a este último tramo de su dilatada carrera, utilizaremos la fuente directa de sus propias declaraciones, hechas al autor del presente prólogo para una entrevista radiofónica, el día 26 de noviembre de 1977 en Madrid, con motivo de un brevísimo viaje a España.

En dicha oportunidad, yo le pedí, precisamente, que hiciera una reseña de sus últimos trabajos. Mario, entonces, comenzó explicando que a mediados del 77 había aparecido en México su último libro de poemas, titulado *La casa y el ladrillo*. «Es un libro —comentó— que también se podría haber llamado "Poemas del exilio", y que lleva ese título inspirado en una cita de Brecht que va como epígrafe, y que dice: "Me parezco a aquel que llevaba un ladrillo consigo para mostrarle al mundo cómo era su casa". Bueno, este libro es un poco el ladrillo que yo le doy al mundo para mostrarle cómo era mi casa, cómo era mi país. Son poemas del exilio, pero sobre todo tratando de comprender el fenómeno del exilio; tratando de comprenderlo yo mismo y tratando de ayudar a comprender a los demás. Incluye, aparte del poema que le da título al libro, por ejemplo, otro que se titula "Otra noción de patria", que de algún modo es la segunda parte, a muchos años de distancia, de otro que escribe y que se llamaba "Noción de patria". O sea, que es un poco la puesta al día con ese concepto. Hay también un poema dedicado a Zelmar Michelini, el senador uruguayo que junto con Gutiérrez Ruiz fue asesinado en Buenos Aires. Michelini era como un hermano para mí, así que ésa fue una muerte que yo sentí muy en lo profundo, y éste es el poema que yo escribí al día siguiente de conocida su muerte. También hay un largo poema a mi mujer, de cuando cumplimos treinta años de casados, que se llama "Bodas de perlas", donde también están mezcladas todas las experiencias del exilio. Hay un poema que se titula "Ciudad en que no existo", que es un poco imaginando Montevideo sin mí, Pero también hay un poema final que creo que sea el más optimista, que se llama. "Croquis para algún día", que es, al contrario, imaginando mi regreso a Montevideo. En total, son diez largos poemas.

»También he estado trabajando en un nuevo libro de cuentos que, al igual que *La casa y el ladrillo,* va a ser publicado por Siglo XXI de México, y que se llama *Con y sin nostalgia*. También ahí está lo político, directa o indirectamente. Se refiere al Uruguay de todos estos últimos años, pero si bien hay algunos cuentos, algunos pocos cuentos en que lo político aparece en forma descarnada, la mayoría de los relatos que integran el volumen se refieren más bien a las transformaciones, en distintos aspectos, de la vida del uruguayo, que ocasionó lo político. Por ejemplo, en el plano familiar, en las relaciones entre padres e hijos, entre los jóvenes, entre los estudiantes y los obreros, y también los problemas que ocasionó hasta en la vida erótica. O sea, que la política se fue colando por todas partes.

»Y, por último, va a salir en Caracas, publicado por Alfa venezolana, un volumen que incluye mis últimos ensayos de crítica literaria, o sobre temas culturales. Lleva por título

El recurso del supremo patriarca, que es uno de los trabajos que incluye el libro. Se trata de un ensayo sobre las tres novelas sobre dictadores que han aparecido últimamente: *El recurso del método,* de Alejo Carpentier, *Yo, el supremo,* de Roa Bastos, y *El otoño del patriarca,* de García Márquez. Pero además hay un largo trabajo sobre la crítica y el escritor en el contexto del subdesarrollo, referido por supuesto a América Latina. Hay asimismo otro trabajo sobre formas subsidiarias de la penetración cultural. Otra parte del libro está constituida por meros trabajos de crítica literaria.

»Bueno, eso es un poco en lo que he estado trabajando en lo que se refiere a mi propia obra. Pero, además, yo trabajo desde hace un año y medio nuevamente en la Casa de las Américas, de La Habana, como asesor literario. Y allí he estado compaginando dos antologías. A mediados del año 78 se va a realizar en La Habana el undécimo Festival Mundial de la Juventud y los Estudiantes. Entonces, la Casa de las Américas va a contribuir a ese festival con algunos libros, y dos de esos libros han estado a mi cargo. Uno se llama *Poesía trunca,* y es una selección de poemas de latinoamericanos que en los últimos veinte o veinticinco años han muerto por razones políticas. Ya sea que han muerto luchando, o en la tortura, o secuestrados, pero siempre por razones políticas. Creo que es un libro que va a sorprender a mucha gente. Primero, es una demostración de hasta dónde y hasta qué punto llegó el compromiso de los intelectuales, y en particular de los poetas, en América Latina. Eso primero. Y segundo, qué buen nivel de calidad tiene la mayoría de esos trabajos. Claro, ahí están incluidos poetas de un nivel profesional, que han sido premiados en varias oportunidades, que tienen varios libros publicados, y otros que, en cambio, eran totalmente inéditos en el momento de su muerte. Yo digo que es un libro que incluye obras de poetas que de vez en cuando hacían revolución, y de revolucionarios que de vez en cuando hacían poesía. Pero ahí están todos juntos, unidos quizá por su muerte tan particular.

»El segundo libro que preparé se titula *Jóvenes de esta América.* Bueno, estos dos volúmenes tienen prólogos míos, que explican un poco el sentido de los libros. *Jóvenes de esta Amé-*

rica incluye, en su primera parte, textos de dirigentes políticos latinoamericanos sobre el tema de la juventud. Luego hay ensayos de tipo antropológico, sociológico, educativo, etc., sobre problemas de la juventud latinoamericana. Luego hay doce cuentos y doce poemas sobre el tema de los jóvenes. Asimismo hay letras de canciones sobre el tema de los jóvenes y, por último, una mesa redonda que realicé en la misma Habana, con los que probablemente sean los cinco más destacados integrantes de la Nueva Trova Cubana (aquí en España los conocen bastante bien, porque han actuado, y tienen discos, etc.) que son Silvio Rodríguez, Noel Nicola, Pablo Milanés, Amaury Pérez y Sara González».

La inclusión de estas palabras de Mario Benedetti —textualmente extraídas de su registro magnetofónico— procura aportar una información «de primera agua» sobre los trabajos más actuales, a la vez que pretende ser, también, una suerte de aproximación primaria, sin intermediarios, al hombre Benedetti.

Mario Benedetti falleció el 17 de mayo de 2009, en Montevideo, Uruguay.

EL REALISMO DE BENEDETTI

En el capítulo anterior ya quedó señalada la importancia de la relación dialéctica entre la obra de Benedetti y el acontecer cronológica y geográficamente próximo al autor. Ya ha sido detectado el reflejo de la realidad en la literatura de Benedetti y, al mismo tiempo, la forma cómo ese arte se adelanta a veces a la misma historia, cómo «anuncia la vida». Ese rasgo fundamental histórico, ese diálogo incesante con la realidad (psíquico-intimista, o bien socio-político) constituye la nota esencial, que provoca todas las otras características, existentes fundamentalmente en función suya. Estamos, pues, para decirlo de otra manera, ante un autor *realista*, puesto que lo que escribe está referido a un tiempo y a un ámbito determinados, *reales*, que son los que aportan las coordenadas a seguir.

Ahora bien: el término «realismo» es sabido que es válido a los solos efectos de hacer inteligible un concepto, cosa que,

27

por otra parte, ocurre prácticamente con toda la nomenclatura literaria. No existe un arte absolutamente realista, como no hay tampoco una obra totalmente romántica, etc. Lo que existen son determinados prototipos creados intelectualmente, al margen de lo que es la verdadera creación estética. Una vez hecho el prototipo, la tarea consiste en comparar una obra en particular con dicho patrón. Si se aproxima al patrón «naturalismo» diremos que es naturalista, si coincide principalmente con el patrón «simbolismo» la tildaremos de simbolista. En el caso del llamado «realismo», está claro que ni siquiera los autores más típicamente representativos de ese movimiento —como Balzac en el siglo XIX, por ejemplo— pueden ser considerados realistas en términos absolutos. Sin profundizar más en la cuestión, el mero hecho de seleccionar fragmentos de una realidad dada indica la existencia de una manipulación, cosa que desvirtúa cualquier pretensión de purismo realista.

En el caso de Mario Benedetti, para empezar deberemos tener en cuenta que su realismo no es simplemente fáctico, sino psicológico y sociológico. No interesan tanto los hechos como la dimensión invisible de esos hechos y los lazos que los encadenan con otros. Por ello nunca Benedetti se contentará con mostrar lo que se ve, lo que se toca, lo que se oye, sino que se internará, en las adherencias más profundas que tiene la realidad sensible. Si tomamos uno cualquiera de los acontecimientos que nutren la anécdota de una obra de Benedetti podremos apreciar el trabajo del autor develando las derivaciones psicológicas (hacia adentro) y sociológicas (hacia fuera) que tiene el tal acontecimiento. Por ejemplo: en el capítulo introductorio de la novela *Gracias por el fuego* —«Cumpleaños en Broadway»— se menciona un acontecimiento anecdótico real, que son las inundaciones de 1959 en el Uruguay, pero lo que se destaca, no es el hecho mismo, sino la actitud de los personajes ante la noticia del desastre ecológico que, en un primer momento, se dice que borró del mapa el Uruguay. La noticia no tiene valor intrínseco, sino que vale como desencadenante de unos comportamientos humanos. Gabriela gritará que eso es un «castigo de Dios porque yo dije que aquí me daba vergüenza ser uruguaya...». E inmediatamente después se lamentará, como en un tango: «Pobre mi mamita. Pobre mi viejita. Y mi hermano. No quiero pensar. ¡No quiero!».

Ésta es la visión introspectiva, psicológica: el sentido de culpabilidad (o sea, la «cola de paja») y los desbordes sensibleros que no hacen sino revelar la existencia de un foco infeccioso de frivolidad. Avanza el relato y los actores se enteran de la real dimensión del acontecimiento. Ha habido inundaciones, sí, pero no se trata de una desgracia nacional definitiva, como se había dicho. Entonces, la propia Gabriela dará remate al capítulo, con el apunte sociológico definitorio: «Convénzanse, somos una porquería. Las pocas veces en que hay una alarma, siempre termina en falsa alarma. Ya lo vieron. Nunca seremos capaces de tener una catástrofe de primera clase». Se acabaron las lamentaciones domésticas y la crisis de culpabilidad. Vuelve a sentir vergüenza de su país, con lo cual, ateniéndonos a la filosofía anteriormente expresada por ella misma, debería atraer la cólera divina.

Benedetti ha completado su trazo: partiendo de la realidad, se adentró en la psiquis enfermiza de sus personajes, para terminar alcanzando una visión generalizadora de la sociedad. El autor concluye lapidariamente, señalando el frustrante complejo que tienen los uruguayos de pertenencia a un país insignificante, trauma este que socava el ser nacional, sobre todo cuando ocurre la comparación entre el Uruguay y una potencia, como los Estados Unidos.

El ejemplo que someramente acabamos de analizar pienso que es suficientemente ilustrativo con respecto a la técnica realista de Benedetti. Allí se puede apreciar, por un lado, la existencia de unos contenidos —que es lo que ya observamos— y, por otro lado, la inexistencia de otros posibles contenidos. Por lo pronto, algo que pocas veces (algunos cuentos del libro *La muerte y otras sorpresas)* es utilizado por Benedetti son los elementos fantásticos, que sí son usuales en la mayoría de los representantes del llamado «boom» latinoamericano (Cortázar, García Márquez, Juan Rulfo, etc.). Estos autores, al igual que Benedetti, parten siempre de alguna partícula constitutiva de la realidad, pero a partir de ella elaboran un tejido fantástico que incorpora un nuevo ámbito al relato. Benedetti, por su parte, no se sale casi nunca del diagrama que le impone la realidad. Lo que hace, en cambio, es profundizar en la materia de dicha realidad.

El punto de partida para ese buceo está en la detección de determinados hechos que actúan como focos de atención, pero, en vez de alejarse luego de ellos a impulsos de la fantasía, profundiza en sus causas y en sus consecuencias, utilizando siempre un criterio realista. Es que para Benedetti la inserción de lo real es directa, tanto o casi tanto como puede serlo, por ejemplo, en un trabajo periodístico (por algo Benedetti es también periodista, y de los buenos). Esto no significa que todo lo que informa Benedetti sea estrictamente parte de la realidad, sino más bien que, cuando se termina la realidad y comienza la ficción, ésta se desarrolla sobre un terreno perfectamente verosímil. Dicho de otra manera: en Benedetti, las esferas de la realidad y de la ficción están prácticamente superpuestas, al punto de que es difícil diferenciar una de otra. La realidad de Benedetti puede decirse que es una realidad con nombre y apellido, de carne y hueso, mientras que en sus colegas contemporáneos latinoamericanos es, en general, una realidad aludida o latente, subterránea o difuminada. En las obras de Benedetti la realidad penetra y lo invade todo. Es todo, por más que, claro está, el autor no deje de seleccionar y manipular según sus intenciones literarias o extraliterarias. Pero el caso es que, por ejemplo, don Edmundo Budiño, padre del protagonista de la novela *Gracias por el fuego*, es tremendamente real y palpable; es un jerarca perfectamente reconocible en la realidad sociopolítica del Uruguay de los años 60, al punto de que se han aventurado nombres reales a los que podría corresponder este personaje. Incluso *El cumpleaños de Juan Ángel*, novela poética, presenta un desarrollo que no se despega del espacio de lo real, por más que el transcurso del tiempo aparezca poéticamente sintetizado (pasan treinta y tres años en una jornada). Posiblemente no haya existido este uruguayo determinado e incanjeable llamado Osvaldo Puente, que a los treinta y tres años de edad ingresa en una célula revolucionaria y comienza a ser llamado Juan Ángel, pero su historia es absolutamente real en cuanto es perfectamente verosímil y está construida a partir de unos datos reales y concretos como la historia misma. Cuando, por ejemplo, el personaje observa, a sus treinta y un años, a los policías en el bar, y dice: «desde aquí veo a los diecinueve tiras del sportman tomando sus cortados de rutina sus grapas con limón» es la realidad la que aflora desnuda por entre los versos.

Ahora bien: ¿el trabajo de Benedetti se reduce, acaso, a la descripción más o menos pormenorizada de una realidad? Terminantemente no. Esa realidad, que constituye el permanente sustrato sobre el que se construye su literatura, no es nunca una realidad aceptada, o simplemente señalada, sino que es materia cuestionada, sea directamente por el autor o sea a través de sus personajes, en los cuales aparece siempre el planteamiento del cambio buscado o por lo menos deseado. En este sentido, el ejemplo más cabal es el que proporciona *El cumpleaños de Juan Ángel,* cuyo protagonista escoge el camino de la revolución armada con el objetivo de cambiar la realidad de su país. El propio Juan Ángel dirá en cierto pasaje: «en realidad la realidad / es la única eterna... nuestro único poder es / transformarla». Pero también se puede detectar ese mismo afán de provocar el cambio en el Santomé de *La tregua,* cuando asume la relación amorosa con Avellaneda, o en Ramón Budiño *(Gracias por el fuego)* cuando decide matar a su padre, símbolo de un deplorable estado de cosas en la nación. No importa que finalmente no lleve a cabo la acción. El planteamiento existe y como tal es válido. Si, finalmente, nos trasladamos a la poesía de Benedetti, también allí encontraremos la formulación constante del divorcio existente entre la realidad tal cual es y la realidad tal como debería ser («desinformémonos hermanos / hasta que el cuerpo aguante / y cuando ya no aguante / entonces decidámonos / carajo decidámonos / y revolucionémonos»)[12].

Digámoslo, pues, de una buena vez: el arte de Benedetti es comprometido y comprometedor. Comprometido por

---

[12] Mario Benedetti, *Letras de emergencia,* Buenos Aires, Editorial Alfa, 1973, pág. 141.

su inseparable ligazón con lugares, tiempos, hechos y personas del acontecer sociopolítico del Uruguay contemporáneo —quemantemente contemporáneo— y comprometedor, porque nadie que lea a Benedetti puede sentirse ajeno a dicho acontecer. ¿De qué carácter es ese compromiso doble, de Benedetti y de sus lectores? Fundamentalmente moral. El autor trata de incidir en la moral pública de su país, porque entiende —y ya en 1960 lo dijo en su ensayo *El país de la cola de paja*— que el principal problema del Uruguay es ético. La crisis moral es madre de las otras crisis, sobre todo la política. Por eso, cuando Benedetti vive la realidad cotidiana de la Revolución Cubana se sentirá impresionado, por encima de todas las cosas, por el aspecto moral de la Revolución. En el año 1969 Jorge Onetti le hizo un reportaje para el semanario *Marcha*[13], y el tema de conversación fue la experiencia personal del escritor en la isla. En esa oportunidad, entre otras cosas, expresaba Benedetti: «Para mí resulta especialmente grato destacar la importancia que tiene el aspecto moral (no una moral pacata, sino una profunda moral política) en el trabajo cubano. Cuando publiqué *El país de la cola de paja*, el hecho de que yo pusiera el acento en los factores morales, me valió amargas críticas. Cuba está ahora demostrando que la recuperación moral de un pueblo tiene una enorme importancia para recuperar la economía del país, y no al revés».

Esta preocupación ética se traduce, en la literatura de Benedetti, en algo que podríamos denominar didactismo moral. La necesidad que siente el escritor de ejercer una influencia pedagógica moral sin academicismos elitistas —está probado que no estamos ante un autor academicista ni elitista— requiere una exposición de ideas sumamente clara para conquistar su objetivo. Esta claridad expositiva, característica sobresaliente de todas y cada una de las obras de Mario Benedetti, explica su pasmosa capacidad «comunicante» (para emplear el vocablo benedettiano). Es éste un

[13] Jorge Onetti, «Benedetti: una experiencia cubana», en *Marcha*, de 23 de mayo de 1969, recogido en *Cuaderno Cubano*, Buenos Aires, Schapire Editor, 1974³, pág. 138.

autor comunicante, prácticamente desde sus comienzos, e indiscutiblemente a partir de sus *Poemas de la oficina,* publicados en 1956. Desde entonces han pasado muchos años y Benedetti ha escrito muchas obras. Todas han sido «comunicantes». Benedetti ha sido *best-seller* en el Uruguay y ampliamente reconocido internacionalmente. Ha sido leído y admirado por un público masivo, en el cual están insertos, inclusive, sectores sociales habitualmente ajenos a la literatura. Todo ello ha sido posible, fundamentalmente, porque nunca hay dificultades estéticas, desafíos intelectuales, escollos de ningún tipo a la hora de leer un libro suyo. En el prólogo de la primera edición de *El país de la cola de paja,* el propio escritor decía: «Quiero verdaderamente a mi país, por eso desearía que fuese bastante mejor de lo que es. Confío en que el lector sepa reconocer aun las formas indoctas de la sinceridad; por eso he decidido hablarle claro». En este caso se trataba de un ensayo, pero lo mismo podría decir Benedetti en referencia al resto de sus obras, incluso las más propiamente «literarias», como sus novelas o su poesía. Éste es un hombre que ama a su país, aspira a que sea mejor de lo que es, y cuando tiene que explicar su visión del Uruguay a sus connacionales, lo hace de la manera más sencilla que le resulta posible, consciente de que así debe ser para poder interesar a todos, y no a unos pocos privilegiados de buen nivel cultural, habituales consumidores de productos artísticos.

Si aceptamos la tradicional y discutible distinción establecida entre *forma* y *fondo,* deberemos advertir que para Benedetti le primera es siempre sencilla e inteligible a primera vista, mientras que el segundo es siempre profundo, en mayor o menor medida. Este difícil logro de conjugar lo simple y lo complejo se da en Benedetti de una manera aparentemente espontánea, dado el fluir armónico de su escritura. Sin embargo, no nos debemos engañar. Lo que parece una conquista naturalmente intuitiva es, en realidad, fruto de la razón. Las obras de Benedetti están racionalizadas, intelectualizadas, en la medida en que el autor busca premeditadamente expresarse con sencillez absoluta, pero, al mismo tiempo, necesita motivar a su lector en relación con temas trascendentes y complejos. Ese racionalismo se traduce visiblemente en una condición muy importante que tienen los textos de Benedetti: *su equilibrado orden interno*. En las obras de este escritor —trátese de novelas, poemas, ensayos o artículos periodísticos— cada palabra, cada giro, cada humorada, cada anécdota tiene su lugar determinado, que es ése y no podría ser otro. He aquí la clave que explica el hecho de que siempre Benedetti consiga el efecto buscado a través de la utilización del lenguaje.

El peligro de frialdad intelectual que entraña esta construcción arquitectónica de las formas está neutralizado por el avasallante entusiasmo humano que aflora indiscutiblemente en todas y cada una de sus creaciones.

Y, a su vez, esa humanidad rebosante en el plano literario, está avalada, apuntalada, por la propia vida del hombre-Benedetti. Existe en este caso una perfecta consecuencia entre la obra y la conducta personal, de tal manera que ésta fortalece la intencionalidad de aquélla. Por otra parte, esto es algo que el propio Benedetti ha defendido constantemente: la necesidad de involucrar las actitudes personales de un autor en la esfera de influencia de su obra. Un escritor no se termina en su obra sino en sus actitudes. Está claro que quien esto preconiza debe estar moralmente capacitado para hacerlo. Benedetti lo está, fehacientemente, ya que si bien ha encauzado ideológicamente su obra, también ha dirigido sus pasos de persona humana exactamente en el mismo sentido. Esta circunstancia vital —respaldo moral del producto literario— también podríamos incluirla en la lista de elementos representativos o constitutivos del realismo de Benedetti. También es realista este autor en este sentido humano personal. No se limita él a enfrentar a la realidad en su literatura, sino que lo hace también en su vida privada. No existe en él ninguna dicotomía que separe al intelectual del hombre; antes bien, hay una integridad diáfana que cohesiona las facetas de su personalidad, fortaleciéndolas dialécticamente a todas.

Retomando, pues, el concepto del realismo de Benedetti, podemos decir, a la luz de las anteriores consideraciones, que su realismo no es costumbrista, fotográfico u objetivo, no implica una mostración de la realidad desde fuera, sino todo lo contrario: Benedetti utiliza un realismo participante y activo. No se limita a mostrar la realidad, sino que se interna personalmente en ella, llevando consigo al lector. Esta participación tiene como objetivo el cambio de esa realidad y está guiada fundamentalmente por criterios de orden moral. Pero para que toda esta dinámica pueda funcionar convenientemente se hace necesaria la existencia de una cercanía *a priori* entre Benedetti y sus lectores, lo cual es fervorosamente buscado por el escritor. En diálogo con Ernesto González Bermejo, el propio autor dijo: «(...) no escribo para el lector que vendrá, sino para el que está aquí, poco menos que leyendo el texto sobre mi hombro»[14]. Ése es el lector. A ese lector Benedetti procurará conquistar literariamente para motivarlo humanamente.

En esa conquista del lector-prójimo, el humor desempeña, indudablemente, un papel preponderante. Hay, a lo largo de toda la obra de Benedetti, una coordenada humorística que dulcifica los planteamientos, facilitando el disfrute, la lectura placentera. El ensayista uruguayo Ángel Rama, refiriéndose a esta vertiente humorística dirá: «Con el humor se evita el patetismo, la furia demasiado tiempo prolongada, las humillaciones o los rencores, y se consigue que estas fuerzas se disuelvan catárticamente en un relampagueo placentero, porque él conquista el aplauso, la sonrisa, merced a los cuales se hace la reafirmación de una personalidad que pudiera haberse sentido insegura o afectada»[15]. El humorismo es la válvula de escape que permite la disminución de las altas presiones. El autor no quiere asfixiar a su lector; piensa que es mejor preservarle cierta reserva de oxígeno. Esa función oxigenadora está reservada al humor, a través del cual se accede al placer. En este sentido se ha catalogado a este escritor como un hedonista de la literatura, que goza escribiendo y hace gozar a quien lo lee. Y eso es cierto. Pero también es

---

[14] Ernesto González Bermejo, «El caso Mario Benedetti», en *Mario Benedetti. Variaciones críticas,* Montevideo, Libros del Astillero, 1973, págs. 40-41.

[15] Ángel Rama, «La situación del uruguayo medio», en *Mario Benedetti. Variaciones críticas,* Montevideo, Libros del Astillero, 1973, pág. 80.

cierto que el placer en este caso no viene acompañado de ninguna concesión cultural, ni tiende a adormecer o alienar al lector. Todo lo contrario: procura despertarlo, dinamizarlo. Benedetti es *best-seller*, pero no participa en absoluto de los planteamientos inherentes a la maquinaria subcultural anestésica que suele mover la aparición de los *best-sellers*.

El rescate del humorismo que propicia Benedetti se da, incluso, en su poesía. La narrativa es un género que suele estar dotado de humor, cosa que no ocurre generalmente con la poesía, lo cual puede ser atribuido al afán trascendentalista que anima habitualmente a la creación poética. Para Benedetti, sin embargo, es normal incluir notas de humor en el desarrollo de un tema poético, aun en el mismísimo drama del exilio, desde cuya óptica caricaturiza al expresidente uruguayo Bordaberry en su poema «Otra noción de patria», que integra el volumen *La casa y el ladrillo:* «el presidente ganadero y católico / es ganadero hasta en sus pupilas bueyunas / y preconciliar, pero de trento». Breve fragmento que ejemplifica el tipo de humor utilizado por Benedetti: crítico, irónico e ingenioso. Humor ideológico, podríamos decir.

Una última consideración, de carácter morfológico: el hecho de que Benedetti sea un autor polifacético, que cultiva el cuento, la novela, la poesía, el ensayo y el periodismo, es sumamente válido no sólo por la variedad de la aportación en tantos géneros, sino porque la condición múltiple del creador Benedetti enriquece cada uno de esos géneros con la experiencia del manejo de los otros. En determinado momento, un poema de Benedetti puede tener validez periodística o narrativa, así como en una novela puede surgir repentinamente un giro poético o en un cuento una reflexión de tono ensayístico. Quizás el ejemplo más claro de interinfluencia de los géneros en la obra de Benedetti sea *El cumpleaños de Juan Ángel* que, como ya quedó explicado, es una novela en verso, Pero aun sin recurrir a una ejemplificación tan evidente, podemos recorrer sus obras buscando puntos de fusión de más de un género y, sin lugar a dudas, encontraremos una multiplicidad de casos. Cuando, por ejemplo, en el transcurso estremecedor del poema «Zelmar», del libro

La casa y el ladrillo, recuerda la personalidad solidaria del senador uruguayo Zelmar Michelini, asesinado en Buenos Aires en 1976, hace poesía, claro, pero también esté narrando y también, quizás, esté haciendo un poco de periodismo: «sé que una vez el dueño [del hotel] que era amigo / lo reconvino porque había una cola / de cincuenta orientales nada menos / que venían con dudas abandonos / harapos desempleos frustraciones conatos / pavores esperanzas cábalas utopías».

LA TREGUA

Evaluación de contenidos de la novela

La novela se abre con una apreciación temporal —«Sólo me faltan seis meses y veintiocho días para estar en condiciones de jubilarme»—; se continúa con otra —«Debe hacer por lo menos cinco años que llevo este cómputo diario de mi saldo de trabajo»— y el remate es esta pregunta sobre los contenidos asignables al tiempo: «Verdaderamente, ¿preciso tanto el ocio?». Ahora nos leeremos toda la novela y, en el final, encontraremos los mismos conceptos. El tiempo: «Desde mañana y hasta el día de mi muerte, el tiempo estará a mis órdenes». La utilización del tiempo: «Después de tanta espera, esto es el ocio. ¿Qué haré con él?».

El gran tema de *La tregua* es el tiempo, pero no un tiempo metafísico, sino psicológico, humano, vital. El tiempo ese que a veces es un continente desbordado por sus contenidos y a veces, por el contrario, es un continente que tiene unos contenidos exiguos que no logran cubrirlo. El tiempo del protagonista de la novela no es sino un gran vacío, cubierto fugaz y fulgurantemente por la ráfaga vital del amor. Esa ráfaga vital amatoria es la tregua de Santomé. Tregua en medio de una guerra contra el tiempo, no para detenerlo sino para cubrirlo y dignificarlo. La valoración del tiempo es una de las grandes preocupaciones del hombre, cuya actividad está inexorablemente en función del tiempo, ya que su propia vida es una vida en el tiempo, con un comienzo y un final.

El hombre es un ser en el tiempo. Todo hecho que se vincule a él deberá ser también un hecho en el tiempo. No importan las dimensiones que el acontecimiento tenga; siempre su transcurrir estará engarzado en el devenir temporal. Por eso para Santomé su expectativa íntima frente a la proximidad de la jubilación se encuadra en el marco del recuento de los fragmentos del tiempo. «... Faltan seis meses y veintiocho días...». La fragmentación se desdibujará al final, cuando dice «Desde mañana y hasta el día de mi muerte...». Ya resta prácticamente una unidad de tiempo solamente. Es casi un tiempo sin medida, contrariamente al anterior, separado en meses y en días.

Si convenimos que el tiempo es el gran telón de fondo a lo largo de toda la novela, los temas específicamente argumentales o anecdóticos son, precisamente, los acontecimientos que ocurren en el tiempo, que vienen a aportar la materia propiamente novelística. En tales acontecimientos, Martín Santomé tiene un protagonismo indiscutible. En este sentido, *La tregua* es el relato de una parte de la vida del personaje. Parte de una vida, parte de un tiempo vital. El protagonismo de Santomé es de doble cauce: es protagonista por ser su vida el principal tema de la novela, y es protagonista porque toda la novela está narrada desde su propia e intransferible intimidad, reflejada en su diario personal. Este recurso tiene a su vez un doble efecto contradictorio: por un lado, hace más emotivo el relato, porque todo lo narrado se hace experiencia personal, vida propia. Pero, por otro lado, ocurre que todo lo que se cuenta está doblemente mediatizado, ya que el diario es una transcripción de un sedimento mental y afectivo que lo vivido o presenciado ha dejado en el alma de Santomé. El diario implica, en este sentido, el rescate del tiempo, la fijación de ese tiempo que ya pasó, mediante una tarea consciente o inconsciente de jerarquización y selección de hechos. El rescate en cuestión será, sobre todo, el de la propia intimidad de Martín Santomé, pero lo que ocurre es que esa intimidad está poblada de exterioridades, esa subjetividad está surcada por objetivaciones, todo lo cual motiva la inserción de lo épico, que legitima la intención narrativa de la obra. Santomé, a pesar de ser en buena medida un hombre replegado sobre sí mismo, está dotado de una gran capacidad de observación y crítica sobre todo lo que le rodea. En este sentido el personaje se confunde con el novelista que narra. Y la narración se va agrandando como en círculos concéntricos que estuvieran impulsados por un doble movimiento de avance y retroceso. Se parte de la intimidad más recóndita del protagonista, se pasa por las personas y los hechos que mantienen lazos de unión más estrechos con dicha intimidad, se llega hasta determinadas generalizaciones que atañen a todo un grupo social, a un país —el Uruguay—, para luego volver a la interioridad psicológica de Santomé, y así sucesivamente.

Esta técnica pendular que va del mínimo acontecer personal hasta una abstracción de rigor político, que vuelve desde un apunte sociológico hasta lo cotidiano intimista, es la que le permite a Benedetti conseguir esa visión global de una sociedad sin salirse ostensiblemente de los límites de una historia personal. ¿Qué nos cuenta *La tregua*? La vida de un viudo cincuentón que se enamora de una joven compañera de trabajo, hasta que ella muere repentinamente. Sin embargo, la narración es permeable por infinidad de poros, y es toda una realidad compleja global la que se filtra permanentemente, potenciando a esta novela como la primera obra de este autor en la que se percibe claramente una preocupación social. Transcribiremos un pasaje demostrativo de la permeabilidad antes mencionada: «Estoy convencido de que en horas de oficina la ciudad es otra. Yo conozco el Montevideo de los hombres a horario, los que entran a las ocho y media y salen a las doce, los que regresan a las dos y media y se van definitivamente a las siete. Con esos rostros crispados y sudorosos, con esos pasos urgentes y tropezados; con ésos somos viejos conocidos. Pero está la otra ciudad, la de las frescas pitucas que salen a media tarde recién bañaditas, perfumadas, despreciativas, optimistas, chistosas; la de los hijos de mamá que se despiertan al mediodía y a las seis de la tarde llevan aún impecable el blanco cuello, de tricolina importada, la de los viejos que toman el ómnibus hasta la Aduana y regresan luego sin bajarse, reduciendo su módica farra a la sola mirada reconfortante con que recorren la Ciudad Vieja de sus nostalgias; la de las madres jóvenes que nunca salen de noche y entran al cine, con cara de culpables, en la vuelta de las 15.30; la de las niñeras que denigran a sus patronas mientras las moscas se comen a los niños; la de los jubilados y pelmas varios, en fin, que creen ganarse el cielo dándole migas a las palomas de la plaza. Ésos son mis desconocidos, por ahora al menos. Están instalados demasiado cómodamente en la vida...».

Es clarísima, en este ejemplo, la penetración de lo sociológico en la narración. Pero además el trozo es bastante ilustrativo respecto de las razones que hacen del tiempo una idea directriz en Santomé y, en consecuencia, en la novela. Obsérvese la permanente aparición del concepto tiempo en este breve pasaje: «... horas de oficina...»; «... los hombres a horario, los que entran a las ocho y media y salen a las doce, los que regresan a las dos y media y se van definitivamente a las siete...»; «... las frescas pitucas que salen a media tarde...»; «... los hijos de mamá que se despiertan al mediodía y a las siete de la tarde...»; «... las madres jóvenes que nunca salen de noche y entran al cine con cara de culpables, en la vuelta de las 15.30...». Está claro que Santomé es un oficinista que vive contando los minutos y las horas de su jornada laboral, que tiene su vida controlada por horarios para levantarse, para entrar a trabajar, para volver a casa, para aburrirse, para todo, en fin. A su vez el propio Benedetti —no debemos olvidarlo— fue un oficinista, igual que Santomé, e igual que Santomé tendría su placer y su tedio regimentado per horarios de oficina. De ahí, pues, que prevalezca en *La tregua* una como manía de fijación cronológica en la observación de todas las cosas.

El tema de la muerte, que cubre un espacio fundamental en los contenidos de la obra, y que es esencialmente intemporal, aparece, sin embargo, frecuentemente conectado con precisiones cronológicas. La muerte, o las muertes, giran en torno de Martín Santomé, como si éste fuera su eje. Hay muertes en el pasado, en el presente y en el futuro. En el primer encuentro con Vignale —el molesto amigo de la infancia—, Santomé deja constancia de tres muertes: la de la madre («Murió hace quince años»), la del padre («Murió hace dos años») y la de su mujer, Isabel. Una precisión temporal para la muerte de los padres —quince años, dos años— y nuevamente la visión del tiempo cuando se menciona la muerte de Isabel. «"Murió", dije, poniendo la cara más inescrutable de mi repertorio. La palabra sonó como un disparo y él —menos mal— quedó desconcertado. Se apuró a terminar el tercer café *y en seguida miró el reloj. Hay una especie de reflejo automático en eso de hablar de la muerte y mirar en seguida el reloj*» (las cursivas son nuestras). Las muertes de los padres quedan fijadas en dos tiempos distintos, ambos pasados; pero en cambio la muerte de Isabel se prolonga, y puede decirse que está palpitando en el presente de Santomé. No importa saber cuánto hace que se produjo esa muerte, porque, en realidad, es una muerte que no se ha acabado. Vignale recibe el impacto de la noticia de esta muerte que conserva su incidencia en el tiempo presente, y mira nerviosamente su reloj, donde está, precisamente, la representación del devenir incesante de ese presente.

Estos efluvios mortuorios de la novela están presentes en la propia forma de vivir de Martín Santomé, hombre gris, hombre quieto, hombre que no se decide a vivir enteramente la vida, a la que parece tenerle miedo. No es sino ese miedo a la vida el que le impide disfrutar plenamente el amor de Avellaneda. Santomé enfrenta esa relación amorosa cargado de pequeños temores y triviales prejuicios, emanados ambos, fundamentalmente, de la gran diferencia de edad existente entre él y ella. Hay, sin embargo, un momento en que decide superar todos esos escollos que están en su propia alma. Se plantea el casamiento y la simplificación y dignificación de ese amor, pero lo hace demasiado tarde. En el momento en que asume la vida, la muerte vuelve a derribarlo. Muere Avellaneda. Su muerte es, sin lugar a dudas, la que tiene resonancias más traumatizantes de todas las muertes de *La tregua*. Este acontecimiento obliga a un doloroso replanteamiento de todas las cosas. Laura era la nueva compañera de Santomé, la que había venido a darle sentido a todo, hasta la jubilación en cierne. El ocio hubiera sido el tiempo feliz de dedicarse a ella, a su amor. Al morir ella, ese mismo ocio se transforma en un enorme vacío. Así como la muerte de Isabel viene del pasado y se proyecta sobre el presente, la de Avellaneda surge abruptamente en el presente y se proyecta sobre el futuro. Al influjo de esta muerte, al desaparecer el poderoso catalizador que fue el amor de la mu-

41

chacha, el personaje Santomé es reencauzado en su ritmo vegetativo de vida. Dicho de otro modo, se acabó la tregua.

El tiempo futuro de Santomé será el mismo del punto de vista cronológico, pero, por el contrario, su valoración psicológica ha cambiado terriblemente. Ahora no será sino el tiempo que transcurre «Desde mañana y hasta el día de mi muerte...». Esta última muerte mencionada en la novela —la muerte de Santomé— es la que queda prematuramente flotando en las últimas líneas. En este caso es una muerte del futuro que se proyecta sobre el presente. No tiene ningún colorido particular. Simplemente está presentada como límite, como frontera, sin valor intrínseco. Es el final del tiempo.

Estructura

El hecho de que *La tregua* esté realizada sobre la forma de un diario íntimo presuntamente escrito por el personaje central tiene una significación psicológica —como es la subjetivación de la narración, con el consiguiente aumento de la emotividad— y una significación estructural.

Desde este punto de vista, la formulación de la novela a través de un diario le aporta al relato un sentido de fragmentación que lo caracteriza muy específicamente. Esta fragmentación, a su vez, se entronca con el concepto tiempo que analizamos en el apartado anterior. El tiempo no está, naturalmente fragmentado, sino que fluye ininterrumpidamente y nada más. Sin embargo, el hombre necesita fragmentarlo para comprenderlo, para asirlo intelectualmente. No se podría pensar nuestra vida sin fragmentarla en años, meses, días, así como nuestro día sería incomprensible si no lo dividiéramos en horas, minutos y segundos.

Esta técnica del devenir cronológico es la que practica Benedetti en *La tregua*. El autor se enfrenta con un segmento de la vida de un hombre y, encarándolo como una unidad divisible, lo subdivide efectivamente en una cantidad de unidades menores, muy diferentes entre sí en extensión y contenido. No es esto lo mismo que dividir una novela en capítulos, porque en ese caso la división es ostensiblemente exterior a la materia de la narración. Es el autor, en su nombre, quien divide la historia. En cambio *La tregua* está dividida desde dentro, nace dividida. No hay aquí evidencias de que sea el autor quien divide, ya que es Santomé quien practica los cortes, atendiendo, por un lado a la partición cronológica tradicionalmente aceptada —meses y días— y, por otro, a su propia valoración personal del tiempo. Así es que hay días que se resumen en una línea, mientras que hay otros que requieren páginas enteras y hay, finalmente, muchos días que no aparecen registrados en el diario.

Esta sucesión de secuencias no es una simple yuxtaposición, sino que los relatos se van ordenando y entrelazando como células de un organismo vivo. Se influencian mutuamente, se complementan, se conectan entre sí, no sólo consecutivamente, sino de manera alternada, con lo cual se va hilando un tejido que refleja en su complejidad la propia complejidad de la vida. Benedetti va desarrollando progresivamente series simultáneas de contenidos diversos: la serie de los hijos de Santomé, le serie del «Adoquín» Vignale, la serie de la oficina, la serie de Avellaneda (que será la principal del punto de vista argumental), etc.

Este ordenamiento intercalado de las series de secuencias le da a la novela una especial dinámica, al entrelazar asuntos no sólo diversos, sino a veces contrastantes. Por ejemplo: las anotaciones del martes 9 de abril corresponden a la serie de Vignale. Las del jueves 11 integran la serie de los hijos. En la primera secuencia se plantea un tema secundario, que queda solamente en embrión: Vignale tiene algo confidencial que decirle a Santomé. En la segunda secuencia mencionada se desarrolla el tema de la preocupación del personaje por las vidas de sus hijos. Pues bien: entre uno y otro pasaje se inserta el correspondiente al miércoles 10 de abril, que dice escuetamente: «Avellaneda tiene algo que me atrae. Eso es evidente, pero ¿qué es?». De esta forma Benedetti logra que el lector tenga referencias prácticamente simultáneas de los diversos elementos constitutivos de la psiquis del personaje, con lo cual se aproxima al estilo de la propia vida, que nos hace experimentar sensaciones yuxtapuestas, que determinan nuestra innata complejidad de seres humanos.

Ahora veremos en cifras el diagrama estructural que acabamos de comentar. *La tregua* cubre los días de Santomé entre el 11 de febrero de 1957 y el 28 de febrero de 1958, es decir, casi un año. En todo ese tiempo el personaje habita en Montevideo y prácticamente sus escenarios vivenciales se reducen a tres: su casa, su oficina y el apartamento donde se encuentra con Avellaneda.

La novela está dividida en 178 secuencias; o sea, aproximadamente la mitad de los días de Santomé en ese año de vida. En las nueve primeras secuencias queda claramente planteado el drama de vacío vital que padece el protagonista. Se inicia la descripción de sus peripecias oficinescas, y el complejo tema de sus relaciones con los hijos. En la secuencia décima (27 de febrero) aparece Avellaneda, pero solamente en la 66 (19 de mayo) queda tímidamente encauzada la relación amorosa. Ésta se fortalece, crece, alcanza su clímax, e inmediatamente se termina de forma tajante al morir la muchacha. La noticia de esta muerte llega a Santomé en la secuencia 159 (17 de enero). Pero aquí, en realidad, se ha producido un gran desfase entre la anotación y la fecha real del acontecimiento narrado. Santomé se había enterado de la muerte de Avellaneda el 23 de septiembre. Existe, pues, un detenimiento de cuatro meses en la redacción del diario, que se corresponde, obviamente, con el derrumbe afectivo del personaje.

Las secuencias del amor entre Santomé y Avellaneda son 93, o sea, más de la mitad del total de la obra. Las que siguen a su muerte son apenas veinte. Recapitulando, podríamos dividir *La tregua* en tres grandes partes: una primera, hasta la secuencia 660 (comienzo del amor); una segunda, desde ésta y hasta la 159 (muerte de Avellaneda) y, finalmente, una tercera parte que va desde la secuencia 159 hasta la 178.

El lenguaje

La lengua utilizada por Benedetti es la que se corresponde con la cultura media uruguaya. No utiliza frecuentemente el habla propia de los sectores carentes de mínimos apoyos culturales, pero también rechaza el plano del lenguaje culturizado que, en realidad, sería propio en un hombre con la formación intelectual de Benedetti. A partir de aquí, ya encontramos en el autor una toma de posición desde el punto de vista estilístico y desde el punto de vista humano. Su forma de expresión será la directamente proveniente de los sectores más ampliamente representativos de la sociedad uruguaya contemporánea.

Estas consideraciones generales son perfectamente aplicables al caso de *La tregua,* novela escrita sobre la base de la imitación de un diario íntimo de un uruguayo medio, oficinista, que cumple cincuenta años en el transcurso de la obra. Es evidente que este hombre no posee una cultura extremadamente elaborada, pero tampoco se le puede catalogar como inculto, ni mucho menos. Su labor en la oficina no tiene precisamente connotaciones culturales, pero de todos modos es bueno saber que se ha destacado en su desempeño, al punto de que le es ofrecida una gerencia, que él rechaza. Por otra parte, existen o han existido ciertas inquietudes culturales un tanto indefinidas en el alma de este hombre, por más que hayan sido permanentemente postergadas. Todo esto, en fin, tiene una influencia decisiva sobre la forma de utilización del lenguaje, forma que a su vez se adecua a la que mencionamos como representativa de la mayoría de la sociedad uruguaya. Los finales de la década del cincuenta —período en el que se sitúa *La tregua*— son de una actividad cultural muy plena en el país. Esto hace que un empleado de oficina como Santomé pueda perfectamente ser considerado un «hombre medianamente culto».

El castellano utilizado en *La tregua* —lengua del uruguayo medio en 1957— difiere del castellano que se habla en España sólo en ciertos aspectos que no tienen una importancia fundamental. Existen, en especial, ciertas particularidades en el uso de los verbos que, aunque se dan en otras regiones de Latinoamérica, son principalmente características de las ciudades de Buenos Aires y Montevideo. Dichas peculiaridades están centradas en las segundas personas del singular y del plural del presente del modo indicativo (vos conseguís-ustedes consiguen) y del modo imperativo (conseguí vos-consiga usted), y son conocidas tradicionalmente con el nombre de *voseo*[16].

Por lo demás, existen hábitos un poco diferentes a la hora de elegir una forma de conjugación. Por ejemplo, es muy común en Montevideo y en Buenos Aires la utilización del pretérito perfecto simple (canté, borré, fui, etc.) y en cambio es inusual el pretérito perfecto compuesto (he cantado, he borrado, he ido, etc.), que es habitualmente empleado en España.

En cuanto al vocabulario utilizado por Benedetti en *La tregua* deberemos consignar, en primer término, que el autor no emplea sino muy esporádicamente la terminología perteneciente al *lunfardo* (léxico popular ciudadano, que tuvo su auge a fines del siglo XIX y comienzos del XX, y que paulatinamente ha ido perdiendo una vigencia que, de todos modos, no excedió nunca el ámbito «orillero» o «barriobajero»). Si bien queda excluido este sector lingüístico, lo que permanece es el conjunto de expresiones coloquiales cotidianas que conforman prácticamente el lenguaje diario de toda la gente en Montevideo, desde el universitario hasta el obrero.

De todas maneras, no hay que olvidar que *La tregua* está construida sobre una lengua escrita, no sobre una lengua hablada, por más que Santomé registra con cierta asiduidad, en su diario, parlamentos propios y de otros personajes. Aunque se presuponga que Santomé habla como piensa, y escribe como habla, existe una cierta mediatización reflexiva en la escritura de su diario, que no tenemos que menospreciar. Sin embargo, la distancia que va del lenguaje oral al lenguaje escrito es apenas perceptible en muy contados pasajes. Por ejemplo, el sábado 2 de marzo Santomé registra en su diario un sueño de la noche anterior y, en determinado momento, suelta esta frase que cuenta con una elaboración que excede en alguna medida el lenguaje llanamente coloquial: «Con esa mirada absorta que uno suele tener por debajo de los párpados del sueño, yo asistía como hipnotizado a la cíclica escena». Unos días después —16 de marzo— cuenta el

---

[16] Para una información completa sobre el fenómeno del *voseo,* véase Alonso Zamora Vicente, *Dialectología española,* 2.ª ed., Madrid, Gredos, 1967, págs. 400-410.

personaje el asedio confidencial de un compañero de oficina, y comenta, frente a una alternativa circunstancial del diálogo: «Era mi desesperada defensa antes de que se rompieran los diques de su último remedo de escrúpulos y yo me viera definitivamente inundado por su vida íntima». Quizá tampoco esto podría ser pronunciado exactamente así en un diálogo normal.

Otro punto digno de considerar en relación con este tema es el de la toma de conciencia de Santomé respecto a la importancia de la utilización de la lengua, tanto oral como escrita. Al principio de la novela este hombre se plantea la posibilidad de dedicarse a escribir cuando esté jubilado. Por más que rechaza la idea, es de destacar lo que dice: «Quizá no lo hiciera mal, por lo menos la gente suele disfrutar de mis cartas». Esto nos da derecho a suponer que Santomé no escribe su diario solamente por motivaciones psicológicas de rescate de su propio tiempo vital, sino además porque le gusta escribir y es consciente de que no lo hace mal. De todas formas dejaría de hacerlo si su vida terminara de perder todos sus contenidos. Pero esa misma actitud no es sino una valoración del diario como registro de lo que existe. El 22 de febrero había dicho Santomé: «Cuando me jubile, creo que no escribiré más este diario, porque entonces me pasarán sin duda muchas menos cosas que ahora, y me va a resultar insoportable sentirme tan vacío *y además dejar de ello una constancia escrita*» (las cursivas son nuestras.)

Existe también, en Santomé, una valoración de la propia escritura no ya del punto de vista conceptual sino mecánico, material, estético. El 15 de febrero anota en su diario: «La redonda es uno de mis mejores prestigios como funcionario. Además, debo confesarlo, me provoca placer el trazado de algunas letras como la M mayúscula o la b minúscula, en las que me he permitido algunas innovaciones». Su capacidad de observación le permite, incluso, advertir la evolución de su propia grafía a través de los años. El 18 de abril se presenta un inspector en la oficina, y Santomé tiene que mostrarle ciertos libros viejos de la empresa, que están llenos de anotaciones suyas. Al reconocer su propia escritura, comentará: «... ¡y cómo ha ido cambiando mi letra! En 1929 tenía una caligrafía despatarrada: las "t" minúsculas no se inclinaban hacia el mismo lado que las "d", que las "b" o que las "h", como si no hubiera soplado para todas el mismo viento. En 1939, las mitades inferiores de las "f", las "g" y las "j", parecían una especie de flecos indecisos, sin carácter ni voluntad. En 1945 empezó la era de las mayúsculas, mi regusto en adornarlas con amplias curvas, espectaculares e inútiles...».

Finalmente, hay que reconocer los numerosos pasajes en los que Santomé analiza el valor semántico de las palabras. Generalmente dichos pasajes están íntimamente relacionados con Avellaneda. Poco tiempo antes del comienzo de la relación amorosa, ella le dice: «Usted es muy bueno, señor Santomé». Y él comentará, entonces, en su diario: «¿Por qué el "señor Santomé", Dios mío? Había sonado tan bien la primera parte... El "señor Santomé" me recordó mi casi cincuentena, apagó inexorablemente mis humos...». Luego, está la propia intervención de Santomé en el enriquecimiento de la aureola semántica de las palabras. Explicará en cierto momento: «Podía decir simplemente: "Avellaneda". "Avellaneda" es, además, un mundo de palabras. Estoy aprendiendo a inyectarle cientos de significados y ella también aprende a conocerlos. Es un juego. De mañana digo: "Avellaneda", y significa: "Buenos días". Hay un "Avellaneda" que es reproche, otro que es aviso, otro más que es disculpa...». El rostro de Isabel, su primera mujer, le viene a la memoria «a partir de esos "tú", de esos "puedes", de esos "tienes"...», descubiertos en una vieja carta escrita por la esposa. Cuando muere Avellaneda, Santomé establece una diferenciación semántica entre los vocablos «fallecer» y «morir». No soporta el «falleció», pero en cambio le resulta natural el «murió». El primer término lo exaspera; el segundo, simplemente, lo abate por la terrible realidad de su significado.

El pesimismo fundamental

Ya hemos comentado el permanente declive de Martín Santomé hacia la frustración y el fracaso. La vacuidad de su vida, la falta de energías para hacer algo realmente válido o al menos satisfactorio, constituyen todo un prototipo de pesimismo, de sentido fatalista de la vida. Su necesidad de Dios, que confiesa cuando muere Avellaneda, es una necesidad insatisfecha, ya que no logra sentir su presencia ansiada. Y, en adelante, sentirá más profundamente la ausencia de la muchacha que la de Dios.

Pero, si apartamos la mirada de este personaje y realizamos una observación global de la novela, llegaremos a la conclusión de que el fatalismo, el pesimismo, el sentimiento de frustración son el denominador común para todos los seres que pueblan sus páginas, así como sus vidas grises y cerradas tienen una correspondencia muy clara con una situación, con un estado de cosas que atañe a toda la sociedad. Tanto los destinos individuales, como los colectivos, aparecen limitados por esa insobornable frontera del fracaso asumido. El pesimismo es la nota dominante en la novela.

Hagamos un rápido repaso de personajes y situaciones, exceptuando a Santomé, ya catalogado. El recuerdo de Isabel —la joven esposa muerta— está sufriendo un proceso de erosión, provocado por el paso del tiempo, que va desdibujando su rostro, decantando la experiencia amatoria, que parecería haber dejado más que nada una huella física, exenta de espiritualidad. El amigo noble de Santomé, Aníbal, está gastado y envejecido. (Dirá Santomé: «Siempre tuve la secreta impresión de que él iba a ser joven hasta la eternidad. Pero parece que la eternidad llegó, porque ya no lo encuentro joven... Aníbal ha perdido su goce de vivir»). Por su parte, el amigo simétricamente opuesto a Aníbal, Vignale, el amigo innoble y molesto, es un ser naturalmente desagradable e inconscientemente frustrado y acabado. Los hijos de Santomé: Blanca, una nostálgica que teme que su vida llegue a parecerse a la gris existencia de su padre; Esteban, un hombre huraño y desencantado, que no titubea en acomodarse en un empleo público en cuanto puede (sugerirá la renuncia en cierto momento, pero no hay nueva mención del asunto); Jaime, el hijo menor, el que Santomé considerara en cierta manera su preferido, se revela homosexual y, por tanto, será un marginado, en conflicto con la familia y la sociedad.

Continuemos el repaso: los personajes de la oficina poseen todos una poco apreciable estatura humana. Ciertos personajes periféricos, de aparición e incidencia circunstancial, aportan también su cuota al pesimismo fundamental de *La tregua:* cierta desconocida con la que se acuesta un día Santomé es un personaje amargo y enigmático; un judío que suele presentarse en la oficina para pedir trabajo constituye todo un cuadro patético de desolación y fracaso. Podríamos continuar mencionando personajes y veríamos cómo, de una u otra manera, siempre están atrapados en esta red de la fatalidad que planea sobre todo y sobre todos.

Sin embargo, hay un personaje que no tiene adherencias de frustración o fracaso. Ese personaje es Avellaneda, pero a ella Benedetti le reserva una muerte que viene a tronchar implacablemente su juventud y a trastornar, además, todo el esquema de la novela. El margen de apertura, de esperanza, de revitalización que había abierto Avellaneda en la existencia de Santomé en particular, y en *La tregua* en general, es violentamente cerrado por esta muerte, que constituye la más clara inserción de la fatalidad, la demostración más dramática de que la felicidad no es posible.

Hay en la novela una escena secundaria que mantiene cierto paralelismo con estas consecuencias devastadoras que la muerte de Avellaneda tiene en Santomé. Una broma, aparentemente inocente, a un muchacho de la oficina, al que se le hace creer que ha ganado a la lotería, termina dramáticamente con el despido del burlado. Aunque en una escala diferente, también este personaje es elevado a un sorprendente estado de felicidad y derribado violentamente de él. Igual que Martín Santomé.

Por otro lado, encontramos a lo largo de la obra ciertas reflexiones característicamente pesimistas acerca de la situación nacional uruguaya. Durante una conversación con Aníbal, Santomé traza un somero cuadro del país, cimentado en conceptos como éstos: «Antes sólo daba su coima el que quería conseguir algo ilícito. Vaya y pase. Ahora también da coima el que quiere conseguir algo lícito. Y esto quiere decir relajo total». «En el principio fue la resignación; después, el abandono del escrúpulo; más tarde, la coparticipación». «Yo creo que en este luminoso Montevideo, los dos gremios que han progresado más en estos últimos tiempos son los maricas y los resignados».

También Diego, el novio de Blanca —que representa, por tanto, otra generación—, manifiesta un acendrado pesimismo para juzgar el Uruguay. «¿Usted ve alguna salida?», le preguntará a Santomé, para concluir: «Lo que es yo, por mi parte, no la veo».

En todo esto se siente sobrevolar amenazadoramente la idea de una fatalidad que maneja los procesos vitales. El país, concebido como una entidad abstracta superior, está engendrando una población de resignados, del mismo modo que ciertas fuerzas superiores —identificadas a veces con Dios— parecen empeñadas en cerrar los horizontes individuales. «Es evidente que Dios me concedió un destino oscuro», dirá Santomé. Dios, el destino, la suerte, la sociedad, el país son generalizaciones que funcionan como escudos que protegen contra el compromiso de asunción de las propias acciones. Sólo Avellaneda había asumido claramente su propia vida, y se quedó sin ella.

Finalmente digamos que el hecho —profusamente comentado por la crítica—[17] de que *La tregua* carezca de una verdadera progresión en las acciones es otro aspecto relacionado con el tema de la fatalidad y, consecuentemente, del pesimismo, ya que son éstas dos ramas del mismo árbol.

---

[17] Josefina Ludmer, por ejemplo, explica de la siguiente manera este tema: «El rasgo esencial de las novelas de Benedetti es la no existencia de procesos de transformación (del héroe ni del relato): las "escenas" de apertura (del relato del estado, del héroe) y de desenlace son las mismas, narran el mismo estado; en el centro se encuentra la esperanza de rescate y de salvación pero fracasa es negada; la apertura y el desenlace enmarcan, pues, equilibrándose, la salida imposible que permanece en el centro, como materia de lo narrado» (Josefina Ludmer, «Los nombres femeninos: asiento del trabajo ideológico», en *Recopilación de textos sobre Mario Benedetti, Serie Valoración Múltiple*, La Habana, Casa de las Américas, 1976, pág. 168). Estas reflexiones de J. Ludmer están referidas a *La tregua* y a *Gracias por el fuego*. Ambrosio Fornet, por su parte, comenta en la página 20 de la obra ya citada, la evolución que experimenta el tema en *El cumpleaños de Juan Ángel*, donde sí se da, por primera vez en la novelística de Benedetti, un verdadero «proceso de transformación».

Que las acciones no progresen viene a significar que están fatalmente detenidas. Todas las líneas argumentales de esta novela están contenidas dentro de un círculo cuyos límites no llegan a traspasar. De ahí el pesimismo fundamental de los personajes. Ellos parecerían tener un conocimiento intuitivo de esos límites. Baste con observar la dramática referencia final sobre el ocio estéril, para comprender que aquí no ha cambiado nada, que persisten el desencanto y el abatimiento que definieron el clima desde la primera página.

Repercusión de «La tregua»

Si nos salimos de la órbita uruguaya y argentina, donde la novela ha sido reeditada en numerosísimas ocasiones, es decir, la que está más próxima geográficamente del autor, nos encontraremos con ediciones de *La tregua* en Chile, México, España y Cuba. Si ahora nos evadimos de los países de habla hispana, podremos anotar que la novela ha sido traducida al búlgaro, al checo y al inglés.

Y, finalmente, si nos salimos incluso de la propia literatura escrita, deberemos consignar las versiones para radio, televisión, cine y teatro que existen sobre esta misma obra. En el Uruguay, la Institución Teatral El Galpón, con dirección de César Campodónico, puso en escena una adaptación de *La tregua* escrita por Rubén Deugenio. En Cuba se ha hecho una versión radiofónica, y en la Argentina se la ha adaptado para televisión y para cine. En ambos casos el guión fue escrito por el cineasta argentino Sergio Renán, con la colaboración de Aída Bortnik para el cine. Los actores que intervinieron en ambas versiones son: Héctor Alterio, Ana María Picchio, Lautaro Murúa, Cipe Lincovsky, Marilina Ross, China Zorrilla, Walter Vidarte, Luis Brandoni, Luis Politti, etc.

Esta edición

La presente edición de *La tregua* se ha realizado tomando como base la primera, correspondiente a la editorial Alfa, de Montevideo, en el año 1960, cuyo texto es considerado definitivo por el autor, que no lo ha modificado en ninguna de las posteriores ediciones.

Todas las erratas que fueron advertidas han sido corregidas.

Sobre Benedetti y *La tregua*

«El *compañero* Benedetti, sin renunciar a su entrañable vocación literaria —haciéndole mayor honor—, no se aleja del fuego graneado sino que lo busca "en el lugar del hecho"; ha vivido primero y después escribe una imperecedera lección de moral. Abre caminos porque los actos aclaran y refrendan su palabra».

Nils Castro, *La moral de los hechos aclara su palabra,* en *Casa de las Américas,* núm. 89, La Habana, marzo-abril de 1975.

«Benedetti tiene su propio ritmo, un ritmo más profundo que el perceptible de las palabras; una propia armonía interior y sentido del matiz que el lenguaje extrae de su consustanciación con la vida de los personajes, con el acontecer de los hechos. Casi, casi podría decirse que la mediatización de sus hombres y mujeres, el «mero trámite» de una existencia en que lo mismo vale la cruz que la cara, no podía darse sino a través de un lenguaje también mediatizado, gris y sin carnalidad, sin ese ininterrumpido crecimiento vegetal de un García Márquez, por ejemplo, que también llega a ser fatigosamente sonoro».

Osvaldo Seiguerman, *El amor a cal y canto,* en *Análisis,* número 568, Buenos Aires, 4-10 de febrero de 1972.

«Benedetti ha sabido ser creador de un mundo y un estilo propios, determinados por los sentimientos de frustración, desesperanza, pequeñez, mediocridad. Para él, este sentir aniquila al ser humano cuyo destino no puede resolverse sólo a nivel individual; de ahí la importancia de la elección política como asunción vital».

Jorge Arbeleche, *Libertad de uno y de todos*, en *Mario Benedetti. Variaciones críticas*, Montevideo, Libros del Astillero, 1973.

«Benedetti es un pionero dentro de ese grupo cada vez mayor de narradores latinoamericanos que han sabido superar las falsas opciones ciudad-campo, localismo-cosmopolitismo; las estériles polémicas sobre influencias y estilos (en aquel entonces [1945] seguía yo hablando sobre nuestra literatura de campos y ciudades, a propósito de una cierta búsqueda de "la verdadera realidad americana". Hoy se me ocurre decir, que como Picasso, Benedetti no busca, encuentra; y añadir lo que podría haber sido una cita al pie de página: Véase *El cumpleaños de Juan Ángel*)».

Jesús Díaz, *Inventario de una moral en crisis*, en *Recopilación de textos sobre Mario Benedetti. Serie Valoración Múltiple*, La Habana, Casa de las Américas, 1976.

«Benedetti, más que casi todos los escritores nuestros, es el creador y habitador de un "mundo" determinado y al que todo, para que tenga sentido, debe imputarse... De la vulgaridad de este mundo se ha hablado... Dígase también —usando la palabra y su sinónimo sin la menor displicencia peyorativa— que su final "ordinariez", por más que recreada con técnicas de gran fineza y distinción, es susceptible en ocasiones de contagiar peligrosamente a quien la maneja. Esto, sin embargo, no es lo general, y, suficientemente habilitado de "distancia estética", Benedetti es capaz de verter sobre su universo esa mirada que es su seña: una mirada en tono menor, inquisitiva y educada, con reprimidos transportes de ternura y súbitas llamaradas de poesía».

Carlos Real de Azúa, *Otras opiniones*, en *Recopilación de textos sobre Mario Benedetti. Serie Valoración Múltiple*, La Habana, Casa de las Américas, 1976.

«Benedetti no es un escritor que se regodea en el hecho literario en sí mismo, en el hecho literario puro, sino que es un escritor que *se vale* de esas formas o géneros literarios para expresar un pensamiento coherente, constante y creciente».

Roberto Fernández Retamar, *La obra novelística de Mario Benedetti*, en *Universidad de La Habana*, núm. 195, 1972.

Juicios sobre «La tregua»

«*La tregua* es un ejemplo de escritura convencional... Benedetti... ha escrito un verdadero "clásico" con las viejas herramientas del oficio, que en sus manos resultan filosas como navajas...».

John A. Crow, de su reseña crítica a *La tregua*, en *Saturday Review*, Nueva York, 10 de enero de 1970.

«... La muerte de la muchacha, que corta de golpe ese renacimiento del protagonista, parece obedecer más a los deseos secretos del protagonista (incapaz de vivir realmente) que a un golpe de efecto del autor. Para este muerto vocacional, un verdadero amor es demasiada vida».

Carlos Martínez Moreno, *Quién de nosotros: un libro y una narrativa*, en *Mario Benedetti. Variaciones críticas*, Montevideo, Libros del Astillero, 1973.

CITAS DE MARIO BENEDETTI

Generales

«La imaginación popular corre junto con los hechos, casi podemos decir que los hechos mismos son imaginativos, porque los hechos, mucho más que las palabras, son los que van abriendo caminos nuevos; los hechos empecinados y tenaces, fueron siempre y son ahora, la vanguardia de una transformación profunda. Las palabras vienen siempre detrás, para explicarlos; incluso para explicar por qué se olvidaron de anunciarlos».

> («Revolución es participación», en *Terremoto y después,* Montevideo, Arca, 1973).

«No, no estoy arrepentido de ser, mal que bien, un escritor; entre otras razones, porque creo que no habría podido no serlo».

> *(El caso Mario Benedetti,* reportaje de Ernesto González Bermejo, en *Mario Benedetti. Variaciones críticas,* Montevideo, Libros del Astillero, 1971).

Sobre «La tregua»

«De ninguna manera puede decirse que es una novela "política" ni "revolucionaria". Creo que los personajes tienen una actitud progresista. En un momento en que los uruguayos, en su gran mayoría, daban la espalda al país y a América Latina, a lo político, a lo económico, estos dos personajes, especialmente Santomé, empiezan a tener preocupaciones políticas. Esto en el año 1957, cuando transcurre la novela. Y esa actitud los ubica un pasito más adelante del promedio de los uruguayos».

(La trinchera permanente, reportaje de Jorge Ruffinelli,
en *Palabras en orden,* Buenos Aires, Crisis, 1974).

«Lo que pasa con *La tregua* es que, entre otras dificultades, la mayor que tiene es estar siempre en el filo entre la
emoción legítima y una cosa que puede ser interpretada
como cursi».

(Ibídem).

Bibliografía

I. Obras de Mario Benedetti

A) *Como autor*

La víspera indeleble (poemas), Montevideo, 1945.
Peripecia y novela (ensayos), Montevideo, 1948.
Esta mañana (cuentos), Montevideo, 1949.
Sólo mientras tanto (poemas), Montevideo, Número, 1950.
El último viaje y otros cuentos, Montevideo, Número, 1951.
Marcel Proust y otros ensayos, Montevideo, Número, 1951.
Quién de nosotros (novela), Montevideo, Número, 1953.
Poemas de la oficina, Montevideo, Número, 1956; 3.ª ed.: *Poemas de la oficina y otros expedientes,* Montevideo, Editores Reunidos y Arca, 1969.
El reportaje (teatro), Montevideo, Marcha, 1958.
Montevideanos (cuentos), Montevideo, Alfa, 1959; 2.ª ed. (incorpora ocho nuevos cuentos), Montevideo, Alfa, 1962.
El país de la cola de paja (ensayo), Montevideo, Asir, 1960; 4.ª ed. (incorpora «Posdata 1963»), Montevideo, Ciudad Vieja, 1963; 8.ª ed. (incorpora «Otros temas nacionales»), Montevideo, Arca, 1970.
La tregua (novela), Montevideo, Alfa, 1960.
Mejor es meneallo (crónicas humorísticas, 1.ª serie, con el seudónimo *Damocles),* Montevideo, Alfa, 1961; 2.ª serie, Montevideo, Aquí Poesía, 1965; Selección de ambas, Montevideo, Arca, 1967.
Poemas del hoyporhoy, Montevideo, Alfa, 1963.
Ida y vuelta (teatro), Buenos Aires, Talía, 1963.
Literatura uruguaya siglo XX (ensayos), Montevideo, Alfa, 1963; 2.ª ed. (ampliada), Montevideo, Alfa, 1970. *Inventario* (poemas escogidos), Montevideo, Alfa, 1963; 3.ª ed. (ampliada), *Inventa-*

59

rio 67, Montevideo, Alfa, 1967; 4.ª ed. (ampliada), *Inventario 70,* Montevideo, Alfa, 1970; 5.ª ed. (ampliada), *Inventario,* Buenos Aires, Alfa Argentina, 1974.

Gracias por el fuego (novela), Montevideo, Alfa, 1965.

Contra los puentes levadizos (poemas), Montevideo, Alfa, 1966.

Genio y figura de José Enrique Rodó (ensayo), Buenos Aires, Eudeba, 1966.

Antología natural (poemas), Montevideo, Alfa, 1967.

A ras de sueño (poemas), Montevideo, Alfa, 1967.

Letras del continente mestizo (ensayos), Montevideo, Arca, 1967.

Datos para el viudo (relato), Buenos Aires, Galerna, 1967.

Sobre artes y oficios (ensayos), Montevideo, Alfa, 1968.

La muerte y otras sorpresas (cuentos), México, Siglo XXI, 1968.

Cuaderno cubano (testimonio), Montevideo, Arca, 1969; 2.ª edi. (ampliada), Montevideo, Arca, 1972.

Crítica cómplice (ensayos), La Habana, Instituto del Libro, 1970.

Cuentos completos, Santiago de Chile, Editorial Universitaria, 1970.

El cumpleaños de Juan Ángel (novela en verso), México, Siglo XXI, 1971.

Crónicas del 71 (artículos y discursos políticos), Montevideo, Arca, 1972.

Terremoto y después (crónicas y discursos políticos), Montevideo, Arca, 1973.

Letras de emergencia (compendio de varios géneros), Buenos Aires, Alfa Argentina, 1973.

El escritor latinoamericano y *la revolución posible* (ensayos), Buenos Aires, Alfa Argentina, 1974.

Hasta aquí (compendio de varios géneros), Buenos Aires, La Línea, 1974.

Poemas de otros, Buenos Aires, Alfa Argentina, 1974.

La casa y el ladrillo (poemas), México, Siglo XXI, 1976.

Con y sin nostalgia (cuentos), México, Siglo XXI, 1977.

El recurso del supremo patriarca (ensayos), Caracas, Alfa Venezolana, 1978.

B)   *Como editor*

Unstill Life - Naturaleza viva (antología bilingüe de poesía latinoamericana). Selección, introducción y notas por Mario Benedetti, Nueva York, Harcourt, Brace and World, 1969.

Poesías de amor hispanoamericanas (antologías). Selección y prólogo por Mario Benedetti, La Habana, Instituto Cubano del Libro,

1969; 2.ª ed. (ampliada), *Poemas de amor hispanoamericanos,* Montevideo, Arca, 1969.

África 69. Selección e introducción por Mario Benedetti, Montevideo, Cuadernos de Marcha, 1969.

Quince relatos de América Latina. Antología por Mario Benedetti y Antonio Benítez Rojo, La Habana, Casa de las Américas, 1970.

Los poetas comunicantes, reportajes por Mario Benedetti, Montevideo, Biblioteca de Marcha, 1972.

II. OBRAS DE MARIO BENEDETTI TRADUCIDAS

La tregua, traducción al checo por Kamil Uhlir, Praga, Odeón, 1967.

La tregua, traducción al inglés de Benjamin Graham, Nueva York, Harper's and Row, 1969.

Gracias por el fuego, traducción al ruso, Moscú, 1969.

Gracias por el fuego, traducción al italiano por Gianni Guadalupi y Marcello Ravoni, Milán, Il Saggiatore, 1972.

III. OBRAS SOBRE MARIO BENEDETTI

AÍNSA, Fernando, «La herida de lo cotidiano» (reseña crítica sobre *Gracias por el fuego), Época,* Montevideo, 11 de agosto de 1965.

—*Los novelistas del 45,* Montevideo, Centro Editor de América Latina, Serie «Capítulo Oriental», fascículo núm. 33, págs. 524-525.

ALEGRÍA, Fernando, *Novelistas contemporáneos hispanoamericanos,* Boston, DC Heath and Co., págs. 183-184, 184-196.

—*Breve historia de la novela hispanoamericana,* México, Stadium, 1966, 3.ª ed.

ALFARO, Hugo R., *Los humoristas,* Montevideo, Biblioteca de Marcha (Antología de Marcha), 1971 (incluye once crónicas humorísticas de Mario Benedetti).

ÁLVAREZ, Federico, *«Quién de nosotros,* Un punto de partida», en *Recopilación de textos sobre Mario Benedetti, Serie Valoración Múltiple,* La Habana, Casa de las Américas, 1976.

ALTAMIRANO, Carlos, *Poesía del siglo XX: España e Hispanoamérica,* Buenos Aires, Centro Editor de América Latina, 1971, págs. 65-88.

ANDERSON IMBERT, Enrique, *Historia de la literatura hispanoamericana,* México, Fondo de Cultura Económica, 1961, vol. 2, cap. XIV.

ARÉVALO, Guillermo Alberto, «Un escritor que quemó las naves: Mario Benedetti», en *El Tiempo, Lecturas dominicales* (suplemento literario), Bogotá, 21 de agosto de 1977.

ARIAS, Salvador, «Benedetti y la buena respiración montevideana», en *Recopilación de textos sobre Mario Benedetti, Serie Valoración Múltiple,* La Habana, Casa de las Américas, 1976.

ARMAND, Octavio, «Benedetti o la muerte como sabotaje», en *Cuadernos Americanos,* núm. 299, Madrid, mayo de 1975, págs. 470-473.

BACIU, Stefan, *Der Du bist im Exil* (antología de poesía latinoamericana, traducida al alemán, en colaboración con Kurt Marti), Wuppertal-Barmen, Peter Hammer Verlag, 1969, págs. 127-131.

BARROS, Daniel, «Tres poetas de hoy: Teiller, Benedetti y Gelman», en *Poesía sudamericana actual,* Madrid, Miguel Castellote editor, 1972, págs. 57-88.

BARROS, Salvador, «Historia de amor y de guerrilleros» (nota crítica sobre *El cumpleaños de Juan Ángel),* en *Visión,* Nueva York, 14 de agosto de 1971, pág. 60.

BEINSTEIN DE ALBERTI, Eugenia, *Ayer y hoy en las letras uruguayas* (antología con fines didácticos), Montevideo, Ed. Medina, págs. 131-132.

BENVENUTO, Sergio, «Prólogo» a *Gracias por el fuego,* La Habana, Casa de las Américas, Colección Literatura Latinoamericana, 1970.

—«El amor en la obra de Benedetti», en *El Nacional,* núm. 167, México DF, 16 de abril de 1972.

BORDOLI, Domingo Luis, *Antología de la poesía uruguaya contemporánea,* Montevideo, Universidad de la República, 1960, págs. 90-92 y 93-105.

BROTHERSTON, Gordon, *Seven Stories from Spanish America* (en colaboración con Mario Vargas), Oxford, Pergamon Press, 1968, págs. 42-43 y 43-64.

BUSTOS ARRATIA, Myriam, «Benedetti: te explico y te suscribo» (nota sobre *La casa y el ladrillo),* en «Posdata», suplemento cultural de *Excelsior,* México, 10 de septiembre de 1977.

CABALLERO, Agustín, *Antología del humor 1961-1962,* Madrid, Aguilar, 1962.

CASAR, Eduardo, «Sobre Benedetti», *Revista de Bellas Artes,* núm. 26, México, nueva época, marzo-abril 1976, págs. 26-34.

CASTRO, Nils, «La moral de los hechos aclara su palabra», *Casa de las Américas,* núm. 89, marzo-abril de 1975.

CIRVENY, Lumir (nota informativa, selección y traducción al checo de un ensayo, 12 poemas y dos crónicas humorísticas de Mario Benedetti), *Svetova Literatura,* núm. 2, Praga, 1966, págs. 169-183.

CODINA, Iverna, *América en la novela,* Buenos Aires, Cruz del Sur, 1964. Incluye el artículo «Un hombre del 45» (sobre *La tregua),* págs. 175-177.

COLLAZOS, Óscar, «Prólogo» a *La tregua,* Barcelona, Planeta, 1973.

CONCHA, Edmundo (nota bibliográfica sobre *La tregua*), *El Mercurio*, Santiago de Chile, 15 de octubre de 1966.

Confirmado, «La pobre y buena gente» (reseña crítica sobre *La Tregua*), en *Confirmado*, 25 de agosto de 1966, págs. 52-53.

CONSTENLA, Julia, *Crónicas bastante extrañas* (antología), Buenos Aires, Ed. Jorge Álvarez, 1965, págs. 67-75.

—*Crónicas de América* (antología), Buenos Aires, Ed. Jorge Álvarez, 1965, págs. 113-124.

CONTI, Haroldo, «Mario Benedetti», *El Cronista*, núm. 12, suplemento cultural, Buenos Aires, 1975.

COTELO, Rubén, *Narradores uruguayos*, Caracas, Monte Ávila, 1969, págs. 201-202 y 203-211.

—(Nota bibliográfica sobre *La tregua*), *El País*, enero de 1961.

CROW, John (reseña crítica sobre *The truce*, traducción al inglés de *La tregua*), en *Saturday Review*, 10 de enero de 1970.

CURUTCHET, Juan Carlos, «Los montevideanos de Mario Benedetti», *Cuadernos Hispanoamericanos*, núm. 232, Madrid, abril de 1969, págs. 141-148.

DAELLI, Luciana, *Poesía lírica del siglo XX: España e Hispanoamérica* (antología en colaboración con Celina Manzoni), Buenos Aires, Centro Editor de América Latina, 1972, págs. 111-113.

DÉLANO, Poli, «Benedetti, elevación de la poesía cotidiana», *Última Hora*, Santiago de Chile, 16 de febrero de 1962, pág. 4.

DÍEZ, Luis Alfonso, *En la hora de los tupamaros: La antipoesía de Mario Benedetti*, *El Norte de Castilla*, Valladolid, 9 de enero de 1972.

DONOSO PAREJA, Miguel, «La novelística latinoamericana: Uruguay», *El Día*, México, 1 de diciembre de 1969.

—«La casa y el ladrillo», *El Día*, México, 24 de enero de 1977.

El Debate (nota bibliográfica sobre *La tregua*), *El Debate*, Montevideo, 16 de enero de 1961.

El Día, «Un fénix poco frecuente» (reseña crítica sobre *La tregua*), *El Día*, suplemento dominical, Montevideo, 1960.

El Popular, «Ahora sí, el pueblo sabe cuál es el camino» (reportaje político), *El Popular*, 10 de agosto de 1971, pág. 7.

—«Basta de sangre significa también basta de injusticia», «Benedetti: el discurso de Seregni es representativo del Frente todo» (reportaje político), *El Popular*, Montevideo, 21 de abril de 1972.

ENGLEKIRK, John D., *La narrativa uruguaya* (en colaboración con Margaret M. Ramos), Berkeley y Los Ángeles, University of California Press, 1967, págs. 21 y ss. y 121-123.

El Universal, «Romper lanzas por Mario Benedetti», *El Universal* («Revista de la semana», suplemento literario), México, 5 de marzo de 1978, págs. 2 y 3.

Época, «14 veces Benedetti; confesión aniversario» (reportaje), *Época,* Montevideo, 1965.

—«Mario Benedetti: esa implacable memoria de la izquierda» (reportaje), *Época,* 5 de enero de 1963, pág. 6.

Escobar, Alberto, *La partida inconclusa,* Santiago de Chile, Editorial Universitaria, 1970, págs. 37 y 85-92.

Fernández, Oscar, «Mario Benedetti: four stories, four styles», *Studies in Short Fiction,* Newberry, núm. 3, vol. XI, 1974, págs. 283-290.

Fernández Retamar, Roberto, «Benedetti entre nosotros», *El Mundo, La* Habana, 22 de febrero de 1969, pág. 2.

—«Conversación con Mario Benedetti», reportaje en *El Caimán barbudo,* núm. 106, septiembre de 1976, págs. 2-5, y en *Cambio,* México, octubre-diciembre de 1976, págs. 23-30.

—«La obra novelística de Mario Benedetti», *Universidad de La Habana,* núm. 195, La Habana, enero de 1972, págs. 111-121.

Fierro, Enrique, *Los poetas del 45,* Montevideo-Buenos Aires, Centro Editor de América Latina, Serie «Capítulo Oriental», fascículo núm. 32, 1968.

—*La poesía del 45* (antología), Montevideo-Buenos Aires, Centro Editor de América Latina, Biblioteca Uruguaya Fundamental, 1968, vol. 32.

—*Antología de la poesía rebelde hispanoamericana,* Montevideo, Ed. de la Banda Oriental, 1967, pág. 81.

Flakoll, Darwin J., *New voices of Hispanic America* (antología, en colaboración con Claribel Alegría), Boston, Beacon Press, 1962, págs. 121-127.

Fossey, Jean Michell, «Escritores del Uruguay», *Vanguardia Dominical,* Bucaramanga, 1972.

Fraire, Isabel, «De oficinista a tupamaro» (artículo crítico sobre *El cumpleaños de Juan Ángel), Siempre,* México, 12 de mayo de 1971, pág. xiv.

Franco, Jean, *Short Stories in Spanish* (antología, que incluye comentarios críticos y un cuento de Mario Benedetti), Harmondsworth, Penguin, 1966.

—*The Modern Culture of Latin America. Society and the Artist,* Nueva York, Frederick A. Praeger, 1967, págs. 208-209 y 214-215.

—*La cultura moderna en América Latina,* México, Ed. Joaquín Mortiz, 1971, págs. 209-210, 218-219, 223-224, 235-236 y 260.

—*The Penguin Companion to Literature* (USA and Latin America) (Diccionario), Londres, Allen Lane The Penguin Press, págs. 302-303.

Friedl-Zapata, José A., *Das Haus in der Calle del Socorro (Uruguay in Erzählunger der Besten Zeitgenössischen Autoren)* (antología del cuento uruguayo traducido al alemán), 1971.

GALEANO, Eduardo, *Su majestad el fútbol* (antología), Montevideo, Arca, 1968.

GARCÍA HORTELANO, Juan (reportaje incluido en el volumen *Los españoles y el boom* de Fernando Tola de Habich y Patricia Grieve, Caracas, Tiempo Nuevo, 1971), págs. 154-157.

GELMAN, Juan, «Mario Benedetti: el escritor es un trabajador como tantos» (reportaje), *Crisis*, núm. 19, Buenos Aires, noviembre de 1974.

GOLD, Arthur, «Love's gift: the courage to confide» (nota crítica sobre *La tregua*), *The New York Times Books Review*, 19 de octubre de 1969; también en *Review'69*, 1970.

GÓMEZ BENOT, Abelardo, *Antología contemporánea del cuento hispanoamericano, Lima*, Instituto Latinoamericano de Vinculación Cultural, 1964, págs. 232 y 233-237.

GONZÁLEZ BERMEJO, Ernesto, «Con Mario Benedetti» (reportaje), *Casa de las Américas*, La Habana, marzo-junio de 1971, págs. 148-155.

GRAVINA, Alfredo Dante, «Lo nacional en literatura y *La tregua* de Mario Benedetti», *El Popular*, Montevideo, 27 de enero de 1961, págs. 2 y 7.

GUERRERO ZAMORA, Juan, *Historia del teatro contemporáneo*, Barcelona, Ed. Juan Flors, págs. 612-613.

GUTIÉRREZ, Carlos María, «La mala conciencia de los intelectuales», en *Prólogo*, núm. 1, Montevideo, noviembre-diciembre de 1968, págs. 65-80.

HARDAN-HALPERN, D., *Cuentos latinoamericanos modernos* (seleccionados y traducidos al hebreo en colaboración con Pinhas Lapid), Am. Tel-Aviv, 1964, Am. Hassefet Ltd., 1964.

HOLZCAN, Carlos Guillermo, *Antología de la poesía erótica*, Buenos Aires, Globo Rojo, 1967, págs. 29-30.

IBÁÑEZ LONELAS, J. M., «Mario Benedetti: *La tregua*», *Madrid Cultura*, Madrid, 1971.

I. G. (reseña crítica sobre *La tregua*), *Correo de la Tarde*, Buenos Aires, 1 de agosto de 1962, pág. 3.

Imagen (reseña crítica sobre *La tregua*), *Imagen*, Caracas, 1-15 de junio de 1970.

KORNER, Karl-Hermann, «Zur diskussions um die Funktion der Sprache in Neuer Roman Hispanoamerikas: Metraspache bei Mario Benedetti», Romantisches Jahruch, Berlín, Walter de Gruyter and Co., 1969. Recogido (traducido al castellano) en *Mario Benedetti. Variaciones críticas*, Montevideo, Libros del Astillero, 1973.

KUBHNE, A. de, «Influencias de Pirandello y de Brecht en Mario Benedetti», *Hispania*, Washington DC, 1968, págs. 408-415.

La Nación (nota bibliográfica sobre *La tregua), La Nación,* Buenos Aires, 14 de agosto de 1966.

LATCHAM, Ricardo, *Antología del cuento hispanoamericano,* Santiago de Chile, Zig-Zag, 1958 (incluye nota bibliográfica y el cuento «*Familia Iriarte».*

—«Mario Benedetti novelista» (nota crítica sobre *La tregua), Deslinde,* Montevideo, 1961, pág. 14.

—*Carnet crítico,* Montevideo, Alfa, 1962 (incluye artículos críticos sobre *Montevideanos* y *La tregua,* págs. 141-147 y 148-152).

—*Antología. Crónica de varia lección,* Santiago de Chile, Zig-Zag, 1965 (incluye artículo sobre *Literatura uruguaya Siglo XX,* págs. 165-169).

LAVIN CERDA, Hernán, «El deterioro del político profesional» (reportaje a Mario Benedetti), *Punto Final,* núm. 90, Santiago de Chile, 28 de octubre de 1969.

LEAL, Luis, *Historia del cuento hispanoamericano,* México, Stadium, 1966.

LEGIDO, Juan Carlos, *El teatro uruguayo,* Montevideo, Tauro, 1968 (incluye comentario sobre *Ida y vuelta).*

LOVELUCK, Juan, *La novela hispanoamericana* (antología de textos críticos), Santiago de Chile, Editorial Universitaria, 1969 (incluye «Los temas del novelista hispanoamericano» de Mario Benedetti, págs. 127-136).

—«*La tregua,* de Mario Benedetti», *El Sur,* Concepción, Chile, 9 de abril de 1961.

LUDMER, Josefina, «Nombres femeninos como asiento del trabajo ideológico en dos novelas de Mario Benedetti», *Nuevos Aires,* núm. 8, Buenos Aires, agosto-octubre de 1972, págs. 11-18.

LUGONES, Piri, *Los diez mandamientos* (antología que incluye el cuento de Mario Benedetti «Tan amigos»). Buenos Aires, Ed. Jorge Alvarez, 1966.

MÁNSOUR, Mónica, «Algunos aspectos del cuento en Mario Benedetti», *Texto crítico,* núm. 6, Xalapa, 1977, págs. 153-160.

MANTARAS LOEDEL, Graciela, «Generación del 45», en *Prólogo,* núm. 1, Montevideo, noviembre-diciembre de 1968, págs. 13-22.

MARIAN, Eugen, «Un intérprete ideal», *Magazin,* núm. 351, Bucarest, 27 de junio de 1964, pág. 8.

MARTÍNEZ MORENO, Carlos (artículo crítico sobre *Quién de nosotros), Marcha,* núm. 708, Montevideo, 12 de febrero de 1954.

—*Montevideo en la literatura y en el arte,* Montevideo, Nuestra Tierra, 1971, págs. 40 y ss.

MARTINI, Juan Carlos, «Mario Benedetti y los espejismos de *La tregua*» (reportaje), *Confirmado,* Buenos Aires, 22 de agosto de 1972, págs. 34-35.

MEEHAN, Thomas C., «Mario Benedetti: *La tregua*», *Books Abroad*, Oklahoma, 1971.

MERCIER, Lucien, «La palabra bajada del olimpo», *Crisis*, núm. 19, Buenos Aires, noviembre de 1974 (en esta edición se publica completo).

MILLA, Benito (B. M.), «Mario Benedetti, entre viaje y viaje», *Acción*, Montevideo, 8 de abril de 1962.

—«Resurge la literatura uruguaya», *Acción*, Montevideo, 31 de octubre de 1961, pág. 5.

NIEMCZYK, Mike, «Cynical Hero», reseña crítica sobre *The Truce (La Tregua)*, en *American Statesman*, Austin, Texas, 14 de diciembre de 1969.

ORIOL, Salvador, «Tres nombres en la poesía uruguaya: Vilariño, Cunha, Benedetti», *Hoy en la Cultura*, núm. 14, Buenos Aires, junio de 1964, pág. 12.

ONETTI, Jorge, «Benedetti una experiencia cubana» (entrevista), *Marcha*, 23 de mayo de 1963.

OVIEDO, José Miguel, «El uruguayo en su callejón sin salida» (artículo crítico sobre *Gracias por el fuego)*, *El Comercio*, Lima, 10 de octubre de 1965, pág. 22.

—«Diario de un jubilado de la vida» (artículo crítico sobre *La tregua)*, *El Comercio*, Lima, 23 de octubre de 1966, pág. 27.

PAGANINI, Alberto, *Los cuentistas del 45*, Montevideo, Centro Editor de América Latina, serie «Capítulo Oriental», 1968, fascículo núm. 34.

—*La crítica del 45* (incluye «Para une revisión de Carlos Reyles», págs. 7-71), Montevideo, Buenos Aires, Centro Editor de América Latina, Biblioteca Uruguaya Fundamental, núm. 35.

—*Los críticos del 45*, Montevideo, Centro Editor de América Latina, serie «Capítulo Oriental», 1969, fascículo núm. 35.

Panorama, «La hermosa simplicidad» (incluye comentario sobre *La tregua)*, en *Panorama*, Buenos Aires, febrero de 1964, págs. 23-24.

PATERNAIN, Alejandro, *36 años de poesía uruguaya* (antología crítica), Montevideo, Alfa, 1967, págs. 38-41 y 133-138.

PERI ROSSI, Cristina, «Poesía de amor hispanoamericana» (nota bibliográfica sobre *Poemas de amor hispanoamericanos)*, *Marcha*, 7 de noviembre de 1969.

PIGLIA, Ricardo, *Crónicas de Latinoamérica*, Buenos Aires, Ed. Jorge Álvarez, 1968 (incluye ficha informativa y el cuento «Ganas de embromar», págs. 70 y 171-178).

PORZIO, Domenico, *Le piu belle novelle di tutti i paesi*, Milán, Aldo Martello Editore, 1963 (incluye «Il resto é selva», págs. 171-178).

Primera Plana, «Los oficinistas no tienen salvación» (reseña crítica sobre *La tregua)*, *Primera Plana*, núm. 61, 7 de enero de 1964.

RAMA, Ángel, «La madurez del oficio de un narrador» (reseña crítica sobre *La tregua), Marcha,* Montevideo, 1961.

—«Del horizonte de uno al horizonte de todos» (artículo crítico sobre *Inventario), Marcha,* Montevideo, 16 de julio de 1965.

—*180 años de literatura,* Montevideo, Ed.s Reunidos y Arca, 1968, Serie Enciclopedia Uruguaya, fascículo núm. 2, pás. XXXVIII-XXXIX.

—*La conciencia crítica,* Montevideo, Eds. Reunidos y Atea, 1968, Serie Enciclopedia Uruguaya, fascículo núm. 56, págs. 112 y ss.

—«La generación crítica (1939-1969)», 4.ª parte, en *Uruguay hoy,* Argentina, Siglo XXI, 1971, págs. 394 y ss.

—«La generación crítica (1939-1969)», 1.ª parte, en *Panoramas,* Montevideo, Arca, 1972.

RAVONI, Marcello, *Poeti ispanoamericani contemporanei,* Milán, Feltrinelli, 1970 (antología en colaboración con Antonio Porta, incluye cuatro poemas de Mario Benedetti, págs. 312-319).

REA BOORMAN, Joan, *La estructura del narrador en la novela hispanoamericana contemporánea,* Madrid, Hispanova de Ediciones, 1976 (estudia *Gracias por el fuego,* págs. 79-99).

REAL DE AZÚA, Carlos (reseña crítica sobre *Esta mañana), Escritura,* núm. 8, Montevideo, 1950.

—«Legatarios de una demolición», *Marcha,* núm. 1.188, 27 de diciembre de 1963.

—*Antología del ensayo uruguayo contemporáneo,* t. II, Montevideo, Universidad de la República, 1964 (incluye nota crítica, págs. 511-517, y artículos: «El subsuelo de la calma», «Más o menos nativistas» y «Canjeables e inadaptados», págs. 518-524).

—*El Uruguay visto por los uruguayos (I),* Montevideo-Buenos Aires, Centro Editor de América Latina, Biblioteca Uruguaya Fundamental, 1968, núm. 26 (incluye «El voto que el alma denuncia», págs. 161-163).

REIN, Mercedes, «¿Quién es, quién era Benedetti?» (artículo crítico sobre *Contra los puentes levadizos), Marcha,* 12 de julio de 1967.

—«La poesía de Benedetti: balance provisorio», en *Mario Benedetti. Variaciones críticas,* Montevideo, Libros del Astillero, 1973.

RODRÍGUEZ, Mario, *Cuentos hispanoamericanos,* Santiago de Chile, Editorial Universitaria, 1970 (antología que incluye nota crítica, págs. 210-211, y el cuento «Puntero izquierdo», págs. 51-54).

RODRÍGUEZ, Óscar (reseña crítica sobre *La tregua), Excélsior,* México DF, 5 de octubre de 1969.

RODRÍGUEZ MONEGAL, Emir, «Prólogo» a *Montevideanos,* Montevideo, Alfa, 1961, 2.ª ed., págs. 9-17.

—«Sobre un testigo implicado» (artículo crítico sobre novelas de Mario Benedetti), *Temas,* núm. 3, Montevideo, septiembre-octubre de 1965, págs. 17-21 (recogido en *Mario Benedetti. Variaciones críticas,* Montevideo, Libros del Astillero, 1973).

—*Literatura uruguaya del medio siglo,* Montevideo, Alfa, 1966, páginas 86 y ss., 163-165, 293-312, 340-351 y 379 y ss.

RUFFINELLI, Jorge, «Explorando caminos» (artículo crítico sobre *La muerte y otras sorpresas),* Marcha, 19 de septiembre de 1969, pág. 5.

—«El cuento como afirmación y búsqueda», en *Mario Benedetti. Variaciones críticas,* Montevideo, Libros del Astillero, 1973.

—«La trinchera permanente» (entrevista), en *Palabras en orden, El Comercio,* Lima, y Jorge, Montevideo, Crisis, 1974 (recogido en *Recopilación de textos sobre Mario Benedetti. Serie Valoración Múltiple,* Casa de las Américas, La Habana, 1976).

—*Poesía rebelde uruguaya 1967-1971,* Montevideo, Biblioteca de *Marcha,* 1971, Col. Puño y Letra (incluye cuatro poemas de Mario Benedetti, págs. 26-31).

SACHS, Silvia, «3 books mirror Modern Life», incluye comentario sobre *The Truce* (la tregua), *Press,* Pittsburgh, 21 de septiembre de 1969.

SANGUINETTI (J. M. S.), nota bibliográfica sobre *La tregua,* en *Acción,* 1961.

SARLO SABAJANES, B., *Cuentos de dos orillas,* Buenos Aires, Centro Editor de América Latina, Biblioteca Fundamental del Hombre Moderno, 1971 (antología en colaboración con Luis Gregorich, incluye nota informativa, pág. 17 y el cuento «Los novios», págs. 17-37).

SCHIFF, Pearl, «Promoting with ring of reality», nota bibliográfica sobre *The Truce (La tregua), Morning Globe,* Boston, Mass., 9 de octubre de 1969.

(SCHLOLNIK, Pablo), P. S., *«El país de la cola de paja,* un libro sobre el Uruguay actual», *Acción,* Mercedes, Uruguay, 28 de febrero de 1961.

SCOTT MEYERS, Laura, nota bibliográfica sobre *The Truce (La tregua), Herald Post,* El Paso, Texas, 27 de septiembre de 1969.

SHAW, Fred, «Junk vanishes, if you don't indulge in it», incluye comentario sobre *The Truce (La tregua), Herald,* Miami, 19 de octubre de 1969.

SILVA RAÚL, Hernán (reseña crítica sobre *La tregua), Boletín del Instituto de Literatura Chilena,* núm. 1, Santiago de Chile, septiembre de 1961, págs. 12-13.

SOLÓRZANO, Carlos, *El teatro hispanoamericano contemporáneo,* tomo I, México, Fondo de Cultura Económica, 1964, Colección Popular (incluye ficha informativa, pág. 63, y obra teatral *Ida y vuelta,* págs. 64-123).

SOMERS, Armonía, *La otra mitad del amor* (antología), Montevideo, Arca, 1968 (incluye ficha informativa, pág. 23, y el cuento «Cinco años de vida», págs. 24-34).

SUBERO, Efrain, «La novela del hombre concreto: Carpentier, Sábato, Benedetti», *Revista Nacional de Cultura*, año XXXII, núm. 202, Caracas, enero de 1972, págs. 30-34.

TOLA DE HABICH, Fernando, *Los españoles y el boom (cómo ven y qué piensan los novelistas hispanoamericanos)*, Caracas, Tiempo Nuevo, 1971 (hay referencia a Mario Benedetti en págs. 54, 154 y 158).

TORRES FIERRO, Danubio, *Los humoristas*, Montevideo, Centro Editor de América Latina, serie «Capítulo Oriental», 1968, fascículo núm. 30.

—*Humoristas y cronistas*, Montevideo, Centro Editor de América Latina, Biblioteca Uruguaya Fundamental, 1968, fascículo núm. 30. (incluye tres crónicas humorísticas de *Mejor es meneallo*, págs. 73-80.)

—*Cuentos de la revolución*, Montevideo, Girón, 1971 (incluye cuento «Relevo de pruebas», págs. 11-27).

ULANOVSKY, Carlos, «Hoy se verá el tercer capítulo de *La tregua* de Benedetti; es verdadero modelo de la llamada IV Cultural» (comentario crítico sobre teatro televisado, *La tregua*, en el ciclo de «Las grandes novelas», Canal 7 de Buenos Aires), en *La Opinión*, Buenos Aires, 20 de julio de 1972, pág. 22.

VALENTE, Ignacio (reseña crítica sobre *La tregua), El Mercurio*, Santiago de Chile, 7 de marzo de 1971.

VARGAS LLOSA, Mario, «Diálogo con Mario Benedetti», *Expreso*, Lima, 10-11 de abril de 1966.

VIDAL, Virginia, «Mario Benedetti crea canciones para el Frente Amplio del Uruguay» (reportaje), *El Siglo*, Santiago de Chile, 24 de septiembre de 1971.

(VILLAFAÑE, J. E.) J. E. V., nota bibliográfica sobre *La tregua*, en *La Mañana*, Montevideo, enero de 1961.

VISCA, Arturo Sergio, *Antología del cuento uruguayo*, vol. V: *Los del cuarenta y cinco*, Montevideo, edición de La Wanda Oriental, 1968 (incluye ficha crítica, págs. 79-80, y el cuento «Sábado de gloria», en págs. 81-87).

—*Antología del cuento uruguayo contemporáneo*, Montevideo, Universidad de la República, Col. Letras Nacionales, 1962 (incluye comentario crítico, págs. 423-428, y tres cuentos, págs. 439-448).

—*Alborada: cuentos de hoy*, Montevideo, Cisplatina, S. F. (incluye nota crítica, págs. 93-94, y los cuentos «El presupuesto» e «Insomnio», págs. 95-109).

YÁÑEZ, Rubén, *El teatro actual*, Montevideo, Centro Editor de América Latina, serie «Capítulo Oriental», 1968, fascículo núm. 31 (incluye comentarios y referencias sobre *Ida y vuelta)*.

ZEITZ, Eileen M., «Los personajes de Benedetti: En busca de identidad y existencia», *Cuadernos Hispanoamericanos*, núm. 297, Madrid, marzo de 1975.

ZEMSKOV, B., Prólogo a la edición de *Rasskazi (Relatos)* (incluye 39 cuentos de Mario Benedetti traducidos al ruso), Moscú, Progress, 1977, págs. 5-16.

ZUANICH, Beverly, reseña crítica sobre *The Truce (La tregua)*, en *Herald Examiner*, Los Ángeles, 28 de diciembre de 1969.

ZUM FELDE, Alberto, *Índice crítico de la literatura hispanoamericana*, 2 vols., México, 1955 y 1958.

—*La narrativa en Hispanoamérica*, Madrid, Aguilar, 1964, págs. 358-359.

La tregua

Mi mano derecha es una golondrina
Mi mano izquierda es un ciprés
Mi cabeza por delante es un señor vivo
Y por detrás es un señor muerto.

VICENTE HUIDOBRO[1]

---

[1] *Vicente Huidobro,* poeta chileno (1893-1948). Escribió en castellano y en francés, publicando dieciséis libros en total, y participando en diversas revistas literarias, primero en su país, y luego en Francia y España, donde vivió entre 1916 y 1932. Se le considera fundador del *Creacionismo,* practicado fundamentalmente durante su período europeo, y que abandonará poco antes de regresar a Chile, volcándose entonces a una poesía de connotaciones sociales. Algunas de sus principales obras son: *Horizon carré* (1917), *El espejo de agua* (1918), *Tout à coup* (1925), *Vientos contrarios* (1926), *Altazor o El viaje en paracaídas* (1931), *Sátiro o El poder de las palabras* (1939) y *Ver y palpar* (1941).

Lunes 11 de febrero

Sólo me faltan seis meses y veintiocho días para estar en condiciones de jubilarme. Debe hacer por lo menos cinco años que llevo este cómputo diario de mi saldo de trabajo. Verdaderamente, ¿preciso tanto el ocio? Yo me digo que no, que no es el ocio lo que preciso sino el derecho a trabajar en aquello que quiero. ¿Por ejemplo? El jardín, quizá. Es bueno como descanso activo para los domingos, para contrarrestar la vida sedentaria y también como secreta defensa contra mi futura y garantizada artritis. Pero me temo que no podría aguantarlo diariamente. La guitarra, tal vez. Creo que me gustaría. Pero debe ser algo desolador empezar a estudiar solfeo a los cuarenta y nueve años[2]. ¿Escribir? Quizá no lo hiciera mal, por lo menos la gente suele disfrutar con mis cartas. ¿Y eso qué? Imagino una notita bibliográfica sobre «los atendibles valores de este novel autor que roza la cincuentena» y la mera posibilidad me causa repugnancia. Que yo me sienta, todavía hoy, ingenuo e inmaduro (es decir, con sólo los defectos de la juventud y casi ninguna de sus virtudes) no significa que tenga el derecho de exhibir esa ingenuidad y esa inmadurez. Tuve una prima solterona que cuando hacía un postre lo mostraba a todos, con una sonrisa melancólica y pueril que le había quedado prendida en los labios desde la época en que hacía méritos frente al novio motociclista que después se mató en una de nuestras tantas Curvas de la

---

[2] La edad de la jubilación del empleado uruguayo eran los cincuenta años, de ahí que el Uruguay sea considerado el país de los jubilados.

Muerte[3]. Ella vestía correctamente, en un todo de acuerdo con sus cincuenta y tres; en eso y lo demás era discreta, equilibrada, pero aquella sonrisa reclamaba, en cambio, un acompañamiento de labios frescos, de piel rozagante, de piernas torneadas, de veinte años. Era un gesto patético, sólo eso, gesto que no llegaba nunca a parecer ridículo, porque en aquel rostro había, además, bondad. Cuántas palabras, sólo para decir que no quiero parecer patético[4].

Viernes 15 de febrero

Para rendir pasablemente en la oficina, tengo que obligarme a no pensar que el ocio está relativamente cerca. De lo contrario, los dedos se me crispan y la letra redonda con que debo escribir los rubros[5] primarios, me sale quebrada y sin elegancia. La redonda es uno de mis mejores prestigios como funcionario. Además, debo confesarlo, me provoca placer el trazado de algunas letras como la M mayúscula o la b minúscula, en las que me he permitido algunas innovaciones. Lo que menos odio es la parte mecánica, rutinaria, de mi trabajo: el volver a pasar un asiento que ya redacté miles de veces, el efectuar un balance de saldos y encontrar que todo está en orden, que no hay diferencias a buscar. Ese tipo de labor no me cansa, porque me permite pensar en otras cosas y hasta (¿por qué no decírmelo a mí mismo?) también soñar[6]. Es

---

[3] *Curvas de la Muerte,* expresión con la que se designa popularmente a las curvas de excesiva peligrosidad existentes en diversas carreteras del Uruguay.

[4] El miedo a descubrir una intimidad frustrada o en crisis es una constante en la idiosincrasia uruguaya, en la que el sentido del ridículo tiene un peso enorme, cosa que se apreciará en diversos pasajes de la novela.

[5] *rubros,* 'ramos', 'sectores'.

[6] Esa misma capacidad de evasión aparece en el poema «Dactilógrafo», de *Poemas de la oficina,* que comienza:

> *Montevideo quince de noviembre*
> *de mil novecientos cincuenta y cinco*
> *Montevideo era verde en mi infancia*
> *absolutamente verde y con tranvías*
> *muy señor nuestro por la presente...*

como si me dividiera en dos entes dispares, contradictorios, independientes, uno que sabe de memoria su trabajo, que domina al máximo sus variantes y recovecos, que está seguro siempre de dónde pisa, y otro soñador y febril, frustradamente apasionado, un tipo triste que, sin embargo, tuvo, tiene y tendrá vocación de alegría, un distraído a quien no le importa por dónde corre la pluma ni qué cosas escribe la tinta azul que a los ocho meses quedará negra.

En mi trabajo, lo insoportable no es la rutina; es el problema nuevo, el pedido[7] sorpresivo de ese Directorio fantasmal que se esconde detrás de actas, disposiciones y aguinaldos[8], la urgencia con que se reclama un informe o un estado analítico o una previsión de recursos. Entonces sí, como se trata de algo más que rutina, mis dos mitades deben trabajar para lo mismo, ya no puedo pensar en lo que quiero, y la fatiga se me instala en la espalda y en la nuca, como un parche poroso. ¿Qué me importa la ganancia probable del rubro Pernos de Pistón en el segundo semestre del penúltimo ejercicio? ¿Qué me importa el modo más práctico de conseguir el abatimiento de los Gastos Generales?

Hoy fue un día feliz; sólo rutina.

Lunes 18 de febrero

Ninguno de mis hijos se parece a mí. En primer lugar, todos tienen más energías que yo, parecen siempre más decididos, no están acostumbrados a dudar. Esteban es el más huraño. Todavía no sé a quién se dirige su resentimiento, pero lo cierto es que parece un resentido. Creo que me tiene respeto, pero nunca se sabe. Jaime es quizá mi preferido, aunque casi nunca pueda entenderme con él. Me parece sensible, me parece inteligente, pero no me parece fundamentalmente honesto. Es evidente que hay una barrera entre él y yo. A veces creo que me odia, a veces que me admira. Blanca tiene por lo menos algo de común conmigo: tam-

---

[7] *pedido*, en Hispanoamérica, petición en general.
[8] *aguinaldos*, pagas extraordinarias de Navidad.

bién es una triste con vocación de alegre. Por lo demás, es demasiado celosa de su vida propia, incanjeable, como para compartir conmigo sus más arduos problemas. Es la que está más tiempo en casa y tal vez se sienta un poco esclava de nuestro desorden, de nuestras dietas, de nuestra ropa sucia. Sus relaciones con los hermanos están a veces al borde de la histeria, pero se sabe dominar y, además, sabe dominarlos a ellos. Quizá en el fondo se quieran bastante, aunque eso del amor entre hermanos lleve consigo la cuota de mutua exasperación que otorga la costumbre. No, no se parecen a mí. Ni siquiera físicamente. Esteban y Blanca tienen los ojos de Isabel. Jaime heredó de ella su frente y su boca. ¿Qué pensaría Isabel si pudiera verlos hoy, preocupados, activos, maduros? Tengo una pregunta mejor: ¿qué pensaría yo, si pudiera ver hoy a Isabel? La muerte es una tediosa experiencia; para los demás, sobre todo para los demás. Yo tendría que sentirme orgulloso de haber quedado viudo con tres hijos y haber salido adelante. Pero no me siento orgulloso, sino cansado. El orgullo es para cuando se tienen veinte o treinta años. Salir adelante con mis hijos era una obligación, el único escape para que la sociedad no se encarara conmigo y me dedicara la mirada inexorable que se reserva a los padres desalmados. No cabía otra solución y salí adelante. Pero todo fue siempre demasiado obligatorio como para que pudiera sentirme feliz.

Martes 19 de febrero

A las cuatro de la tarde me sentí de pronto insoportablemente vacío. Tuve que colgar el saco[9] de lustrina[10] y avisar en Personal que debía pasar por el Banco República[11] para arreglar aquel asunto del giro. Mentira. Lo que no soportaba más era la pared frente a mi escritorio, la horrible pared ab-

---

[9] *saco,* 'chaqueta'.
[10] *lustrina,* 'tela de muy buena textura, brillante y lustrosa'.
[11] *Banco República,* 'banco del Estado uruguayo. Su nombre completo es: Banco de la República Oriental del Uruguay'.

sorbida por ese tremendo almanaque con un febrero consagrado a Goya. ¿Qué hace Goya en esta vieja casa importadora de repuestos de automóviles? No sé qué habría pasado si me hubiera quedado mirando el almanaque como un imbécil. Quizá hubiera gritado o hubiera iniciado una de mis habituales series de estornudos alérgicos o simplemente me hubiera sumergido en las páginas pulcras del Mayor[12]. Porque ya he aprendido que mis estados de pre-estallido no siempre conducen al estallido. A veces terminan en una lúcida humillación, en una aceptación irremediable de las circunstancias y sus diversas y agraviantes presiones. Me gusta, sin embargo, convencerme de que no debo permitirme estallidos, de que debo frenarlos radicalmente so pena de perder mi equilibrio. Salgo entonces como salí hoy, en una encarnizada búsqueda del aire libre, del horizonte, de quién sabe cuántas cosas más. Bueno, a veces no llego al horizonte y me conformo con acomodarme en la ventana de un café y registrar el pasaje de algunas buenas piernas.

Estoy convencido de que en horas de oficina la ciudad es otra. Yo conozco el Montevideo de los hombres a horario, los que entran a las ocho y media y salen a las doce, los que regresan a las dos y media y se van definitivamente a las siete. Con esos rostros crispados y sudorosos, con esos pasos urgentes y tropezados; con ésos somos viejos conocidos. Pero está la otra ciudad, la de las frescas pitucas[13] que salen a media tarde recién bañaditas, perfumadas, despreciativas, optimistas, chistosas; la de los hijos de mamá que se despiertan al mediodía y a las seis de la tarde llevan aún impecable el blanco cuello de tricolina[14] importada, la de los viejos que toman el ómnibus hasta la Aduana y regresan luego sin bajarse, reduciendo su módica farra[15] a la sola mirada reconfor-

---

[12] *Mayor*, 'libro de caja que contiene el resumen diario de asientos'.

[13] *pitucas*, 'niñas bien'.

[14] *tricolina*, 'tela de gran calidad, semejante a la seda'.

[15] *farra*, el término está irónicamente empleado, ya que normalmente se designa con él a una diversión de tipo desenfrenado. Un sinónimo de *farra* habitualmente utilizado en el habla rioplatense es *garufa*. Aquel que es afecto a las *farras* es conocido con el nombre de *farrista*.

tante con que recorren la Ciudad Vieja[16] de sus nostalgias; la de las madres jóvenes que nunca salen de noche y entran al cine, con cara de culpables, en la vuelta[17] de las 15,30; la de las niñeras que denigran a sus patronas mientras las moscas se comen a los niños; la de los jubilados y pelmas varios, en fin, que creen ganarse el cielo dándoles migas a las palomas de la plaza. Ésos son mis desconocidos, por ahora al menos. Están instalados demasiado cómodamente en la vida, en tanto yo me pongo neurasténico frente a un almanaque con su febrero consagrado a Goya.

Jueves 21 de febrero

Esta tarde, cuando venía de la oficina, un borracho me detuvo en la calle. No protestó contra el gobierno, ni dijo que él y yo éramos hermanos, ni tocó ninguno de los innumerables temas de la beodez universal. Era un borracho extraño, con una luz especial en los ojos. Me tomó de un brazo y dijo, casi apoyándose en mí: «¿Sabés[18] lo que te pasa? Que no vas a ninguna parte». Otro tipo que pasó en ese instante me miró con una alegre dosis de comprensión y hasta me consagró un guiño de solidaridad. Pero yo hace cuatro horas que estoy intranquilo, como si realmente no fuera a ninguna parte y sólo ahora me hubiese enterado.

Viernes 22 de febrero

Cuando me jubile, creo que no escribiré más este diario, porque entonces me pasarán sin duda mucho menos cosas que ahora, y me va a resultar insoportable sentirme tan va-

---

[16] *Ciudad Vieja*, denominación con que se conoce la parte de la ciudad de Montevideo próxima al puerto, es decir, el perímetro que fue edificado durante la dominación española. Aún se conservan allí construcciones coloniales como el Cabildo o la puerta de la Ciudadela, que separa hoy simbólicamente la *Ciudad Vieja* del Montevideo moderno.

[17] *vuelta*, 'pase'.

[18] Acerca del voseo, véase nota 16 de la Introducción.

cío y además dejar de ello una constancia escrita. Cuando me jubile, tal vez lo mejor sea abandonarme al ocio, a una especie de modorra compensatoria, a fin de que los nervios, los músculos, la energía, se relajen de a poco y se acostumbren a bien morir. Pero no. Hay momentos en que tengo y mantengo la lujosa esperanza de que el ocio sea algo pleno, rico, la última oportunidad de encontrarme a mí mismo. Y eso sí valdría la pena anotarlo.

Sábado 23 de febrero

Hoy almorcé solo, en el Centro. Cuando venía por Mercedes[19], me crucé con un tipo de marrón. Primero esbozó un saludo. Debo haberlo mirado con curiosidad, porque el hombre se detuvo y con alguna vacilación me tendió la mano. No era una cara desconocida. Era algo así como la caricatura de alguien que yo, en otro tiempo, hubiera visto a menudo. Le di la mano, murmurando disculpas, y confesando de algún modo mi perplejidad. «¿Martín Santomé?», me preguntó, mostrando en la sonrisa una dentadura devastada. Claro que Martín Santomé, pero mi desconcierto era cada vez mayor. «¿No te acordás de la calle Brandzen?». Bueno, no mucho. Hace como treinta años de esto y yo no soy famoso por mi memoria. Naturalmente, de soltero viví en la calle Brandzen, pero aunque me molieran a palos no podría decir cómo era el frente de la casa, cuántos balcones tenía, quiénes vivían al lado. «¿Y del café de la calle Defensa?». Ahora sí, la niebla se disipó un poco y vi por un instante el vientre, con ancho cinturón, del gallego[20] Álvarez. «Claro, claro», exclamé iluminado. «Bueno, yo soy Mario Vignale». ¿Mario Vignale? No me acuerdo, juro que no me acuerdo. Pero no tuve valor para confesárselo. El tipo parecía tan en-

---

[19] *Mercedes,* nombre de una calle céntrica de Montevideo.
[20] Es usual que emigrantes gallegos sean dueños de bares o cafeterías en Montevideo. Es de destacar, además, que el término 'gallego' se usa popularmente en el Río de la Plata para designar al español de cualquier región de la Península.

tusiasmado con el encuentro... Le dije que sí, que me disculpara, que yo era un pésimo fisonomista, que la semana pasada me había encontrado con un primo y no lo había reconocido (mentira). Naturalmente, había que tomar un café, de modo que me arruinó la siesta sabatina. Dos horas y cuarto. Se empecinó en reconstruirme pormenores, en convencerme de que había participado en mi vida. «Me acuerdo hasta de la tortilla de alcauciles[21] que hacía tu vieja[22]. Sensacional. Yo iba siempre a las once y media, a ver si me invitaba a comer». Y lanzó una tremenda risotada. «¿Siempre?», le pregunté, todavía desconfiado. Entonces sufrió un acceso de vergüenza: «Bueno, fui unas tres o cuatro veces». Entonces, ¿cuál era la porción de verdad? «Y tu vieja, ¿está bien?». «Murió hace quince años». «Carajo: ¿Y tu viejo?». «Murió hace dos años, en Tacuarembó[23]. Estaba parando en casa de mi tía Leonor». «Debía estar viejo». Claro que debía estar viejo. Dios mío, qué aburrimiento. Sólo entonces formuló la pregunta más lógica: «Ché[24], ¿total te casaste con Isabel?». «Sí, y tengo tres hijos», contesté, acortando camino. Él tiene cinco. Qué suerte. «¿Y cómo está Isabel? ¿Siempre guapa?»[25]. «Murió», dije, poniendo la cara más inescrutable de mi repertorio. La palabra sonó como un disparo y él —menos mal— quedó desconcertado. Se apuró a terminar el tercer café y en seguida miró el reloj. Hay una especie de reflejo automático en eso de hablar de la muerte y mirar en seguida el reloj.

---

[21] *alcauciles*, 'alcachofas'.

[22] *vieja*, 'madre', forma cariñosa con que se denomina a los padres en el cono sur.

[23] *Tacuarembó*, nombre de uno de los diecinueve departamentos del Uruguay, situado al norte del país.

[24] *Ché*, designación fraternal de la segunda persona del singular en el Río de la Plata. La partícula 'che' tiene una intención semántica similar al 'vos' rioplatense, aunque no se utiliza como pronombre, sino como interjección.

[25] *guapa*, en el Río de la Plata, una persona 'guapa' es aquella que goza con plenitud de su fortaleza física y moral. El prototipo de hombre fuerte y violento de los arrabales montevideanos y bonaerenses de principios de siglo era denominado 'guapo'. Uno de los clásicos del teatro argentino, cuyo autor es Samuel Eichelbaum, se llama, precisamente, *Un guapo del 900*.

Domingo 24 de febrero

No hay caso[26]. La entrevista con Vignale me dejó una obsesión: recordar a Isabel. Ya no se trata de conseguir su imagen a través de las anécdotas familiares, de las fotografías, de algún rasgo de Esteban o de Blanca. Conozco todos sus datos, pero no quiero saberlos de segunda mano, sino recordarlos directamente, verlos con todo detalle frente a mí tal como veo ahora mi cara en el espejo. Y no lo consigo. Sé que tenía ojos verdes, pero no puedo sentirme frente a su mirada

Lunes 25 de febrero

Me veo poco con mis hijos. Nuestros horarios no siempre coinciden y menos aún nuestros planes o nuestros intereses. Son correctos conmigo, pero como son, además, tremendamente reservados, su corrección parece siempre el mero cumplimiento de un deber. Esteban, por ejemplo, siempre se está conteniendo para no discutir mis opiniones. ¿Será la simple distancia generacional lo que nos separa, o podría hacer yo algo más para comunicarme con ellos? En general, los veo más incrédulos que desatinados, más reconcentrados de lo que yo era a sus años.

Hoy cenamos juntos. Probablemente haría unos dos meses que no estábamos todos presentes en una cena familiar. Pregunté, en tono de broma, qué acontecimiento festejábamos, pero no hubo eco. Blanca me miró y sonrió, como para enterarme de que comprendía mis buenas intenciones, y nada más. Me puse a registrar cuáles eran las escasas interrupciones del consagrado silencio. Jaime dijo que la sopa estaba desabrida. «Ahí tenés la sal, a diez centímetros de tu mano derecha», contestó Blanca, y agregó, hiriente: «¿Querés que te la alcance?». La sopa estaba desabrida. Es cierto,

---

[26] *No hay caso,* frase hecha, cuyo significado es *irremediablemente es así.*

pero ¿qué necesidad? Esteban informó que, a partir del próximo semestre, nuestro alquiler subirá ochenta pesos[27]. Como todos contribuimos, la cosa no es tan grave. Jaime se puso a leer el diario. Me parece ofensivo que la gente lea cuando come con su familia. Se lo dije. Jaime dejó el diario, pero fue lo mismo que si lo hubiera seguido leyendo, ya que siguió hosco, alunado[28]. Relaté mi encuentro con Vignale, tratando de sumirlo en el ridículo para traer a la cena un poco de animación. Pero Jaime preguntó: «¿Qué Vignale es?». «Mario Vignale». «¿Un tipo medio pelado, de bigote?». El mismo. «Lo conozco. Buena pieza», dijo Jaime, «es compañero de Ferreira. Bruto coimero»[29]. En el fondo me gusta que Vignale sea una porquería, así no tengo escrúpulos en sacármelo de encima. Pero Blanca preguntó: «¿Así que se acordaba de mamá?». Me pareció que Jaime iba a decir algo, creo que movió los labios, pero decidió quedarse callado. «Feliz de él», agregó Blanca, «yo no me acuerdo». «Yo sí», dijo Esteban. ¿Cómo se acordará? ¿Como yo, con recuerdos de recuerdos, o directamente, como quien ve la propia cara en el espejo? ¿Será posible que él, que sólo tenía cuatro años, posea la imagen, y que a mí, en cambio, que tengo registradas tantas noches, tantas noches, tantas noches, no me quede nada? Hacíamos el amor a oscuras. Será por eso. Seguro que es por eso. Tengo una memoria táctil de esas noches, y ésa sí es directa. Pero ¿y el día?

Durante el día no estábamos a oscuras. Llegaba a casa cansado, lleno de problemas, tal vez rabioso con la injusticia de esa semana, de ese mes.

A veces hacíamos cuentas. Nunca alcanzaba. Acaso mirábamos demasiado los números, las sumas, las restas, y no te-

---

[27] El peso uruguayo es la moneda nacional, con su submúltiplo, el centésimo y algunas variantes, actualmente en desuso, como *el vintén* (dos centésimos), el *medio* (cinco centésimos) y el *real* (diez centésimos). En el año 1974 se instauró el peso nuevo, equivalente a mil pesos viejos.

[28] *alunado*, 'enfadado'.

[29] *Bruto coimero*, 'coimero' es aquel que percibe una retribución monetaria indebida por la realización de determinada gestión. El adjetivo 'bruto' adquiere, en ocasiones como la presente, en el habla rioplatense, el significado de 'grande', 'notorio', 'aparatoso'.

níamos tiempo de mirarnos nosotros. Donde ella esté, si es que está, ¿qué recuerdo tendrá de mí? En definitiva, ¿importa algo la memoria? «A veces me siento desdichada, nada más que de no saber qué es lo que estoy echando de menos», murmuró Blanca, mientras repartía los duraznos en almíbar. Nos tocaron tres y medio a cada uno.

Miércoles 27 de febrero

Hoy ingresaron en la oficina siete empleados nuevos: cuatro hombres y tres mujeres. Tenían unas espléndidas caras de susto y de vez en cuando dirigían a los veteranos una mirada de respetuosa envidia. A mí me adjudicaron dos botijas[30] (uno de 18 y otro de 22) y una muchacha de 24 años. Así que ahora soy todo un jefe: tengo nada menos que seis empleados a mis órdenes. Por primera vez, una mujer. Siempre les tuve desconfianza para los números. Además, otro inconveniente: durante los días del período menstrual y hasta en sus vísperas, si normalmente son despiertas, se vuelven un poco tontas; si normalmente son un poco tontas, se vuelven imbéciles del todo. Estos «nuevos» que entraron no parecen malos. El de 18 años es el que me gusta menos. Tiene un rostro sin fuerza, delicado, y una mirada huidiza, y, a la vez, adulona. El otro es un eterno despeinado, pero tiene un aspecto simpático y (por ahora, al menos) evidentes ganas de trabajar. La chica no parece tener tantas ganas, pero al menos comprende lo que uno le explica; además, tiene la frente ancha y la boca grande, dos rasgos que por lo general me impresionan bien. Se llaman Alfredo Santini, Rodolfo Sierra y Laura Avellaneda. A ellos los pondré con los libros de mercaderías, a ella con el Auxiliar de Resultados.

---

[30] *botijas*, popularmente, a los niños en Montevideo se los designa con los adjetivos 'botija' o 'chiquilín'. En esta ocasión, Santomé no utiliza el término con su significado exacto —ya que las edades de dieciocho y veintidós años no corresponden, evidentemente, a la niñez—, sino distorsionado por su óptica subjetiva de hombre maduro.

Esta noche conversé con una Blanca casi desconocida para mí. Estábamos solos después de la cena. Yo leía el diario y ella hacía un solitario. De pronto se quedó inmóvil, con una carta en alto, y su mirada era a la vez perdida y melancólica. La vigilé durante unos instantes; luego, le pregunté en qué pensaba. Entonces pareció despertarse, me dirigió una mirada desolada, y, sin poderse contener, hundió la cabeza entre las manos, como si no quisiera que nadie profanara su llanto. Cuando una mujer llora frente a mí, me vuelvo indefenso y, además, torpe. Me desespero, no sé cómo remediarlo. Esta vez seguí un impulso natural, me levanté, me acerqué a ella y empecé a acariciarle la cabeza, sin pronunciar palabra. De a poco se fue calmando y las llorosas convulsiones se espaciaron. Cuando al fin bajó las manos, con la mitad no usada de mi pañuelo le sequé los ojos y le soné la nariz[31]. En ese momento no parecía una mujer de veintitrés años, sino una chiquilla, momentáneamente infeliz porque se le hubiera roto una muñeca o porque no la llevaban al zoológico. Le pregunté si se sentía desgraciada y contestó que sí. Le pregunté el motivo y dijo que no sabía. No me extrañó demasiado. Yo mismo me siento a veces infeliz sin un motivo concreto. Contrariando mi propia experiencia, dije: «Oh, algo habrá. No se llora por nada». Entonces empezó a hablar atropelladamente, impulsada por un deseo repentino de franqueza: «Tengo la horrible sensación de que pasa el tiempo y no hago nada, y nada acontece, y nada me conmueve hasta la raíz. Miro a Esteban y miro a Jaime y estoy segura de que ellos también se sienten desgraciados. A veces (no te enojes, papá) también te miro a vos y pienso que no quisiera llegar a los cincuenta años y tener tu temple, tu equilibrio, sencillamente porque los encuentro chatos, gastados. Me siento con una gran disponibilidad de energía, y no sé en

---

[31] Obsérvese la habilidad del autor para transitar la frontera que separa lo tierno de lo grotesco.

qué emplearla, no sé qué hacer con ella. Creo que vos te resignaste a ser opaco, y eso me parece horrible, porque yo sé que no sos opaco. Por lo menos, que no lo eras». Le contesté (¿qué otra cosa podía decirle?) que tenía razón, que hiciera lo posible por salir de nosotros, de nuestra órbita; que me gustaba mucho oírla gritar esa inconformidad, que me parecía estar escuchando un grito mío, de hace muchos años. Entonces sonrió, dijo que yo era muy bueno y me echó los brazos al cuello, como antes. Es una chiquilina todavía.

Viernes 1 de marzo

El gerente llamó a los cinco jefes de sección. Durante tres cuartos de hora nos habló del bajo rendimiento del personal. Dijo que el Directorio le había hecho llegar una observación en ese sentido, y que en el futuro no estaba dispuesto a tolerar que, a causa de nuestra desidia (cómo le gusta recalcar «desidia»), su posición se viera gratuitamente afectada. Así que de ahora en adelante, etc., etc.

¿A qué le llamarán «bajo rendimiento del personal»? Yo puedo decir, al menos, que mi gente trabaja. Y no solamente los nuevos, también los veteranos. Es cierto que Méndez lee novelas policiales que acondiciona hábilmente en el cajón central de su escritorio, en tanto que su mano derecha empuña una pluma siempre atenta a la posible entrada de algún jerarca. Es cierto que Muñoz aprovecha sus salidas a Ganancias Elevadas[32] para estafarle a la empresa veinte minutos de ocio frente a una cerveza. Es cierto que Robledo cuando va al cuarto de baño (exactamente, a las diez y cuarto) lleva escondido bajo el guardapolvo el suplemento en colores o la página de deportes. Pero también es cierto que el trabajo está siempre al día, y que en las horas en que el trámite aprieta y la bandeja aérea de Caja[33] viaja sin cesar, re-

---

[32] *Ganancias Elevadas,* el Estado uruguayo impone un impuesto 'a las Ganancias Elevadas', que debe ser abonado por las empresas o los particulares que superan determinados topes de beneficios. Con el mismo nombre es designada la oficina que centraliza las operaciones relacionadas con este impuesto.

[33] *bandeja aérea de Caja,* gaveta en que se llevan los impresos.

pleta de boletas[34] todos se afanan y trabajan con verdadero sentido de equipo. En su reducida especialidad, cada uno es un experto, y yo puedo confiar plenamente en que las cosas se están haciendo bien.

En realidad, bien sé hacia dónde iba dirigido el garrote del gerente. «Expedición» trabaja a desgano[35] y además hace mal su tarea. Todos sabíamos hoy que la arenga era para Suárez, pero entonces ¿a qué llamarnos a todos?, ¿qué derecho tiene Suárez de que compartamos su culpa exclusiva? ¿Será que el gerente sabe, como todos nosotros, que Suárez se acuesta con la hija del presidente? No está mal Lidia Valverde[36].

Sábado 2 de marzo

Anoche, después de treinta años, volví a soñar con mis encapuchados[37]. Cuando yo tenía cuatro años, o quizá menos, comer era una pesadilla. Entonces mi abuela inventó un método realmente original para que yo tragase sin mayores problemas la papa deshecha[38]. Se ponía un enorme impermeable de mi tío, se colocaba la capucha y unos anteojos negros. Con ese aspecto, para mí terrorífico, venía a golpear en mi ventana. La sirvienta, mi madre, alguna tía, coreaban entonces: «¡Ahí está don Policarpo!». Don Policarpo era una especie de monstruo que castigaba a los niños que no comían. Clavado en mi propio terror, el resto de mis fuerzas alcanzaba para mover mis mandíbulas a una velocidad increíble y acabar de ese modo con el desabrido, abundante

---

[34] *boletas*, 'facturas'.

[35] *a desgano*, 'de manera indolente'.

[36] Las escenas de la oficina, aunque marginadas de la problemática esencial de la novela, constituyen una faceta costumbrista de indudable interés, que es una de las vías por las que se produce la injerencia de lo social y general en esta historia aparentemente circunscrita a lo intimista y particular.

[37] Éste es uno de los pasajes más diferenciados dentro de la obra, ya que en ella no son habituales las referencias oníricas ni los traumas infantiles. Quizá fuera dable realizar sobre este fragmento un pormenorizado análisis psicológico.

[38] *papa deshecha*, 'patata machacada', 'puré de patata'.

puré. Era cómodo para todos. Amenazarme con don Policarpo equivalía a apretar un botón casi mágico. Al final se había convertido en una famosa diversión. Cuando llegaba una visita, la traían a mi cuarto para que asistiera a los graciosos pormenores de mi pánico. Es curioso cómo a veces se puede llegar a ser tan inocentemente cruel. Porque, además del susto, estaban mis noches, mis noches llenas de encapuchados silenciosos, *rara* especie de Policarpos que siempre estaban de espaldas, rodeados de una espesa bruma. Siempre aparecían en fila, como esperando turno para ingresar a mi miedo. Nunca pronunciaban palabra, pero se movían pesadamente en una especie de intermitente balanceo, arrastrando sus oscuras túnicas, todas iguales, ya que en eso había venido a parar el impermeable de mi tío. Era curioso: en mi sueño sentía menos horror que en la realidad. Y, a medida que pasaban los años, el miedo se iba convirtiendo en fascinación. Con esa mirada absorta que uno suele tener por debajo de los párpados del sueño, yo asistía como hipnotizado a la cíclica escena. A veces, soñando otro sueño cualquiera, yo tenía una oscura conciencia de que hubiera preferido soñar mis Policarpos. Y una noche vinieron por última vez. Formaron en su fila, se balancearon, guardaron silencio, y, como de costumbre, se esfumaron. Durante muchos años dormí con una inevitable desazón, con una casi enfermiza sensación de espera. A veces me dormía decidido a encontrarlos, pero sólo conseguía crear la bruma y, en raras ocasiones, sentir las palpitaciones de mi antiguo miedo. Sólo eso. Después fui perdiendo aun esa esperanza y llegué insensiblemente a la época en que empecé a contar a los extraños el fácil argumento de mi sueño. También llegué a olvidarlo. Hasta anoche. Anoche, cuando estaba en el centro mismo de un sueño más vulgar que pecaminoso, todas las imágenes se borraron y apareció la bruma, y en medio de la bruma, todos mis Policarpos. Sé que me sentí indeciblemente feliz y horrorizado. Todavía ahora, si me esfuerzo un poco, puedo reconstruir algo de aquella emoción. Los Policarpos, los indeformables, eternos, inocuos Policarpos de mi infancia, se balancearon, se balancearon y, de pronto, hicieron algo totalmente imprevisto. Por primera vez se dieron vuelta, sólo por un momento, y todos ellos tenían el rostro de mi abuela.

Martes 12 de marzo

Es bueno tener una empleada que sea inteligente[39]. Hoy, para probar a Avellaneda, le expliqué de un tirón todo lo referente a Contralor. Mientras yo hablaba, ella fue haciendo anotaciones. Cuando concluí, dijo: «Mire, señor, creo que entendí bastante, pero tengo dudas sobre algunos puntos». Dudas sobre algunos puntos... Méndez, que se ocupaba de eso antes que ella, necesitó nada menos que cuatro años para disiparlas... Después la puse a trabajar en la mesa que está a mi derecha. De vez en cuando le echaba un vistazo. Tiene lindas piernas. Todavía no trabaja automáticamente, así que se fatiga. Además es inquieta, nerviosa. Creo que mi jerarquía (pobre inexperta) la cohíbe un poco. Cuando dice: «Señor Santomé», siempre pestañea. No es una preciosura[40]. Bueno, sonríe pasablemente. Algo es algo.

Miércoles 13 de marzo

Esta tarde, cuando llegué del Centro, Jaime y Esteban estaban gritando en la cocina. Alcancé a oír que Esteban decía algo sobre «los podridos de tus amigos»[41]. En cuanto sintieron mis pasos, se callaron y trataron de hablarse con naturalidad. Pero Jaime tenía los labios apretados y a Esteban le brillaban los ojos. «¿Qué pasa?», pregunté. Jaime se encogió

---

[39] En este pasaje Santomé emite los primeros juicios elogiosos sobre Avellaneda, refiriéndose primero a su inteligencia, con lo cual no abandona aún su propio papel de jefe, y no ve a Avellaneda sino en el despersonalizado desempeño de su papel de empleada. Pero en seguida las coordenadas serán otras y Santomé, asumiendo su rol primario de hombre, alabará ciertos atributos físicos de la muchacha.

[40] *preciosura*, sustantivo correspondiente al adjetivo 'precioso'.

[41] Éste es el primer signo —todavía muy desdibujado— del tema de la homosexualidad de Jaime.

92

de hombros, y el otro dijo: «Nada que te importe». Qué ganas de encajarle una trompada[42] en la boca. Eso es mi hijo, ese rostro duro, que nada ni nadie ablandará jamás. Nada que me importe. Fui hasta la heladera[43] y saqué le botella de leche, la manteca[44]. Me sentía indigno, abochornado. No era posible que él me dijera: «Nada que te importe» y yo me quedara tan tranquilo, sin hacerle nada, sin decirle nada. Me serví un vaso grande. No era posible que él me gritara con el mismo tono que yo debía emplear con él y que, sin embargo, no empleaba. Nada que me importe.

Cada trago de leche me dolía en las sienes. De pronto me di vuelta y lo tomé de un brazo. «Más respeto con tu padre, ¿entendés?, más respeto». Era una idiotez decirlo ahora, cuando ya había pasado el momento. El brazo estaba tenso, duro, como si repentinamente se hubiera convertido en acero. O en plomo. Me dolió la nuca cuando levanté la cabeza para mirarlo en los ojos. Era lo menos que podía hacer. No, él no estaba asustado. Simplemente, sacudió el brazo hasta soltarse, se le movieron las aletas de la nariz, y dijo: «¿Cuándo crecerás?» y se fue dando un portazo. Yo no debía tener una cara muy tranquila cuando me di vuelta para enfrentar a Jaime. Seguía recostado en la pared. Sonrió con espontaneidad y sólo comentó: «¡Qué mala sangre, viejo, qué mala sangre!». Es increíble, pero en ese preciso instante sentí que se me helaba la rabia. «Es que también tu hermano...», dije, sin convicción. «Dejalo», contestó él, «a esta altura ninguno de nosotros tiene remedio».

Viernes 15 de marzo

Mario Vignale estuvo a verme en la oficina. Quiere que vaya a su casa la semana que viene. Dice que encontró antiguas fotos de todos nosotros. No las trajo el muy cretino. Desde luego, constituyen el precio de mi aceptación. Acepté, claro. ¿A quién no le atrae el propio pasado?

---

[42] *trompada*, 'puñetazo'.
[43] *heladera*, 'frigorífico', 'nevera'.
[44] *manteca*, 'mantequilla'.

Sábado 16 de marzo

Esta mañana, el nuevo —Santini— intentó confesarse conmigo[45]. No sé qué tendrá mi cara que siempre invita a la confidencia. Me miran, me sonríen, algunos llegan hasta a hacer la mueca que precede al sollozo; después se dedican a abrir su corazón. Y, francamente, hay corazones que no me atraen. Es increíble la cómoda impudicia, el tono de misterio con que algunos tipos secretean acerca de sí mismos. «Porque yo, ¿sabe señor?, yo soy huérfano», dijo de entrada para atornillarme en la piedad. «Tanto gusto, y yo viudo», le contesté con un gesto ritual, destinado a destruir aquel empaque. Pero mi viudez le conmueve mucho menos que su propia orfandad.

«Tengo una hermanita, ¿sabe?». Mientras hablaba, de pie junto a mi escritorio, hacía repiquetear los dedos, frágiles y delgados, sobre la tapa de mi libro Diario. «¿No podés dejar quieta esa mano?», le grité, pero él sonrió dulcemente antes de obedecer. En la muñeca lleva una cadena de oro, con una medallita. «Mi hermanita tiene diecisiete años, ¿sabe?». El «¿sabe?» es una especie de tic. «¿No me digas? ¿Y está buena?». Era mi desesperada defensa antes de que se rompieran los diques de su último remedo de escrúpulos y yo me viera definitivamente inundado por su vida íntima. «Usted no me toma en serio», dijo apretando los labios, y se fue muy ofendido a su mesa. No trabaja demasiado rápido. Tardó dos horas en hacerme el resumen de febrero.

Domingo 17 de marzo

Si alguna vez me suicido, será en domingo. Es el día más desalentador, el más insulso. Quisiera quedarme en la cama hasta tarde, por lo menos hasta las nueve o las diez, pero a

---

[45] Muy poco después de iniciado el tema primario del homosexualismo de Jaime, comienza a perfilarse el tema secundario, paralelo al anterior, del homosexualismo de Santini. En este segundo caso, Benedetti da indicios más claros desde el principio.

las seis y media me despierto solo y ya no puedo pegar los ojos. A veces pienso qué haré cuando toda mi vida sea domingo. Quién sabe, a lo mejor me acostumbro a despertarme a las diez. Fui a almorzar al Centro, porque los muchachos se fueron por el fin de semana, cada uno por su lado. Coral solo. Ni siquiera me sentí con fuerzas para entablar con el mozo[46] el facilongo y ritual intercambio de opiniones sobre el calor y los turistas. Dos mesas más allá, había otro solitario. Tenía el ceño fruncido, partía los pancitos[47] a puñetazos. Dos o tres veces lo miré, y en una oportunidad me crucé con sus ojos. Me pareció que allí había odio. ¿Qué habría para él en mis ojos? Debe ser una regla general que los solitarios no simpaticemos. ¿O será que, sencillamente, somos antipáticos?

Volví a casa, dormí la siesta y me levanté pesado, de mal humor. Tomé unos mates[48] y me fastidió que estuviera amargo. Entonces me vestí y me fui otra vez al Centro. Esta vez me metí en un café; conseguí una mesa junto a la ventana. En un lapso de una hora y cuarto, pasaron exactamente treinta y cinco mujeres de interés. Para entretenerme hice una estadística sobre qué me gustaba más en cada una de ellas. Lo apunté en la servilleta de papel. Éste es el resultado. De dos, me gustó la cara; de cuatro, el pelo; de seis, el busto; de ocho, las piernas; de quince, el trasero. Amplia victoria de los traseros.

---

[46] *mozo,* 'camarero'.
[47] *pancitos,* 'panecillos'.
[48] El mate es una infusión típica de Uruguay y Argentina. Se prepara echando una cierta cantidad de yerba mate en un vaso o recipiente —también denominado 'mate'—, hecho generalmente con la corteza de una calabaza vaciada y seca, y vertiendo luego agua caliente con una 'pava' (especie de tetera metálica donde se hierve el agua) en Argentina y ambientes rurales uruguayos, o un termo, como se hace habitualmente en Montevideo. La infusión se chupa a través de un tubo metálico llamado 'bombilla'. Se puede tomar el mate amargo o bien dulce, echándole azúcar. Es normal tomar mate en rueda. El 'cebador' (quien se encarga de ir virtiendo el agua caliente) va pasando el mate de mano en mano. Existen tradiciones campesinas que denotan la existencia de un verdadero código relacionado con el mate, según el cual, por ejemplo, 'cebar' un mate frío significa desprecio contra el que lo recibe.

Lunes 18 de marzo

Anoche Esteban volvió a las doce, Jaime a las doce y media, Blanca a la una. Los sentí a todos, recogí minuciosamente cada ruido, cada paso, cada palabrota murmurada. Creo que Jaime vino un poco borracho. Por lo menos, se tropezaba con los muebles y tuvo abierta como media hora la canilla[49] del lavabo. Sin embargo, las puteadas eran de Esteban, que nunca toma[50]. Cuando llegó Blanca, Esteban le dijo algo desde su cuarto, y ella contestó que se metiera en sus cosas. Después, el silencio. Tres horas de silencio. El insomnio es la peste de mis fines de semana. Cuando me jubile, ¿no dormiré nunca?

Esta mañana sólo hablé con Blanca. Le dije que no me gustaba que llegara a esas horas. Ella no es insolente, de modo que no merecía que yo le rezongara. Pero además está el deber, el deber de padre y madre. Tendría que ser ambos a la vez y creo que no soy nada. Sentí que me extralimitaba cuando me oí preguntarle con tono admonitorio: «¿Qué anduviste haciendo? ¿A dónde fuiste?». Entonces ella, mientras embadurnaba la tostada con manteca, me contestó: «¿Por qué te sentís obligado a hacerte el malo? Hay dos cosas de las cuales estamos seguros: que nos tenemos cariño y que yo no estoy haciendo nada incorrecto». Estaba derrotado. Sin embargo agregué, nada más que para salvar les apariencias: «Todo depende de qué entendés por incorrecto».

Martes 19 de marzo

Trabajé toda la tarde con Avellaneda. Búsqueda de diferencias. Lo más aburrido que existe. Siete centésimos. Pero en realidad se componía de dos diferencias contrarias: una de dieciocho centésimos y otra de veinticinco. La pobre to-

---

[49] *canilla,* 'grifo'.
[50] *que nunca toma,* 'tomar', 'beber alcoholes'.

davía no agarró bien la onda. En un trabajo de estricto automatismo, como éste, ella se cansa igual que en cualquier otro que la fuerce a pensar y a buscar soluciones propias. Yo estoy tan hecho a este tipo de búsquedas, que a veces las prefiero a otra clase de trabajo. Hoy, por ejemplo, mientras ella me cantaba los números y yo tildaba la cinta de sumar, me ejercité en irle contando los lunares que tiene en su antebrazo izquierdo. Se dividen en dos categorías: cinco lunares chicos y tres lunares grandes, de los cuales uno abultadito. Cuando terminó de cantarme noviembre, le dije, sólo para ver cómo reaccionaba: «Hágase quemar ese lunar. Generalmente no pasa nada, pero en un caso cada cien, puede ser peligroso». Se puso colorada y no sabía dónde poner el brazo. Me dijo: «Gracias, señor», pero siguió dictándome terriblemente incómoda. Cuando llegamos a enero, empecé a dictar yo, y ella ponía los tildes. En un determinado instante, tuve conciencia de que algo raro estaba pasando y levanté la vista en mitad de una cifra. Ella estaba mirándome la mano. ¿En busca de lunares? Quizá. Sonreí y otra vez se murió de vergüenza. Pobre Avellaneda. No sabe que soy la corrección en persona y que jamás de los jamases me tiraría un lance con[51] una de mis empleadas.

Jueves 21 de marzo

Cena en lo de[52] Vignale. Tiene una casa asfixiante, oscura, recargada. En el living hay dos sillones, de un indefinido estilo internacional, que, en realidad, parecen dos enanos peludos. Me dejé caer en uno de ellos. Desde el asiento subía un calor que me llegaba hasta el pecho. Vino a recibirme una perrita desteñida, con cara de solterona. Me miró sin olfatearme, luego se despaturró y cometió el clásico delito de lesa alfombra. La mancha quedó allí, sobre una cabeza de pavo real, que era la vedette en aquel diseño más bien espantoso.

---

[51] *me tiraría un lance con,* 'haría la corte a'.
[52] *en lo de,* 'en casa de'.

Pero había tantas manchas en la alfombra, que al final uno podía llegar a creer que formaban parte de la decoración.

La familia de Vignale es numerosa, estentórea, cargante. Incluye a su mujer, su suegra, su suegro, su cuñado, su concuñada y —horror de los horrores— sus cinco niños. Éstos podrían ser definidos aproximadamente como monstruitos. En lo físico son normales, demasiado normales, rubicundos y sanos. Su monstruosidad está en lo molestos que son. El mayor tiene trece años (Vignale se casó ya maduro) y el menor seis. Se mueven constantemente, constantemente hacen ruido, constantemente discuten a los gritos. Uno tiene la sensación de que se le están trepando por la espalda, por los hombros, que siempre están a punto de meterle a uno los dedos en las orejas o tirarle del pelo. Nunca llegan a tanto, pero el efecto es el mismo, y se tiene conciencia de que en casa de Vignale uno está a merced de esa jauría. Los adultos de la familia se han refugiado en una envidiable actitud de prescindencia, que no excluye trompadas perdidas que de pronto cruzan el aire y se instalan en la nariz, o en la sien, o en el ojo de uno de aquellos angelitos. El método de la madre, por ejemplo, podría definirse así: tolerar toda postura o insolencia del niño que moleste a los otros, incluidas las visitas, pero castigar todo gesto o palabra del niño que la moleste a ella personalmente. El punto culminante de la cena tuvo lugar a los postres. Uno de los chicos quiso dejar testimonio de que el arroz con leche no le agradaba. Dicho testimonio consistió en volcar íntegramente su porción sobre los pantalones del menor de sus hermanitos. El gesto fue festejado con generoso ruido, pero el llanto del damnificado superó todas mis previsiones y no cabe en ninguna descripción.

Después de la cena, los niños desaparecieron, no sé si dispuestas a irse a la cama o a preparar un cóctel de veneno para mañana temprano. «¡Qué chicos!», comentó la suegra de Vignale, «lo que pasa es que tienen vida».

«La infancia es eso: vida pura», fue el adecuado colofón del yerno. Respondiendo a una inexistente averiguación de mi parte, la concuñada me señaló: «Nosotros no tenemos hijos». «Y ya llevamos siete años de casados», dijo el marido con una risotada aparentemente maliciosa. «Yo por mí quisiera», aclaró la mujer, «pero éste se complace en evitarlos». Fue Vignale quien nos rescató a todos de semejante divagación ginecológica y anticonceptiva, para referirse a lo que constituía el máximo atractivo de la noche: la exhibición de las célebres fotos de museo. Las guardaba en un sobre verde, fabricado caseramente con papel de embalar, sobre el cual había escrito con letras de imprenta: «Fotografías de Martín Santomé». Evidentemente, el sobre era viejo, pero la leyenda bastante reciente. En la primera foto aparecían cuatro personas frente a la casa de la calle Brandzen. No fue necesario que Vignale me dijera nada: a la vista de la fotografía mi memoria pareció sacudirse y acusó recibo de aquella imagen amarillenta que sabía sido sepia. Quienes estaban en la puerta eran mi madre, una vecina que después se fue a España, mi padre y yo mismo. Mi aspecto era increíblemente desgarbado y ridículo. «Esta foto, ¿la tomaste vos?», le pregunté a Vignale. «Estás loco. Yo nunca he juntado valor pare empuñar una máquina fotográfica o un revólver. Esa foto la sacó Falero. ¿Te acordás de Falero?». Vagamente. Por ejemplo, que el padre tenía una librería y que él le robaba revistas pornográficas, preocupándose luego de divulgar entre nosotros ese aspecto fundamental de la cultura francesa. «Mirá esta otra», dijo Vignale, ansioso. Allí también estaba yo, junto al Adoquín. El Adoquín (de eso sí me acuerdo) era un imbécil que siempre se pegaba a nosotros, festejaba todos nuestros chistes, aun los más aburridos, y no nos dejaba ni a sol ni a sombra.

No me acordaba de su nombre, pero estaba seguro de que era el Adoquín. La misma expresión pajarona[53] la misma carne fofa, el mismo pelo engominado. Solté la risa, una de mis mejores risas de este año. «¿De qué te reís?», preguntó Vignale. «Del Adoquín. Fijate qué pinta». Entonces Vignale bajó los ojos, hizo una recorrida vergonzante por los rostros de su mujer, de sus suegros, de su cuñada, de su concuñado, y luego dijo con voz ronca: «Creí que ya no te acordabas de ese mote. Nunca me gustó que me llamaran así». Me tomó

---

[53] *pajarona*, 'tonta'.

totalmente de sorpresa. No supe qué hacer ni qué decir. ¿Así que Mario Vignale y el Adoquín eran una misma persona? Lo miré, lo volví a mirar, y confirmé que era estúpido, empalagoso y pajarón. Pero evidentemente se trataba de otra estupidez, de otro empalago, de otra pajaronería. No eran las del Adoquín de aquel entonces, qué iban a ser. Ahora tienen no sé qué de irremediable. Creo que balbuceé: «Pero, ché, si nadie te lo decía con mala intención. Acordate de que a Prado le decían el Conejo». «Ojalá me hubieran llamado a mí el Conejo», dijo, en tono compungido, el Adoquín Vignale. Y no miramos más fotografías.

Viernes 22 de marzo

Corrí veinte metros para alcanzar el ómnibus y quedé reventado. Cuando me senté, creí que me desmayaba. En la tarea de quitarme el saco, de desabrocharme el cuello de la camisa y moverme un poco para respirar mejor, rocé dos o tres veces el brazo de mi compañera de asiento. Era un brazo tibio, no demasiado flaco. En el roce sentí el tacto afelpado del vello, pero no lograba identificar si se trataba del mío o el de ella o el de ambos. Desdoblé el diario y me puse a leer. Ella, por su parte, leía un folleto turístico sobre Austria. De a poco fui respirando mejor, pero me quedaron palpitaciones por todo un cuarto de hora. Su brazo se movió tres o cuatro veces, pero no parecía querer separarse totalmente del mío. Se iba y regresaba. A veces el tacto se limitaba a una tenue sensación de proximidad en el extremo de mis vellos.

Miré varias veces hacia la calle y de paso la fiché[54]. Cara angulosa, labios finos, pelo largo, poca pintura, manos anchas, no demasiado expresivas. De pronto el folleto se le

---

[54] *la fiché*, esta expresión popular rioplatense se emplea para significar el reconocimiento discreto que una persona hace sobre el aspecto físico de otra. También se utiliza la expresión «estar fichado» cuando el defecto, vicio o mala costumbre de una persona ya es de conocimiento de los demás. En el mismo sentido es usual decir, por ejemplo, «a Fulano ya *lo tengo fichado*».

cayó y yo me agaché a recogerlo. Naturalmente, eché una ojeada a las piernas. Pasables, con una curita en el tobillo. No dijo gracias. A la altura de Sierra[55], comenzó sus preparativos para bajarse. Guardó el folleto, se acomodó el pelo, cerró la cartera y pidió permiso. «Yo también bajo», dije, obedeciendo a una inspiración. Ella empezó a caminar rápido por Pablo de María[56], pero en cuatro zancadas la alcancé. Caminamos uno junto al otro, durante cuadra[57] y media. Yo estaba aún formando mentalmente mi frase inicial de abordaje, cuando ella dio vuelta la cabeza hacia mí, y dijo: «Si me va a hablar, decídase».

Domingo 24 de marzo

Pensándolo bien, qué caso extraño el del viernes. No nos dijimos los nombres ni los teléfonos ni nada personal. Sin embargo, juraría que en esta mujer el sexo no es un rubro primario. Más bien parecía exasperada por algo, como si su entrega a mí fuera su curiosa venganza contra no sé qué. Debo confesar que es la primera vez que conquisto a una mujer tan sólo con el codo y, también, la primera vez que, una vez en la amueblada[58], una mujer se desviste tan rápido y a plena luz. El agresivo desparpajo con que se tendió en la cama ¿qué probaba? Hacía tanto por poner en evidencia su completa desnudez, que estuve por creer que era la primera vez que se encontraba en cueros frente a un hombre. Pero no era nueva. Y con su cara seria, su boca sin pintura, sus manos inexpresivas, se las arregló sin embargo para disfrutar. En el momento que consideró oportuno, me suplicó que le

---

[55] *Sierra,* calle de Montevideo.
[56] *Pablo de María,* calle de Montevideo.
[57] *cuadra,* este término designa, en Sudamérica, el recorrido de una calle comprendido entre la intersección de otras dos calles perpendiculares a la primera, es decir, de esquina a esquina.
[58] *amueblada,* 'amueblada' y 'mueble' son los nombres que se dan, indistintamente en el Uruguay a un determinado tipo de hoteles cuyas habitaciones se alquilan por hora, y que están exclusivamente destinados a parejas que los frecuentan para hacer el amor.

dijera palabrotas. No es mi especialidad, pero creo que la dejé satisfecha.

Lunes 25 de marzo

Empleo público para Esteban. Es el resultado de su trabajo en el club[59]. No sé si alegrarme con ese nombramiento de jefe. Él, que viene de afuera, pasa por encima de todos los que ahora serán sus subordinados. Me imagino que le harán la vida imposible. Y con razón[60].

Miércoles 27 de marzo

Hoy me quedé hasta las once de la noche en la oficina. Una gauchada[61] del gerente. Me llamó a las seis y cuarto para decirme que precisaba esa porquería para mañana a primera hora. Era un trabajo para tres personas. Avellaneda, pobrecita, se ofreció para quedarse. Pero tuve lástima,

También se quedaron tres en Expedición. En realidad, era lo único verdaderamente necesario, Pero, claro, el gerente no iba a hacer trabajar extra al macho de la Valverde sin adornarle el castigo con el trabajo extra de álgún inocente.

---

[59] Se refiere Santomé a un club de alguna fracción de uno de los partidos tradicionales uruguayos, Blanco y Colorado. Durante la etapa civilista del Uruguay, constituía un hecho corriente que muchas personas colaboraran en las tareas de una cualquiera de estos clubs con el único afán de conseguir, a cambio, un empleo público.

[60] La corrupción administrativa —el gran mal que Benedetti comenta detenidamente en *El país de la cola de paja*— ha contaminado ya al núcleo familiar de Santomé. El personaje reacciona emitiendo consideraciones de orden moral, tan importantes siempre en todo tiempo y circunstancias, para el autor.

[61] Se llama *gauchada*, en el Río de la Plata, a un favor o servicio que una persona presta a otra desinteresadamente, por puro afecto y generosidad. El vocablo pertenece a la familia del sustantivo *gaucho*, que, en esta especial acepción, designa a la persona generosa y servicial, cuyo prototipo o modelo sería el gaucho, así considerado popularmente. En el ejemplo del texto la palabra es utilizada irónicamente, ya que el gerente, lejos de hacer una *gauchada*, ha ordenado una engorrosa tarea.

Esta vez el inocente fui yo. Paciencia. Estoy deseando que la Valverde se aburra de ese cafisho[62].

Me deprime horriblemente trabajar fuera de hora. Toda la oficina silenciosa, sin público, con los escritorios mugrientos, llenos de carpetas y biblioratos[63]. El conjunto da una impresión de basura, de desperdicio. Y en medio de ese silencio y de esa oscuridad, tres tipos aquí y tres allá, trabajando sin ganas, arrastrando el cansancio de las ocho horas previas.

Robledo y Santini me dictaban las cifras, yo escribía a máquina. A las ocho de la noche me empezó a doler la espalda, cerca del hombro izquierdo. A las nueve el dolor me importaba poco; seguía escribiendo como un autómata las roncas cifras que ellos me dictaban. Cuando terminamos, nadie habló. Los de Expedición ya se habían ido. Fuimos los tres hasta la Plaza[64], les pagué un café en el mostrador del Sorocabana[65] y nos dijimos chau[66]. Creo que me guardaron un poco de rencor porque los elegí a ellos.

Jueves 28 de marzo

Hablé largamente con Esteban. Le expuse mis dudas sobre la justicia de su nombramiento. No pretendía que renunciara; por Dios, sé que eso ya no se estila. Simplemente, me hubiera gustado oírle decir que se sentía incómodo. De ningún modo. «No hay caso, viejo, vos seguís viviendo en otra época». Así me dijo. «Ahora nadie se ofende si viene un tipo cualquiera y lo pasa en el escalafón. ¿Y sabés por qué

---

[62] *cafisho,* término lunfardo, usado para nombrar al hombre que vive de una mujer. Cfr. Alonso Zamora Vicente, *Dialectología española,* 2.ª ed., Madrid, Gredos, 1967, págs. 400-410.

[63] *biblioratos,* 'archivadores'.

[64] Se refiere el autor, en ésta y en posteriores ocasiones, a la Plaza Independencia, una de las principales del centro de Montevideo.

[65] *Sorocabana,* nombre de una de las cafeterías más antiguas y típicas de Montevideo que, hasta no hace muchos años, contaba con dos locales, de los cuales permanece uno en la actualidad. El que menciona Santomé —situado en la Plaza Independencia— es el que ya ha desaparecido.

[66] *chau,* saludo de despedida utilizado en ambas márgenes del Río de la Plata, sin duda proveniente de la voz italiana 'ciao'.

nadie se ofende? Porque todos harían lo mismo si la ocasión se les pusiera a tiro. Estoy seguro de que a mí no me van a mirar con bronca sino con envidia».

Le dije... Bueno, ¿qué importa lo que le dije?

Viernes 29 de marzo

Qué viento asqueroso, me costó un triunfo[67] llegar por Ciudadela[68] desde Colonia[69] hasta la Plaza. A una muchacha el viento le levantó la pollera[70]. A un cura le levantó la sotana. Jesús, qué panoramas tan distintos. A veces pienso qué hubiera ocurrido si me hubiese metido a cura. Probablemente, nada. Tengo una frase que pronuncio cuatro o cinco veces por año: «Hay dos profesiones para las que estoy seguro de no tener la mínima vocación: militar y sacerdote.» Pero creo que lo digo por vicio, sin el menor convencimiento.

Llegué a casa despeinado, con la garganta ardiendo y los ojos llenos de tierra. Me lavé, me cambié y me instalé a tomar mate detrás de la ventana. Me sentí protegido.

Y también profundamente egoísta. Veía pasar a hombres, mujeres, viejos, niños, todos luchando contra el viento, y ahora también con la lluvia. Sin embargo, no me vinieron ganas de abrir la puerta y llamarlos para que se refugiaran en mi casa y me acompañaran con un mate caliente. Y no es que no se me haya ocurrido hacerlo. La idea me pasó por la cabeza, pero me sentí profundamente ridículo y me puse a imaginar las caras de desconcierto que pondría la gente, aun en medio del viento y de la lluvia.

¿Qué sería de mí, en este día, si hace veinte o treinta años me hubiera decidido a meterme de cura? Sí, ya sé, el viento me levantaría la sotana y quedarían al descubierto mis pantalones de hombre vulgar y silvestre. Pero ¿y en lo demás? ¿Habría ganado o habría perdido? No tendría hijos

---

[67] *me costó un triunfo*, 'me costó mucho'.
[68] *Ciudadela*, calle céntrica de Montevideo.
[69] *Colonia*, calle céntrica de Montevideo.
[70] *pollera*, 'falda'.

(creo que habría sido un cura sincero, cien por ciento casto), no tendría oficina, no tendría horario, no tendría jubilación. Tendría Dios, eso sí, y tendría religión. Pero ¿es que acaso no los tengo? Francamente, no sé si creo en Dios. A veces imagino que, en el caso de que Dios exista, no habría de disgustarle esta duda. En realidad, los elementos que él (¿o Él?) mismo nos ha dado (raciocinio, sensibilidad, intuición) no son en absoluto suficientes como para garantizarnos ni su existencia ni su no-existencia. Gracias a una corazonada, puedo creer en Dios y acertar, o no creer en Dios y también acertar. ¿Entonces? Acaso Dios tenga un rostro de *croupier*[71] y yo sólo sea un pobre diablo que juega a rojo cuando sale negro, y viceversa[72].

Sábado 30 de marzo

Robledo todavía está de trompa[73] conmigo, a causa del trabajo extraordinario del último miércoles. Pobre tipo. Según me contó Muñoz esta mañana, la novia de Robledo lo cela espantosamente. El miércoles tenía que encontrarse con ella a las ocho y, debido a que yo lo elegí para quedarse, no pudo ir. Le avisó por teléfono, pero no hubo caso. La otra desconfiada ya le comunicó que no quiere saber más nada de él. Dice Muñoz que él lo consuela diciéndole que siempre es mejor enterarse de esos inconvenientes antes del casamiento, pero Robledo está con una luna[74] tremenda. Hoy lo llamé y le expliqué que no sabía lo de la novia. Le pregunté por qué no me lo había dicho, y entonces me miró con unos ojos que echaban chispas y murmuró: «Usted bien

---

[71] *croupier,* término francés que designa al auxiliar del banquero en las casas de juego, que controla los puntos de los jugadores y las cartas que van pasando.

[72] La honda preocupación por la existencia y esencia de Dios —una de las constantes filosóficas de Santomé— adquiere aquí, gracias a un típico recurso de Benedetti, un halo de sencillez y cotidianidad, como ocurrirá en posteriores ocasiones.

[73] *de trompa,* 'enfadado'.

[74] *luna,* 'enfado'.

que lo sabía. Ya me tienen podrido[75] con esas bromitas». Estornudó, de puro nervioso, y agregó en seguida, con un amplio gesto de decepción: «Que ellos, que son flor de guarangos[76], me hagan esos chistes, lo comprendo. Pero que usted, todo un tipo serio, se preste a secundarlos, francamente me desilusiona un poco. Nunca se lo dije, pero tenía de usted un buen concepto». Quedaba un poco violento que yo saliera a defender su buen concepto sobre mi persona, de modo que le dije, sin ironía: «Mirá, si te parece me creés y si no paciencia. Yo no sabía nada. Así que punto final y anda a trabajar, si no querés que yo también me desilusione».

Domingo 31 de marzo

Esta tarde, cuando salía del California[77], vi desde lejos a la del ómnibus, la «mujer del codo». Venía con un tipo corpulento, de aspecto deportista y con dos dedos de frente. Cuando el tipo reía, era como para ponerse a reflexionar sobre las imprevistas variantes de la imbecilidad humana. Ella también reía, echando la cabeza hacia atrás y apretándose mimosamente contra él. Pasaron frente a mí y ella me vio en mitad de una carcajada, pero no la interrumpió. No podría asegurar que me reconoció. Por lo pronto, le dijo al centroforward[78]: «Ay, querido», y con un movimiento musculoso y coqueto arrimó su cabeza a la corbata con jirafas. Después dieron vuelta por Ejido[79]. Gran interrogante: ¿Qué tiene que ver esta tipa con la que la otra tarde se desnudó en tiempo récord?

---

[75] *podrido*, 'harto', 'aburrido'.

[76] *guarangos*, 'mal educados'. En este caso, individuos groseros que suelen cometer humoradas faltas de ingenio y de delicadeza.

[77] *California*, nombre de un cine del centro de Montevideo.

[78] *centroforward*, 'delantero centro'. En Uruguay y Argentina es usual la utilización —distorsionada o no— de vocablos ingleses para designar conceptos relativos al mundo del deporte.

[79] *Ejido*, calle del centro de Montevideo, que debe su nombre al hecho de estar situada en el antiguo emplazamiento del ejido de la ciudad, en la época colonial.

Lunes 1.º de abril

Hoy me mandaron, para que yo lo atendiera, al «judío que viene a pedir trabajo». Cada dos o tres meses aparece por aquí. El gerente no sabe cómo sacárselo de encima. Es un tipo alto, pecoso, de unos cincuenta años; habla horriblemente el español y quizá lo escriba peor. Su cantilena informa siempre que su especialización es correspondencia en tres o cuatro idiomas, taquigrafía en alemán, contabilidad de costos. Extrae del bolsillo una carta en estado de absoluto deterioro, en la cual el jefe de personal de no sé qué instituto de La Paz, Bolivia, certifica que el señor Franz Heinrich Wolff prestó servicios a entera satisfacción y se retiró por su propia voluntad. Sin embargo, la expresión del tipo está lo más alejada posible de toda voluntad, propia o ajena. Ya conocemos de memoria todos sus tics, todos sus argumentos, toda su resignación. Porque él siempre insiste en que le hagan una prueba, pero cuando lo ponemos a escribir a máquina, la carta siempre le sale mal; a las pocas preguntas que se le formulan responde siempre con tranquilos silencios. No puedo imaginar de qué vive. Su aspecto es a la vez limpio y miserable. Parece estar inexorablemente convencido de su fracaso; no se otorga la mínima posibilidad de tener éxito, pero sí la obligación de ser empecinado, sin importarle mayormente frente a cuantas negativas deba estrellarse. Yo no sabría decir exactamente si el espectáculo es patético, repugnante o sublime, pero creo que nunca podré olvidar la cara (¿serena? ¿resentida?) con que el hombre recibe siempre el resultado negativo de la prueba y la semi reverencia con que se despide. Alguna vez lo he visto por la calle, caminando despacio o mirando simplemente el río de la gente que pasa y que quizá le inspire alguna reflexión. Creo que jamás logrará sonreír. Su mirada podría ser la de un loco o la de un sabio o la de un simulador o la de alguien que ha sufrido mucho. Pero lo cierto es que, cada vez que lo veo, a mí me deja una sensación de incomodidad. Como si yo fuera en parte culpable de su estado, de su miseria, y —lo peor de todo— como si él supiera que yo soy culpable. Ya sé que es une idiotez. Yo no puedo conseguirle empleo en mi oficina; además, él no sirve.

¿Y entonces? Quizá yo sepa que hay otras formas de ayudar a un semejante. ¿Pero cuáles? ¿Consejos, por ejemplo? No quiero ni pensar la cara con que los recibiría. Hoy, después que le dije por décima vez que no, sentí que me venía une bocanada de lástima y me decidí a tenderle la mano con un billete de diez pesos. Él me dejó con la mano tendida, me miró fijamente (una mirada bastante complicada, aunque creo que en ella el ingrediente principal era, a su vez, la lástima) y me dijo con ese desagradable acento de eres que suenan como ges: «Usted no compgende». Lo cual es rigurosamente cierto. No comprendo y basta. No quiero pensar más en todo esto.

Martes 2 de abril

Me veo poco con mis hijos. Especialmente con Jaime. Es curioso, porque es precisamente a Jaime a quien quisiera ver más a menudo. De los tres es el único que tiene humor. No sé qué validez tiene la simpatía en las relaciones entre padre e hijos, pero lo cierto es que Jaime es, de los tres, el que me resulta más simpático. Pero, en compensación, es también el menos transparente[80].

Hoy lo vi, pero él no me vio. Una curiosa experiencia. Yo estaba en Convención[81] y Colonia[82], despidiéndome de Muñoz, que me había acompañado hasta allí. Jaime pasó por la vereda[83] de enfrente. Iba con otros dos, que tenían algo desagradable en el porte o en el vestir[84]; no me acuerdo bien, porque me fijé especialmente en Jaime. No sé qué les

---

[80] El autor sigue desarrollando el tema de Jaime de forma estilísticamente solapada. Esta opacidad de carácter va creando expectativas frente a lo que pueda esconder.

[81] *Convención,* nombre de una calle céntrica de Montevideo.

[82] *Colonia,* nombre de una calle céntrica de Montevideo.

[83] *vereda,* 'acera'.

[84] «... los podridos de tus amigos...» había dicho Esteban (véase nota 41).

iría diciendo a los otros, pero éstos se reían con grandes aspavientos. Él iba serio, pero su expresión era de satisfacción, o quizás no, más bien provenía del convencimiento de su superioridad, del claro dominio que en ese momento ejercía sobre sus acompañantes.

A la noche le dije: «Hoy te vi por Colonia. Ibas con otros dos». Me pareció que se ponía colorado[85]. Acaso me equivoqué. «Un compañero de oficina y su primo», dijo. «Parece que los divertías mucho», agregué. «Uh, ésos se ríen de cualquier pavada»[86].

Entonces, creo que por primera vez en su vida, me hizo una pregunta personal, una pregunta que se refería a mis propias preocupaciones: «Y... ¿para cuándo calculás que estará pronta tu jubilación?». ¡Jaime preguntando por mi jubilación! Le dije que Esteban le había hablado a un amigo para que la apurara. Pero tampoco puede apurarla demasiado. Es inevitable que, antes que nada, yo cumpla mis cincuenta. «¿Y cómo te sentís?», preguntó. Yo me reí y me limité a encogerme de hombros. No dije nada, por dos razones. La primera, que todavía no sé qué haré con mi ocio. La segunda, que estaba conmovido con ese repentino interés. Un buen día, hoy[87].

Jueves 4 de abril

Otra vez tuvimos que quedarnos hasta tarde. Ahora la culpa fue nuestra: hubo que buscar una diferencia. Todo un problema para elegir la gente. El pobre Robledo me miraba desafiante, pero no lo elegí; prefiero que piense que me tiene dominado. Santini tenía un cumpleaños, Muñoz anda con una uña encarnada que lo tiene de muy mal humor, Sierra hace dos días que no viene. Al final se quedaron

---

[85] Signos inquietantes que Santomé renuncia a valorar.

[86] *pavada,* 'tontería'. Del mismo modo *pavo,* 'tonto'.

[87] Santomé no advierte —o no quiere advertir— los verdaderos propósitos de Jaime, que ha buscado solamente apartar la conversación de su propia persona.

Méndez y Avellaneda. A las ocho menos cuarto, se me acercó Méndez muy misterioso y me preguntó para cuánto tendríamos. Le dije que por lo menos hasta las nueve. Entonces, más misterioso aún y tomando las máximas precauciones para que no lo escuchara Avellaneda, me confesó que a las nueve tenía un programa[88] y que primero quería ir a su casa para bañarse, afeitarse, cambiarse, etc. Todavía lo hice sufrir un poco. Le pregunté: «¿Está buena?». «Es un poema, jefe». Ellos bien saben que la única arma para conquistarme es la franqueza. Y se pasan de francos. Le di permiso, claro.

Pobre Avellaneda. En cuanto quedamos solos en el enorme local, se puso más nerviosa que de costumbre. Cuando me alcanzó una planilla y vi que le temblaba la mano, le pregunté a quemarropa: «¿Tengo un aspecto muy amenazante? No se ponga así, Avellaneda». Se rió y desde ese momento trabajó más tranquila. Es todo un problema hablarle. Siempre tengo que estar a medio camino entre la severidad y la confianza. Tres o cuatro veces la miré de reojo. Se ve que es una buena chica. Tiene rasgos definidos, de tipa leal. Cuando se aturulla un poco con el trabajo, inevitablemente se despeina y eso le queda bien. Sólo a las nueve y diez encontramos la diferencia. Le pregunté si quería que la acompañase. «No, señor Santomé, de ningún modo». Pero mientras caminábamos hasta la Plaza, hablamos del trabajo. Tampoco aceptó un café. Le pregunté dónde vivía y con quién. Padre y madre. ¿Novio? Fuera de la oficina debo inspirarle menos respeto, porque contestó afirmativamente y en un tono normal. «¿Y cuándo tendremos colecta?»[89], pregunté, como es de ritual en estos casos. «Oh, hace sólo un año que hablamos». Yo creo que después de haberme confesado que tenía novio, se sintió más defendida e interpretó mis preguntas como un interés casi paternal. Reunió todo su

---

[88] *un programa*, 'una cita amorosa'. La denominación es utilizada siempre en referencia con relaciones más o menos frívolas.

[89] *colecta*, 'recaudación efectuada voluntariamente entre varias personas'. El autor se refiere a las 'colectas' que suelen realizarse en las oficinas con motivo del casamiento de un compañero.

coraje para averiguar si yo era casado, si tenía hijos, etcétera. Se puso muy seria ante la notificación de mi viudez y creo que estuvo luchando entre cambiar rápidamente de tema o acompañarme el sentimiento con veinte años de atraso. Triunfó la cordura y pasó a hablarme de su novio. Apenas me había enterado de que trabajaba en el Municipio, cuando apareció su trole. Me dio la mano y todo, qué barbaridad.

Viernes 5 de abril

Carta de Aníbal. Se aburrió en San Pablo y regresa a fin de mes. Para mí es una buena noticia. Tengo pocos amigos y Aníbal es el mejor. Por lo menos es el único con quien puedo hablar de ciertos temas sin sentirme ridículo. Alguna vez tendremos que investigar en qué se basa nuestra afinidad. Él es católico, yo no soy nada. Él es mujeriego, yo me limito a lo indispensable. Él es activo, creador, categórico; yo soy rutinario e indeciso. Lo cierto es que, muchas veces, él me empuja a tomar una decisión; otras, soy yo el que lo freno con alguna de mis dudas. Cuando murió mi madre —hará en agosto quince años— yo estaba hecho una ruina. Sólo me sostenía una fervorosa rabia contra Dios, los parientes, el prójimo. Cada vez que recuerdo el velorio[90] interminable, siento asco. Los asistentes se dividían en dos clases: los que empezaban a llorar desde la puerta y después me sacudían entre sus brazos, y los que llegaban tan sólo a cumplir, me daban la mano con empalagosa compunción y a los diez minutos estaban contando chistes verdes. Entonces llegó Aníbal, se acercó, ni siquiera me dio la mano, y se puso a hablar con naturalidad: de mí, de sí mismo, de su familia, incluso de mi madre. Esa naturalidad fue una especie de bálsamo, de verdadero consuelo; yo la interpreté como el mejor homenaje que alguien podía hacer a mi madre, y a mí mismo en mi afecto por mi madre. Es tan sólo un detalle, un episodio casi insignificante, eso lo com-

---

[90] *velorio*, 'velatorio'.

prendo bien, pero tuvo lugar en uno de esos momentos en que el dolor lo pone a uno exageradamente receptivo.

Sábado 6 de abril

Sueño descabellado. Yo venía de atravesar en pijama el Parque de los Aliados[91]. De pronto, en la vereda de una casa lujosa, de dos plantas, vi que estaba Avellaneda, Me acerqué sin vacilar. Ella tenía puesto un vestidito liso, sin adornos ni cinturón, directamente sobre la carne. Estaba sentada en un banquito de cocina, junto a un eucaliptus, y pelaba papas. De pronto tuve conciencia de que ya era de noche y me acerqué y le dije: «Qué rico olor a campo». Al parecer, mi argumento fue decisivo, porque inmediatamente me dediqué e poseerla, sin que mediase resistencia alguna de su parte[92].

Esta mañana, cuando apareció Avellaneda con un vestidito liso, sin adornos ni cinturón, no pude aguantarme y le dije: «Qué rico olor a campo.» Me miró con auténtico pánico, exactamente como se mira a un loco o a un borracho. Para peor de males traté de explicarle que estaba hablando solo. No la convencí, y al mediodía, cuando se fue, todavía me vigilaba con cierta prevención. Una prueba más de que es posible ser más convincente en los sueños que en la realidad.

Domingo 7 de abril

Casi todos los domingos, almuerzo y ceno solo, e inevitablemente me pongo melancólico. «¿Qué he hecho de mi vida?» es una pregunta que suena a Gardel[93] o a Suple-

---

[91] *Parque de los Aliados,* uno de los lugares arbolados de mayor extensión, existentes en la ciudad de Montevideo. Su actual denominación es «Parque Batlle y Ordóñez».

[92] Primera nota francamente erótica en la relación Santomé-Avellaneda.

[93] *Gardel,* Carlos Gardel, 1903 (¿Toulouse? ¿Buenos Aires? ¿Tacuarembó?)-1935 (Medellín, Colombia). El cantor más importante de la música típica rioplatense. Después de su muerte, acaecida en un accidente aéreo, su figura se transformó en un mito que no ha perdido vigencia. El texto hace referencia a la línea melodramática que predomina en sus tangos.

mento Femenino[94] o artículo del Reader's Digest. No importa. Hoy domingo, me siento más allá de lo irrisorio y puedo hacerme preguntas de ese tipo. En mi historia particular, no se han operado cambios irracionales, virajes insólitos y repentinos. Lo más insólito fue la muerte de Isabel. ¿Residirá en esa muerte la clave verdadera de lo que yo considero mi frustración? No lo creo. Más aún, cuanto más me investigo, más me convenzo de que esa muerte joven fue una desgracia, digamos, con suerte. (Por Dios, qué vulgar y mezquino suena esto. Yo mismo me horrorizo). Quiero decir que en el momento en que Isabel desaparece, yo tenía 28 años y ella 25. Estábamos, pues, en pleno auge del deseo. Creo que mi deseo físico más vehemente me fue inspirado por ella. Será por eso tal vez que si bien soy incapaz de reconstruir (con mis propias imágenes, no con fotografías o recuerdos de recuerdos) el rostro de Isabel, puedo en cambio volver a sentir en mis manos, todas las veces que lo necesite, el tacto particular de su cintura, de su vientre, de sus pantorrillas, de sus senos. ¿Por qué las palmas de mis manos tienen una memoria más fiel que mi memoria? Una consecuencia puedo extraer de todo esto: que si Isabel hubiera vivido los suficientes años más como para que su cuerpo se aflojara (eso tenía de bueno: su piel lisa y tirante en todas sus zonas) y aflojara, por ende, mi capacidad de desearla, no puedo garantizar qué hubiera sido de nuestro vínculo ejemplar. Porque toda nuestra armonía, que era cierta, dependía inexorablemente de la cama, de nuestra cama. No quiero decir con esto que durante el día nos lleváramos como perro y gato; por el contrario, en nuestra vida cotidiana se usaba una buena dosis de concordia. Pero ¿cuál era el freno para los estallidos, para los desbordes? Sencillamente, el goce de las noches, su presencia protectora en medio de los sinsabores del día. Si alguna vez el odio nos tentaba y empezábamos a apretar los labios, nos cruzaba por los

[94] *Suplemento Femenino*, probablemente la mención está referida al suplemento femenino del diario uruguayo *La Mañana*, periódico tradicional, de gran tirada.

ojos el aliciente de la noche, pasada o futura, y entonces, inevitablemente, nos envolvía una oleada de ternura que aplacaba todo brote de rencor. En eso no estoy desconforme. Mi matrimonio fue una buena cosa, una alegre temporada.

Pero ¿y lo demás? Porque está la opinión que uno puede tener de sí mismo, algo que increíblemente tiene poco que ver con la vanidad. Me refiero a la opinión cien por ciento sincera, la que uno no se atrevería a confesarle ni al espejo frente al que se afeita. Recuerdo que hubo una época (allá entre mis 16 y mis 20 años) en que tuve una buena, casi diría una excelente opinión de mí mismo. Me sentía con impulso para empezar y llevar a cabo «algo grande», para ser útil a muchos, para enderezar las cosas. No puede decirse que fuera la mía una actitud cretinamente egocéntrica. Aunque me hubiera gustado recibir la aceptación y hasta el aplauso ajenos, creo que mi primer objetivo no era usar de los otros, sino serles de utilidad. Ya sé que esto no es caridad pura y cristiana; además, no me importa mucho el sentido cristiano de la caridad. Recuerdo que yo no pretendía ayudar a los menesterosos, o a los tarados, o a los miserables (creo cada vez menos en la ayuda caóticamente distribuida). Mi intención era más modesta; sencillamente, ser de utilidad para mis iguales, para quienes tenían un más comprensible derecho a necesitar de mí.

La verdad es que esa excelente opinión acerca de mí mismo ha decaído bastante. Hoy me siento vulgar y, en algunos aspectos, indefenso. Soportaría mejor mi estilo de vida si no tuviera conciencia de que (sólo mentalmente, claro) estoy por encima de esa vulgaridad. Saber que tengo, o tuve, en mí mismo elementos suficientes como para encaramarme a otra posibilidad, saber que soy superior, no demasiado, a mi agotada profesión, a mis pocas diversiones, a mi ritmo de diálogo; saber todo eso no ayuda por cierto a mi tranquilidad, más bien me hace sentirme más frustrado, más inepto para sobreponerme a las circunstancias. Lo peor de todo es que no han acaecido terribles cosas que me cercaran (bueno, la muerte de Isabel es algo fuerte, pero no puedo llamarla terrible; después de todo, ¿existe algo más natural que irse de este mundo?), que frenaran mis mejores impulsos, que impidieran mi desarrollo, que me ataran a una rutina aletargante. Yo mismo he fabricado mi rutina, pero por la vía más simple: la acumulación. La seguridad de saberme capaz para algo mejor, me puso en las manos la postergación, que al fin de cuentas es un arma terrible y suicida. De ahí que mi rutina no haya tenido nunca carácter ni definición; siempre ha sido provisoria, siempre ha constituido un rumbo precario, a seguir nada más que mientras duraba la postergación, nada más que para aguantar el deber de la jornada durante ese periodo de preparación que al parecer yo consideraba imprescindible, antes de lanzarme definitivamente hacia el cobro de mi destino. Qué pavada, ¿no? Ahora resulta que no tengo vicios importantes (fumo poco, sólo de aburrido tomo una cañita[95] de cuando en cuando), pero creo que ya no podría dejar de postergarme: éste es mi vicio, por otra parte incurable. Porque si ahora mismo me decidiera a asegurarme, en una especie de tardío juramento: «Voy a ser exactamente lo que quise ser», resultaría que todo sería inútil. Primero, porque me siento con escasas fuerzas como para jugarlas a un cambio de vida, y luego, porque ¿qué validez tiene ahora para mi aquello que quise ser? Sería algo así como arrojarme conscientemente a una prematura senilidad. Lo que deseo ahora es mucho más modesto que lo que deseaba hace treinta años y, sobre todo, me importa mucho menos obtenerlo. Jubilarme, por ejemplo. Es una aspiración, naturalmente, pero es una aspiración en cuestabajo. Sé que va a llegar, sé que vendrá sola, sé que no será preciso que yo proponga nada. Así es fácil, así vale la pena entregarse y tomar decisiones[96].

---

[95] *cañita*, la 'caña' es una de las bebidas alcohólicas de mayor consumo popular en el Uruguay. Es similar al ron.

[96] Esta patética descripción de la inercia vital que padece el protagonista es uno de los pasajes más emotivos y esclarecedores de la obra. Aquí está resumido el sentido más profundo de su drama, que no es una consecuencia de ciertos sucesos desgraciados, sino de su propia insalvable falla en la dinámica existencial.

Martes 9 de abril

Esta mañana me llamó el Adoquín Vignale[97]. Le hice decir que no estaba, pero cuando me volvió a llamar a la tarde, me sentí obligado a atenderlo. En esto soy categórico: si tengo esta relación (no me atrevo a llamarla amistad) es tal vez porque la merezco.

Quiere venir a casa. «Algo confidencial, viejo. No puedo decírtelo por teléfono, ni tampoco puedo traerte a casa para esto». Quedamos combinados para el jueves de noche[98]. Vendrá después de la cena.

Miércoles 10 de abril

Avellaneda tiene algo que me atrae. Eso es evidente, pero ¿qué es?

Jueves 11 de abril

Falta media hora para que cenemos. Esta noche viene Vignale. Sólo estaremos Blanca y yo. Los muchachos desaparecieron no bien se enteraron de la visita. No los acuso. Yo también hubiera escapado.

En Blanca se ha operado un cambio. Tiene color en las mejillas, y no es artificial; tiene color aun después de lavarse la cara. A veces se olvida de que estoy en la casa y se pone a cantar. Tiene poca voz pero la maneja con gusto. Me agrada oírla. ¿Qué pasará por la cabeza de mis hijos? ¿Estarán en el momento de las aspiraciones en cuestarriba?

---

[97] Nótese el juego de contrastes con la dramaticidad del fragmento anterior.

[98] *combinados*, 'citados'.

116

Viernes 12 de abril

Ayer Vignale llegó a las once y se fue a las dos de la mañana. Su problema cabe en pocas palabras: su concuñada se ha enamorado de él. Vale la pena transcribir, aunque sólo sea aproximadamente, la versión de Vignale: «Fíjate que ellos hace seis años que viven con nosotros. Seis años no son cuatro días. No te voy a decir que hasta ahora nunca me hubiera fijado en la Elvira. Vos ya te diste cuenta de que está bastante buena. Y si la vieras en traje de baño, se te caen las medias[99]. Pero ché, una cosa es mirar y otra aprovechar. ¿Qué querés? Mi patrona[100] ya está un poco jamona y además está agotada por el trabajo de la casa y el cuidado de los chiquilines. Podrás imaginarte que después de quince años de casado no es cosa de verla e ipsofacto[101] inflamarse de pasión. Además, tiene unos períodos que le duran como una quincena, así que es bastante difícil que mis ganas lleguen a coincidir con su disponibilidad. La verdad es que muchas veces ando hambriento y me como con los ojos las pantorrillas de la Elvira, que, para peor de males, entrecasa anda siempre de *shorts*[102]. La cosa es que la mujer ha interpretado mal mis miradas; bueno, en realidad las ha interpretado bien, pero no era para tanto. La pura verdad es que si hubiera sabido que la Elvira gustaba de mí, ni la habría observado, porque lo que menos quiero es armar relajo[103] dentro de mi propio hogar, que para mí siempre fue sagrado. Primero fueron miradas y yo hacién-

---

[99] *se te caen las medias,* alusión popular a las consecuencias de una emoción sorpresiva muy intensa, unida a un sentimiento de admiración.

[100] *patrona,* 'esposa', en el sentido de 'jefa'.

[101] *ipsofacto,* el término es una deformación de la locución latina «ipso facto», que significa «por el mismo hecho», «en el acto». En el habla popular montevideana esta expresión es muy utilizada, para expresar, sobre todo, inmediatez o reacción fulminante frente a determinado hecho.

[102] *shorts,* palabra inglesa que designa a un tipo de pantalón muy corto.

[103] *armar relajo,* motivar una situación éticamente reprobable. En general el sustantivo relajo es utilizado en Latinoamérica con la significación de aflojamiento a 'relajamiento' de la conducta o las normas establecidas.

dome el oso[104]. Pero el otro día se me cruzó de piernas, así nomás, en *shorts,* y no tuve más remedio que decirle: "Tené cuidado". Me contestó: "No quiero tener cuidado" y fue el acabose. A continuación me preguntó si era ciego, que yo bien sabía que no le era indiferente, etc., etc. Aunque estaba seguro que de nada iba a servir, le recordé la existencia del marido, o sea mi cuñado, y ¿sabés qué me contestó?: "¿Quién? ¿Ese tarado?". Y ahí está lo peor: que tiene razón, Francisco es un tarado. Eso es lo que me enfría un poco los escrúpulos. ¿Vos qué harías en mi lugar?».

Yo en su lugar no tendría problemas: primero, no me hubiera casado con la idiota de su mujer, y segundo, no me sentiría atraído en absoluto por la carne blanda de la otra veterana. Pero no pude decirle otra cosa que lugares comunes: «Tené cuidado. Mirá que no te la vas a poder sacar de encima. Si querés rifarte toda tu situación familiar, entonces dale; pero si esa situación te importa más que todo, entonces no te arriesgues».

Se fue compungido, preocupado, indeciso. Creo, sin embargo, que la frente de Francisco está en peligro.

Domingo 14 de abril

Esta mañana tomé un ómnibus, me bajé en Agraciada y 19 de Abril[105]. Hace años que no iba por ahí. Me hice la ilusión de que visitaba una ciudad desconocida, Sólo ahora me di cuenta de que me he acostumbrado a vivir en calles sin árboles. Y qué irremediablemente frías pueden llegar a ser.

Una de las cosas más agradables de la vida: ver cómo se filtra el sol entre las hojas.

Buena mañana la de hoy. Pero a la tarde dormí una siesta de cuatro horas y me levanté de mal humor.

---

[104] *haciéndome el oso,* 'simulando no darme cuenta'.
[105] La intersección de estas dos calles se sitúa en un barrio residencial, un tanto alejado del centro de la ciudad de Montevideo.

Martes 16 de abril

Sigo sin averiguar qué es lo que me atrae en Avellaneda. Hoy la estuve estudiando. Se mueve bien, se recoge armoniosamente el pelo, sobre las mejillas tiene una leve pelusa, como de durazno[106]. ¿Qué hará con el novio? O mejor, ¿qué hará el novio con ella? ¿Jugarán a la parejita decente o se calentarán como cualquier hijo de vecino? Pregunta clave para un servidor: ¿Envidia?

Miércoles 17 de abril

Dice Esteban que si quiero tener la jubilación para fin de año, la cosa hay que empezarla ahora. Dice que me va a ayudar a moverla, pero que aun así llevará tiempo. Ayudar a moverla quizá signifique untarle la mano a alguien. No me gustaría. Sé que el más indigno es el otro, pero yo tampoco sería inocente. La teoría de Esteban es que es necesario desempeñarse en el estilo que exige el ambiente. Lo que en un ambiente es simplemente honrado, en otro puede ser simplemente imbécil. Tiene algo de razón, pero me desalienta que tenga razón.

Jueves 18 de abril

Vino el inspector: amable, bigotudo. Nadie hubiera pensado que fuese tan cargoso. Empezó pidiendo datos del último balance y terminó solicitando una discriminación de rubros que figura en el inventario inicial. Me pasé acarreando viejos y destartalados libros desde la mañana hasta última hora de la tarde. El inspector era un primor: sonreía, pedía perdón, decía: «Mil gracias». Un encanto el tipo. ¿Por qué no se morirá? Al principio estuve amasando mi rabia,

---

[106] *durazno,* 'melocotón'.

contestando entre dientes, puteando mentalmente. Después la bronca cedió paso a otra sensación. Empecé a sentirme viejo. Esos datos iniciales de 1929, los había escrito yo; esos asientos y contrasientos que figuraban en el borrador de Diario, los había escrito yo; esos transportes a lápiz en el libro de Caja, los había escrito yo. En ese entonces era sólo un pinche, pero ya me daban a hacer cosas importantes, aunque la módica gloria fuera sólo del jefe, exactamente como ahora gano yo mi módica gloria por las cosas importantes que hacen Muñoz y Robledo. Me siento un poco como el Herodoto[107] de la empresa, el registrador y el escriba de su historia, el testigo sobreviviente. Veinticinco años. Cinco lustros. O un cuarto de siglo. No. Parece mucho más sobrecogedor decir, lisa y llanamente, veinticinco años, ¡y cómo ha ido cambiando mi letra! En 1929 tenía una caligrafía despatarrada: las «t» minúsculas no se inclinaban hacia el mismo lado que las «d», que las «b» o que las «h», como si no hubiera soplado para todas el mismo viento. En 1939, las mitades inferiores de las «f», las «g» y las «j» parecían una especie de flecos indecisos, sin carácter ni voluntad. En 1945 empezó la era de las mayúsculas, mi regusto en adornarlas con amplias curvas, espectaculares e inútiles. La «M» y la «H» eran grandes arañas, con tela y todo. Ahora mi letra se ha vuelto sintética, pareja, disciplinada, neta. Lo que sólo prueba que soy un simulador, ya que yo mismo me he vuelto complicado, desparejo, caótico, impuro. De pronto, al pedirme el inspector un dato correspondiente a 1930, reconocí mi caligrafía, mi caligrafía de una etapa especial. Con la misma letra que escribí: «Detalle de sueldos pagados al personal en el mes de agosto de 1930», con esa misma letra y en ese mismo año, había escrito dos veces por semana: «Querida Isabel», porque Isabel vivía entonces en Melo y yo le escribía puntualmente los martes y viernes. Ésa había sido, pues, mi letra de novio. Sonreí, arrastrado por los re-

---

[107] *Herodoto* (¿484? - ¿425? a.C.). Es considerado el primer historiador griego y el padre de la Historia. Su obra se divide en nueve libros, titulados según las denominaciones de las nueve musas.

cuerdos, y el inspector sonrió conmigo. Después me pidió otra discriminación de rubros.

Sábado 20 de abril

¿Estaré reseco? Sentimentalmente, digo.

Lunes 22 de abril

Nuevas confesiones de Santini. Otra vez referentes a la hermanita de diecisiete años. Dice que cuando los padres no están en la casa, ella viene a su cuarto y baila casi desnuda frente a él. «Tiene un traje de baño de esos de dos partes, ¿sabe? Bueno, cuando viene a bailar a mi cuarto, se quita la parte de arriba». «¿Y vos qué hacés?». «Yo... me pongo nervioso». Le dije que si solamente se ponía nervioso, no había peligro. «Pero, señor, eso es inmoral», dijo, agitando la muñeca con la cadenita y la medalla. «Y ella, ¿qué razones te da para venir a bailar delante tuyo con tan poca ropa?». «Fíjese, señor, dice que a mí no me gustan las mujeres y que ella me va a curar». «¿Y es cierto eso?». «Bueno, aunque fuera cierto... no tiene por qué hacerlo... por ella misma... me parece». Entonces me resigné a hacerle la pregunta que él estaba buscando desde hacía tiempo: «Y los hombres, ¿te gustan?». Sacudió otra vez la cadenita y la medalla. Dijo: «Pero eso es inmoral, señor», me hizo un guiño que estaba a medio camino entre lo travieso y lo asqueroso y, antes de que yo pudiera agregar nada, me preguntó: «¿O usted no lo cree así?». Lo saqué vendiendo boletines[108] y le mandé un trabajo de esos bien pudridores[109]. Tiene por lo menos para diez días de no levantar la cabeza. Eso es lo que me faltaba: un marica en la sección[110]. Parece que es del tipo «con escrúpulos». Qué

---

[108] *Lo saqué vendiendo boletines*, 'lo alejé violentamente'.

[109] *pudridores*, 'tediosos', 'aburridos'.

[110] Es fácilmente perceptible aquí un trasfondo amargamente irónico: el protagonista se lamenta de tener un homosexual en la oficina, cuando lo está teniendo en su propia casa, sin saberlo.

121

alhaja. Una cosa es cierta, sin embargo: que la hermanita se las trae.

Miércoles 24 de abril

Hoy, como todos los 24 de abril, cenamos juntos. Buen motivo: el cumpleaños de Esteban. Creo que todos nos sentimos un poco obligados a mostrarnos alegres. Ni siquiera Esteban parecía alunado; hizo algunos chistes, aguantó a pie firme nuestros abrazos.

El menú preparado por Blanca fue el punto más alto de la noche. Naturalmente, eso también predispone al buen humor. No es del todo absurdo que un pollo a la portuguesa me deje más optimista que una tortilla de papas. ¿No se le habrá ocurrido a ningún sociólogo efectuar un detenido análisis sobre la influencia de las digestiones en la cultura, la economía y la política uruguayas? ¡Cómo comemos, Dios mío! En la alegría, en el dolor, en el asombro, en el desaliento. Nuestra sensibilidad es primordialmente digestiva. Nuestra innata vocación de demócratas se apoya en un viejo postulado: «Todos tenemos que comer». A nuestros creyentes les importa sólo en parte que Dios les perdone sus deudas, pero en cambio pide de rodillas, con lágrimas en los ojos, que no les falte el pan nuestro de cada día. Y ese Pan Nuestro no es —estoy seguro— un mero símbolo: es un pan alemán[111] de a kilo.

Bueno, comimos bien, tomamos un buen clarete, festejamos a Esteban. Al final de la cena, cuando revolvíamos lentamente el café, Blanca dejó caer una noticia: tiene novio. Jaime la envolvió con una mirada rara, indefinida (¿qué es Jaime? ¿quién es Jaime? ¿qué quiere Jaime?). Esteban preguntó alegremente el nombre del «infeliz». Yo creo que me sentí contento y lo dejé traslucir. «¿Y cuándo conocemos a esa monada?», pregunté. «Mirá papá, Diego no va a hacer esas visitas protocolares de lunes, miércoles y viernes. Nos

---

[111] *pan alemán,* una clase de pan muy apreciada en el Uruguay.

encontramos en cualquier parte, en el Centro, en su casa, aquí». Cuando dijo «en su casa» debimos haber fruncido nuestros ceños, porque ella se apresuró a agregar: «Vive con su madre, en un apartamento. No tengan miedo». «Y la madre, ¿nunca sale?», preguntó Esteban, ya un poco agrio. «No te pongas pesado», dijo Blanca y en seguida me lanzó la pregunta: «Papá, quiero saber si vos me tenés confianza. Es la única opinión que me importa. ¿Me tenés confianza?». Cuando me preguntan así, a quemarropa, hay una sola cosa que puedo contestar. Mi hija lo sabe. «Claro que te tengo confianza», dije. Esteban se limitó a dejar constancia de su incredulidad en una sonora carraspera. Jaime siguió callado.

Viernes 26 de abril

El gerente convocó a otra reunión de jefes. No estaba Suárez, por suerte tiene gripe. Martínez aprovechó la ocasión para decir algunas verdades. Estuvo bien. Le admiro la energía. A mí en el fondo me importan un cuerno: la oficina, los títulos, las jerarquías y otras paradas[112]. Nunca me sentí atraído por las jerarquías. Mi lema secreto: «Cuanto menos jerarquías, menos responsabilidad». La verdad es que uno vive más cómodo sin grandes cargos. En cuanto a Martínez, está bien lo que hace. De todos los jefes, los únicos que podrían aspirar a una subgerencia (cargo a llenar a fin de año) seríamos, por orden de antigüedad: yo, Martínez y Suárez. A mí Martínez no me teme, porque sabe que me jubilo. En cambio le tiene miedo (y con razón) a Suárez, porque desde que éste anda con la Valverde, sus progresos han sido notables: de ayudante del cajero pasó a Oficial 1.º a mediados del año pasado, de Oficial 1.º a Jefe de Expedición hace apenas cuatro meses. Martínez sabe perfectamente que la única forma de defenderse de Suárez es desacreditarlo totalmente. Por cierto que para eso no tiene que exprimir demasiado su imaginación, y que Suárez es, en cuanto a cumplimiento, una calamidad. Se sabe inmu-

---

[112] *'paradas',* 'petulancias'.

ne, se sabe odiado, pero el escrúpulo no ha sido nunca su especialidad.

Había que ver la cara del gerente cuando el otro soltó su entripado[113]. Martínez le preguntó directamente si «el señor Gerente no sabía si algún otro miembro del Directorio tenía alguna hija disponible que quisiera acostarse con jefes de sección», agregando que él «estaba a las órdenes». El gerente le preguntó qué buscaba con eso, si quería que lo suspendieran. «De ningún modo», aclaró Martínez, «lo que busco es un ascenso. Tengo entendido que el procedimiento es éste». El gerente daba lástima. El hombre sabe que Martínez tiene razón, pero, además, sabe que él no puede hacer nada. Por ahora, al menos, Suárez es intocable.

Domingo 28 de abril

Llegó Aníbal. Fui a recibirlo al Aeropuerto. Está más flaco, más viejo, más gastado. De todos modos, fue una alegría volverlo a ver. Hablamos muy poco, porque estaban las tres hermanas y yo nunca me he llevado bien con esos loros. Quedamos en vernos uno de estos días; me llamará a la oficina.

Lunes 29 de abril

Hoy la sección era un desierto. Faltaron tres. Además, Muñoz anduvo en la calle y Robledo tuvo que revisar las fichas con la sección Ventas. Menos mal que a esta altura del mes no hay mucho trabajo. El jaleo viene siempre después del primero. Aproveché la soledad y la escasez de trabajo para charlar un rato con Avellaneda. Hace unos cuantos días que la noto apagada, casi triste. Eso sí, le sienta la tristeza. Le afila los rasgos, le pone los ojos melancólicos, la hace más joven aún. Me gusta Avellaneda, creo que ya escribí esto alguna vez. Le pregunté qué le pasaba. Se acer-

---

[113] *entripado*, 'pensamiento cuya manifestación resulta embarazosa'.

có a mi mesa, me sonrió (qué bien sonríe), no dijo nada. «Hace unos cuantos días que la noto apagada, casi triste», le dije, y a fin de que mi comentario tuviera el mismo equipo de palabras que mi pensamiento, agregué: «Eso sí, le sienta la tristeza». No lo tomó como un piropo. Sólo se le alegraron los ojos melancólicos, y dijo: «Usted es muy bueno, señor Santomé». ¿Por qué el «señor Santomé», Dios mío? Había sonado tan bien la primera parte... El «señor Santomé» me recordó mi casi cincuentena, apagó inexorablemente mis humos, y sólo me restaron fuerzas para preguntarle en tono fallutamente[114] paternal: «¿El novio?». A la pobre Avellaneda se le llenaron los ojos de lágrimas, sacudió la cabeza en un gesto que parecía una afirmación, balbuceó un «perdón» y salió corriendo hacia el cuarto de baño. Yo quedé por un rato sin saber qué hacer delante de mis papeles; creo que estaba conmovido. Me sentí agitado, como hace mucho no me sentía. Y no era la nerviosidad corriente de alguien que ve a una mujer llorando o a punto de. Mi agitación era mía, sólo mía; la agitación de asistir a mi propia conmoción. De pronto se hizo la luz en mi propio cerebro: ¡Entonces no estoy reseco! Cuando regresó Avellaneda, ya sin lágrimas y un poco avergonzada, yo todavía estaba disfrutando egoístamente de mi novel descubrimiento. No estoy reseco, no estoy reseco. Entonces la miré con gratitud, y como en ese momento regresaban Muñoz y Robledo,

---

[114] *fallutamente,* adverbio proveniente del adjetivo 'falluto' (= falso). El sustantivo correspondiente es 'fallutería', y el verbo 'fallutear'. Al respecto dice Mario Benedetti en «La literatura uruguaya cambia de voz» (artículo publicado en 1962): «Los rioplatenses tenemos un término que resulta irremplazable para el uso diario: me refiero a la palabra *falluto.* Creo que lo hemos acuñado nada más que para responder a una imperiosa llamada de la realidad. Porque nuestra realidad está, desgraciadamente, llena de *fallutos,* y tales especímenes, no satisfechos con invadir nuestra política, nuestra prensa y nuestra burocracia, de vez en cuando llevan a cabo perniciosas excursiones, y hasta gravosas permanencias, en nuestra literatura. El *falluto* no es sólo el hipócrita. Es más y es menos que eso. Es el tipo que falla en su suministro y en la recepción de la confianza, el individuo en quien no se puede confiar, ni creer, porque —casi sin proponérselo, por simple matiz de carácter— dice una cosa y hace otra, adula aunque carezca de móvil inmediato, miente aunque no sea necesario, aparenta —sólo por deporte— algo que no es».

ambos nos pusimos a trabajar como obedeciendo a un secreto acuerdo[115].

Martes 30 de abril

Vamos a ver, ¿qué me pasa? Todo el día estuvo transitando por mi cabeza, como si se tratara de un slogan recurrente, la única frase: «Así que se peleó con el novio». Y a continuación mi ritmo respiratorio se alegraba, El mismo día en que descubro que no estoy reseco, me siento en cambio intranquilizadoramente egoísta. Bueno, creo que, a pesar de todo, esto significa un paso adelante.

Miércoles 1.º de mayo

El Día de los Trabajadores más aburrido de la historia universal. Para peor: gris, lluvioso, prematuramente invernal. Las calles sin gente, sin ómnibus, sin nada. Y yo en mi cuarto, en mi cama camera de uno solo, en este oscuro, pesado silencio de las siete y media. Ojalá fueran ya las nueve de la mañana y yo estuviera en mi escritorio y de vez en cuando mirara hacia la izquierda y encontrara aquella figurita triste, concentrada, indefensa.

Jueves 2 de mayo

No quise hablar con Avellaneda. Primero, porque no quiero asustarla; segundo, porque no sé realmente qué decirle. Antes tengo que saber con precisión qué me está sucediendo. No puede ser que, a mis años, aparezca de pronto esta muchacha,

---

[115] El mundo gris de la oficina, paradójicamente, acaba de aportarle a Santomé un factor movilizador, psíquicamente revolucionario, que le hace ingresar en un nuevo ciclo vital, de renacimiento emocional. De todos modos el tránsito no es súbito, sino que se ha venido preparando desde que el personaje percibió la existencia de su propio interés por Avellaneda. La actual peripecia no es sino el desenlace de un proceso.

que ni siquiera es definidamente linda, y se convierta en el centro de mi atención. Me siento nervioso como un adolescente, eso es cierto, pero cuando miro mi piel que empieza a aflojarse, cuando veo estas arrugas de mis ojos, estas várices de mis tobillos, cuando siento por las mañanas mi tos vejancona, absolutameme necesaria para que mis bronquios empiecen su jornada, entonces ya no me siento adolescente sino ridículo.

Todo el mecanismo de mis sentimientos quedó detenido hace veinte años, cuando murió Isabel. Primero fue dolor, después indiferencia, más tarde libertad, últimamente tedio. Largo, desierto, invariable tedio. Oh, durante todas estas etapas el sexo siguió activo, Pero la técnica fue de picoteo. Hoy un programa en el ómnibus, mañana la contadora que estuvo de inspección, pasado la cajera de Edgardo Lamas, S. A. Nunca dos veces con la misma. Una especie de inconsciente resistencia a comprometerme, a encasillar el futuro en una relación normal, de base permanente. ¿Por qué todo eso? ¿Qué estaba defendiendo? ¿La imagen de Isabel? No lo creo. No me he sentido víctima de ese trágico compromiso, que, por otra parte, nunca suscribí. ¿Mi libertad? Puede ser. Mi libertad es otro nombre de mi inercia. Acostarse hoy con una, mañana con otra; bueno, es un decir, alcanza con una vez por semana. Lo que pide la naturaleza y nada más; igual que comer, igual que bañarse, igual que ir de cuerpo. Con Isabel era diferente, porque había una especie de comunión y, cuando hacíamos el amor, parecía que cada duro hueso mío se correspondía con un blando hueco de ella, que cada impulso mío se hallaba matemáticamente con su eco receptor. Tal para cual. Igual que cuando uno se acostumbra a bailar con la misma pareja. Al principio, a cada movimiento corresponde una réplica; después, la réplica corresponde a cada pensamiento. Uno solo es el que piensa, pero son los dos cuerpos los que hacen la figura.

Sábado 4 de mayo

Aníbal me telefoneó. Mañana nos veremos.

Avellaneda faltó a la oficina. Jaime me pidió plata. Nunca lo había hecho antes. Le pregunté para qué la precisaba. «No puedo ni quiero decírtelo. Si querés me la prestás y si no guardátela. Me da exactamente lo mismo».

«¿Lo mismo?». «Sí, lo mismo, porque si tengo que pagar ese precio chusma de abrirte mi vida íntima, mi corazón, mis intestinos, etc., prefiero conseguirla en cualquier otro lado, donde sólo me cobren interés». Le di el dinero, claro. Pero ¿a qué tanta violencia? Una mera pregunta no es un precio chusma. Lo peor de todo, lo que más rabia me da, es que generalmente hago esas preguntas de puro distraído, ya que lo que menos quiero es meterme en las zonas privadas de los otros y, menos que menos, en las de mis hijos. Pero tanto Jaime como Esteban están siempre en estado de preconflicto en lo que a mí respecta. Ya son tremendos pelotudos[116]; pues entonces, que se las arreglen como puedan.

Domingo 5 de mayo

Aníbal no es el mismo. Siempre tuve la secreta impresión de que él iba a ser joven hasta la eternidad. Pero parece que la eternidad llegó, porque ya no lo encuentro joven. Ha decaído físicamente (está delgado, los huesos se le notan más, la ropa le queda grande, su bigote está como deshilachado) pero no es sólo eso. Desde el tono de su voz, que me parece mucho más opaco que el que yo recordaba, hasta el movimiento de las manos, que han perdido vivacidad; desde su mirada, que en el primer momento me pareció lánguida pero después me di cuenta de que era sólo desencantada, hasta sus temas de conversación, que antes eran chispeantes y ahora son increíblemente grises, todo se sintetiza en una sola comprobación: Aníbal ha perdido su goce de vivir.

---

[116] *pelotudos,* 'pelotudo' y 'boludo' son términos muy usuales en el léxico callejero rioplatense. Son habitualmente utilizados como sinónimos de «haragán», pero, en otras ocasiones, se usan para significar que alguien se comporta como si tuviera menos edad de la que realmente tiene, caso del presente ejemplo.

No habló casi nada de sí mismo, es decir, habló sólo superficialmente de sí mismo. Juntó algún dinero, parece. Quiere establecerse aquí con un negocio, pero aún no ha decidido en qué ramo. Eso sí, se sigue interesando en la política.

No es mi fuerte. Me di cuenta de eso cuando él empezó a hacer preguntas cada vez más incisivas, como buscando explicaciones a cosas que no alcanza a comprender. Me di cuenta de que esos temitas que uno a veces baraja en charlas de oficina o de café, o sobre los cuales vagamente piensa de refilón cuando lee el diario durante el desayuno, me di cuenta de que sobre esos temas yo no tenía una verdadera opinión formada. Aníbal me obligó y creo que me fui afirmando a medida que le respondía. Me preguntó si yo creía que todo estaba mejor o peor que hace cinco años, cuando él se fue. «Peor», contestaron mis células por unanimidad. Pero luego tuve que explicar. Ufa, qué tarea.

Porque, en realidad, la coima siempre existió, el acomodo también, los negociados, ídem. ¿Qué está peor, entonces? Después de mucho exprimirme el cerebro llegué al convencimiento de que lo que está peor es la resignación. Los rebeldes han pasado a ser semi-rebeldes, los semi-rebeldes a resignados. Yo creo que en este luminoso Montevideo, los dos gremios que han progresado más en estos últimos tiempos son los maricas y los resignados. «No se puede hacer nada», dice la gente. Antes sólo daba su coima el que quería conseguir algo ilícito. Vaya y pase. Ahora también da coima el que quiere conseguir algo lícito. Y esto quiere decir relajo total.

Pero la resignación no es toda la verdad. En el principio fue la resignación, después, el abandono del escrúpulo; más tarde, la coparticipación. Fue un exresignado quien pronunció la célebre frase: «Si tragan los de arriba, yo también». Naturalmente, el exresignado tiene una disculpa para su deshonestidad: es la única forma de que los demás no le saquen ventaja. Dice que se vio obligado a entrar en el juego, porque de lo contrario su plata cada vez valía menos y eran más los caminos rectos que se le cerraban. Sigue manteniendo un odio vengativo y latente contra aquellos pioneros que lo obligaron a seguir esa ruta. Quizá sea, después de todo, el más hipócrita, ya que no hace nada por zafarse. Quizá sea también el más ladrón, porque sabe perfectamente que nadie se muere de honestidad[117].

¡Lo que es no estar acostumbrado a pensar en todo esto! Aníbal se fue a la madrugada y yo me quedé tan inquieto que no quise pensar en Avellaneda.

Martes 7 de mayo

Hay dos procedimientos para abordar a Avellaneda: a) la franqueza, decirle aproximadamente: «Usted me gusta, vamos a ver qué pasa»; b) la fallutería, decirle aproximadamente: «Mire, muchacha, que yo tengo mi experiencia, puedo ser su padre, escuche mis consejos». Aunque parezca increíble, quizá me convenga el segundo. Con el primero arriesgo mucho y además todo está aún demasiado inmaduro. Yo creo que hasta ahora ella ve en mí a un jefe más o menos amable y nada más. Sin embargo, no es tan jovencita. Veinticuatro años no son catorce. En una de ésas es de las que prefieren los tipos maduros. Pero el novio era un pendejo[118], sin embargo. Bueno, así le fue con él. A lo mejor, ahora, por reacción, se va hacia el otro extremo. Y en el otro extremo puedo estar yo, señor maduro, experimentado, canoso, reposado, cuarenta y nueve años, sin mayores achaques, sueldo bueno. A los tres hijos no los pongo en mi ficha; no ayudan. De todos modos, ella sabe que los tengo.

Ahora bien (y para decirlo en términos de comadre de barrio), ¿cuáles son mis intenciones? La verdad es que no me decido a pensar en algo permanente, del tipo «hasta que la muerte nos separe» (escribí Muerte y ya apareció Isabel, pero Isabel era otra cosa, creo que en Avellaneda me importa menos el lado sexual, o será tal vez que lo sexual importa menos a los cuarenta y nueve años que a los veintiocho),

---

[117] La inserción de pasajes que, como éste, contienen reflexiones de índole sociológica enriquece el espectro de intenciones de *La tregua* y demuestra que ésta no se limita a un simple buceo intimista de personajes.

[118] *pendejo*, 'niño pequeño', 'jovenzuelo'.

pero tampoco me decido a quedarme sin Avellaneda. Lo ideal, ya lo sé, sería tener a Avellaneda sin obligación de la permanencia. Pero ya es mucho pedir. Se puede intentar, sin embargo.

Antes de que le hable, no puedo saber nada. Todos son cuentos que me hago. Es cierto que, a esta altura, estoy un poco aburrido de las citas a oscuras, de los encuentros en amuebladas. Hay siempre una atmósfera enrarecida y una sensación de inmediatez, de cosa urgente, que pervierte cualquier clase de diálogo que yo sostenga con cualquier clase de mujer. Hasta el momento de acostarme con ella, sea quien sea, lo importante es acostarme con ella; después de hecho el amor, lo importante es irnos, volver cada uno a su cama particular, ignorarnos para siempre. En tantos y tantos años de este juego, no recuerdo ni una sola conversación reconfortante, ni una sola frase conmovedora (mía o ajena), de esas que están destinadas a reaparecer después, quién sabe en qué instante confuso, para terminar con alguna vacilación, para decidirnos a tomar una actitud que requiera una dosis mínima de coraje. Bueno, esto no es totalmente cierto. En una amueblada de la calle Rivera, debe hacer unos seis o siete años, una mujer me dijo esta frase famosa: «Vos hacés el amor con cara de empleado».

Miércoles 8 de mayo

Vignale otra vez. Me esperaba a la salida de la oficina, No tuve más remedio que aceptarle un cortado, como prólogo inevitable a una hora de confidencias.

Está radiante, Al parecer, la concuñada tuvo éxito en su ofensiva amorosa, así que están ahora en pleno idilio. «Tiene una metida[119] conmigo, que parece mentira», dijo acariciándose una corbata muy juvenil, crema con rombitos azules, que significaba por cierto una notoria evolución con respecto a las muy arrugadas, de un oscuro marrón indefini-

---

[119] *metida*, 'atracción amatoria'.

131

do, que usaba en su época de marido a secas, de marido fiel. «Toda una mujer, ché, y con hambre atrasada».

Me imagino el hambre atrasada de la robusta Elvira, y no quiero ni pensar en lo que será del pobre Vignale dentro de seis meses. Pero ahora irradia felicidad por todos sus poros. Cree sinceramente que fue su estampa de varón lo que la sedujo. No se da cuenta de que, frente al «hambre atrasada» de la otra (el pobre Francisco no ha de desmentir, seguramente, su beatífica cara de capón), él sólo representaba el hombre que estaba más a mano, la posibilidad de ponerse al día.

«¿Y tu mujer?», le pregunté, con aire de conciencia vigilante. «Tranquila nomás. ¿Vos sabés lo que me dijo el otro día? Que últimamente yo andaba mucho mejor de genio. Y tiene razón. Hasta el hígado me funciona bien».

Jueves 9 de mayo

En la oficina no puedo hablarle. Tiene que ser en otra parte. Estoy estudiando su itinerario. Ella se queda a menudo a comer en el Centro. Almuerza con una amiga, una gorda que trabaja en London París[120]. Pero después se separan y ella va a tomar alguna cosa en un café de Veinticinco y Misiones[121]. Tiene que ser un encuentro casual. Es lo mejor.

Viernes 10 de mayo

Conocí a Diego, mi futuro yerno. Primera impresión: me gusta. Tiene decisión en la mirada, había con una especie de orgullo que (así me parece) no es gratuito, es decir, que se apoya en algo de su propiedad. Me trató con respeto, pero sin adularme. En toda su actitud había algo que me gustó, y creo que gustó también a mi vanidad. Estaba bien predispuesto hacia

---

[120] *London París,* nombre de unos grandes almacenes uruguayos, actualmente desaparecidos.

[121] *Veinticinco y Misiones,* es muy común en el Río de la Plata esta forma de indicar la esquina de dos calles; en este caso dos calles de la Ciudad Vieja de Montevideo. 'Veinticinco' por 25 de Mayo.

mí, eso fue evidente, y esa buena predisposición, ¿de qué otra fuente puede venir que no sea sus conversaciones con Blanca? Yo sería verdaderamente feliz, en este rubro al menos, si supiera que mi hija tiene una buena impresión de mí. Es curioso; no me importa, por ejemplo, la opinión que le merezco a Esteban. Me importa, en cambio, y bastante por cierto, la que les merezco a Jaime y a Blanca. Quizá la rebuscada razón consista en que, pese a que los tres representan mucho para mí, pese a que en los tres veo reflejados muchos de mis impulsos y de mis inhibiciones, en Esteban noto además una especie de discreta animadversión, una variante de odio que él ni siquiera se atreve a confesarse a sí mismo. No sé qué fue primero, si su rechazo o el mío, pero lo cierto es que yo tampoco lo quiero como a los otros, siempre me sentí lejos de este hijo que nunca para en casa, que me dirige la palabra como por obligación, y que hace que todos nos sintamos como «extraños» en «su familia», la que se compone de él y sólo de él. Jaime tampoco se siente muy inclinado a comunicarse conmigo, pero en su caso no advierto ese tipo de rechazo incontenible. Jaime es, en el fondo, un solitario sin arreglo, y los demás, todos los demás, vienen a pagar los platos rotos.

Volviendo a Diego: me agrada que el muchacho tenga carácter, le hará bien a Blanca. Es un año menor que ella, pero parece cuatro o cinco mayor. Lo esencial es que ella se sienta protegida; por su parte, Blanca es leal, no lo va a defraudar. Me gusta eso de que salgan juntos y solos, sin prima o hermanita acompañante. La camaradería es una linda etapa, insustituible, irrecuperable. Eso no se lo perdonaré nunca a la madre de Isabel; durante el noviazgo se nos pegaba siempre como un parche, nos vigilaba tan estrecha y celosamente que, aunque uno fuera el colmo de la pureza, se sentía obligado a convocar todos los pensamientos pecaminosos que tuviera disponibles. Hasta en aquellas ocasiones —rarísimas, por cierto— en que ella no estaba presente, no nos sentíamos solos; estábamos seguros de que una especie de fantasma con pañoleta registraba todos nuestros movimientos. Si alguna vez nos besábamos, estábamos tan tensos, tan atentos a captar cualquier indicio premonitorio de su aparición en cualquiera de los puntos cardinales del living, que el beso nos resultaba siempre un contacto meramente instantáneo, con poco de sexo y menos aún de ternura, y en cambio mucho de susto, de cortocircuito, de nervio herido. Ella vive aún; la otra tarde la vi por Sarandí[122], espigada, resuelta, inacabable, acompañando a la menor de sus seis muchachas y a un desgraciado con cara de novio en custodia. La chica y el candidato no iban del brazo, había entre ellos una luz de por lo menos veinte centímetros. Se ve que la vieja no se ha apeado aún de su famoso lema: «El brazo, cuando me caso».

Pero vuelvo a alejarme del tema Diego. Dice que trabaja en una oficina, pero que es sólo provisorio. «No puedo conformarme con la perspectiva de verme siempre allá, encerrado, tragando olor a viejo sobre los libros. Estoy seguro que voy a ser y hacer otra cosa, no sé si mejor o peor que esto que hago, pero otra cosa». También hubo una época en que yo pensaba así[123]. Sin embargo, sin embargo... Este tipo parece más decidido que yo.

Sábado 11 de mayo

En algún momento le oí decir que los sábados a mediodía se encuentra con una prima en Dieciocho y Paraguay[124]. Tengo que hablarle. Estuve una hora en esa esquina, pero no vino. No quiero citarla; tiene que ser casual.

Domingo 12 de mayo

También le oí decir que los domingos va a la feria[125]. Tengo que hablarle, así que fui a la feria. Dos o tres veces me

---

[122] *Sarandí,* calle de la «Ciudad Vieja» montevideana.
[123] Obsérvese con qué frecuencia Santomé utiliza mecanismos de vuelta al pasado, como quien ya está en el término de su vida.
[124] *Dieciocho* (nombre completo: 18 de Julio) *y Paraguay,* esquina céntrica de Montevideo.
[125] *feria,* con una frecuencia generalmente semanal, en cada barrio de Montevideo se instala cierta cantidad de puestos callejeros de venta de productos alimenticios. Posiblemente el autor se refiere aquí a la 'feria' más populosa, que se concentra los domingos en la calle Tristán Narvaja, y que por sus dimensiones y su variedad se asemeja al Rastro madrileño.

pareció que era ella. En la aglomeración veía de pronto, entre muchas cabezas, un trozo de pescuezo o un peinado o un hombro que parecían los suyos, pero después la figura se completaba y hasta el trozo afín pasaba a integrarse con el resto y perdía su semejanza. A veces una mujer vista desde atrás tenía su mismo paso, sus caderas, su nuca. Pero de pronto se daba vuelta y el parecido se convertía en un absurdo. Lo único que no engaña (así, como rasgo aislado) es la mirada. En ningún lado encontré sus ojos. No obstante (sólo ahora lo pienso) no sé cómo son, de qué color. Regresé cansado, aturdido, fastidiado, aburrido. Aunque hay otra palabra más certera: regresé solitario.

Lunes 13 de mayo

Son verdes. A veces grises. La estaba mirando, quizá con demasiado detenimiento, y entonces ella me preguntó: «¿Qué tengo, señor?». Qué ridículo que me diga «señor». «Tiene la cara tiznada», dije, como un cobarde.

Se pasó el índice por la mejilla (un gesto suyo bastante característico que le estira el ojo hacia abajo, no le queda bien) y volvió a preguntar: «¿Y ahora?». «Ahora quedó impecable», contesté, con un poco menos de cobardía. Se sonrojó, y yo pude agregar: «Ahora ya no está impecable; ahora está linda». Creo que se dio cuenta. Creo que ahora sabe que está pasando algo. ¿O lo habrá interpretado como un halago paternal? Me da asco sentirme paternal.

Miércoles 15 de mayo

Estuve en el café de Veinticinco y Misiones. Desde las doce y media hasta las dos. Hice un experimento. «Tengo que hablar con ella», pensé, «por lo tanto tiene que aparecer». Empecé a «verla» en cada mujer que se acercaba por Veinticinco. Ahora no me importaba mayormente que en esta o aquella figura no pudiera reconocer ni un solo detalle que me la recordara. Yo igual la «veía». Una especie de juego mágico (o idiota, todo depende del ángulo desde el que se mire). Sólo cuando la mujer se encontraba a pocos pasos, yo efectuaba un brusco retroceso mental y dejaba de verla, sustituía la imagen deseada por la indeseable realidad. Hasta que, de pronto, el milagro se hizo. Una muchacha apareció en la esquina y, de inmediato, vi en ella a Avellaneda, la imagen de Avellaneda. Pero cuando quise efectuar el consabido retroceso, sucedió que la realidad también era Avellaneda. Qué salto, Dios mío. Creí que el corazón se había instalado en mis sienes. Estaba a dos pasos, junto a mi ventana. Dije: «¿Qué tal? ¿Qué anda haciendo?». El tono era natural, casi rutinario. Miró sorprendida, creo que agradablemente sorprendida, ojalá que agradablemente sorprendida. «Ah, señor Santomé, me dio un susto». Un solo gesto displicente de mi mano derecha, acompasando una invitación sin énfasis: «¿Un café?». «No, no puedo, qué lástima. Me espera mi padre en el Banco, para un trámite». Es el segundo café que me rechaza, pero esta vez dijo: «Qué lástima». Si no lo hubiera dicho, creo que habría tirado un vaso contra el piso o me habría mordido el labio inferior o me habría clavado las uñas en las yemas. No, macanas[126], pura alharaca; no habría hecho nada. A lo sumo, quedarme desalentado y vacío, con la pierna cruzada, los dientes apretados y los ojos doliéndome de tanto mirar el mismo pocillo[127]. Pero dijo: «Qué lástima», y todavía, antes de dejarme, preguntó: «¿Usted siempre está aquí, a esta hora?». «Claro», mentí. «Entonces postergamos la invitación para otro día». «Bueno, no se olvide», insistí, y ella se fue. Como a los cinco minutos vino el mozo, me trajo otro café, y dijo, mirando hacia la calle: «¡Qué lindo solcito, eh? Uno se siente como nuevo. Vienen ganas de cantar y todo». Sólo entonces me oí. Inconscientemente, como un viejo

---

[126] *macanas*, la palabra *macana*, de uso muy frecuente en Uruguay y Argentina, tiene un espectro semántico bastante amplio. En el ejemplo del texto significa «¡mentiras!» o «¡tonterías!» Pero, en otras ocasiones, la exclamación «¡Qué macana!» significa «¡Qué contrariedad!». Existe el verbo *macanear* («decir tonterías» o, más bien, «hablar sin fundamento») y el sustantivo *macaneador*, que designa al que dice macanas habitualmente.

[127] *pocillo*, 'taza de café'.

gramófono al que ponen un disco y se olvidan de él, yo había llegado, sin darme cuenta, a la segunda estrofa de Mi Bandera[128].

Jueves 16 de mayo

«¿A que no sabés con quién me encontré?», dijo en el teléfono la voz de Vignale. Mi silencio fue sin duda tan provocativo que él no pudo esperar ni siquiera tres segundos para brindar la solución al acertijo: «Con Escayola, fijate». Me fijé. ¿Escayola? Cosa rara volver a oír ese nombre, un apellido antiguo, de esos que ya no vienen. «No me digas, ¿y cómo está?».

«Hecho una tonina[129]; pesa 98 kilos». Bueno, resulta que Escayola se enteró de que Vignale me había encontrado y —naturalmente— una cena figura en el programa.

Escayola. También es de la época de la calle Brandzen. Pero de éste sí me acuerdo. Era un adolescente flacucho, alto, nervioso; para todo tenía pronto un comentario de burla y en general su charle era regocijante. En el café del gallego Álvarez, Escayola era la estrella. Evidentemente, todos estábamos predispuestos a la risa; porque Escayola decía cualquier cosa (no era necesario que fuese muy graciosa) y ya todos nos tentábamos. Recuerdo que a veces reíamos a los gritos, agarrándonos la barriga. Creo que el secreto estaba en que él se hacía el gracioso, con gran seriedad: una especie de Buster Keaton. Será bueno verlo de nuevo[130].

---

[128] *Mi Bandera*, título del himno a la bandera uruguaya.

[129] *tonina*, 'cetáceo que suele aparecer en las costas uruguayas'.

[130] Dos fragmentos de marcada intensidad emocional, como son los correspondientes al 15 y al 17 de mayo, en los que se está jugando el futuro del protagonista, aparecen enlazados por este pasaje que oscila entre lo pedestre y lo nostálgico. Ese juego de alternancias tiene un doble efecto: por un lado, agrega verosimilitud al relato, que, como la vida, pasa por terrenos muy diversos de forma casi simultánea y, por otro lado, produce un aumento de le expectativa, al posponer un desenlace fervientemente esperado.

Viernes 17 de mayo

Al fin sucedió. Yo estaba en el café, sentado junto a la ventana. Esta vez no esperaba nada, no estaba vigilando. Me parece que hacía números, en el vano intento de equilibrar los gastos con los ingresos de este mayo tranquilo, verdaderamente otoñal, pletórico de deudas. Levanté los ojos y ella estaba allí. Como una aparición o un fantasma o sencillamente —y cuanto mejor— como Avellaneda. «Vengo a reclamar el café del otro día», dijo. Me puse de pie, tropecé con la silla, mi cucharita de café resbaló de la mesa con un escándalo que más bien perecía provenir de un cucharón. Los mozos miraron. Ella se sentó. Yo recogí la cucharita, pero antes de poderme sentar me enganché el saco en ese maldito reborde que cada silla tiene en el respaldo. En mi ensayo general de esta deseada entrevista, yo no había tenido en cuenta una puesta en escena tan movida. «Parece que lo asusté», dijo ella, riendo con franqueza. «Bueno, un poco sí», confesé, y eso me salvó. La naturalidad estaba recuperada. Hablamos de la oficina, de algunos compañeros, le relaté varias anécdotas de tiempos idos. Ella reía. Tenía un saquito verde oscuro sobre una blusa blanca. Estaba despeinada, pero nada más que en la mitad derecha, como si un ventarrón la hubiera alcanzado sólo de ese lado. Se lo dije. Sacó un espejito de la cartera, se miró, se divirtió un rato con lo ridícula que se veía. Me gustó que su buen humor le alcanzara para burlarse de sí misma. Entonces dije: «¿Sabe que usted es culpable de una de las crisis más importantes de mi vida?». Preguntó: «¿Económicas?», y todavía reía. Contesté: «No, sentimental», y se puso seria. «Caramba», dijo, y esperó que yo continuara. Y continué: «Mire, Avellaneda, es muy posible que lo que le voy a decir le parezca una locura. Si es así, me lo dice nomás[131]. Pero no quiero andar con rodeos: creo que estoy enamorado de usted». Esperé unos instantes. Ni una palabra. Miraba fijamente la cartera. Creo que se ruborizó

---

[131] *nomás*, 'simplemente', 'sin vueltas'.

un poco. No traté de identificar si el rubor era radiante o vergonzoso. Entonces seguí: «A mi edad y a su edad, lo más lógico hubiera sido que me callase la boca; pero creo que, de todos modos, era un homenaje que le debía. Yo no voy a exigir nada. Si usted, ahora o mañana o cuando sea, me dice basta, no se habla más del asunto y tan amigos. No tenga miedo por su trabajo en la oficina, por la tranquilidad en su trabajo; sé comportarme, no se preocupe». Otra vez esperé. Estaba allí, indefensa, es decir, defendida por mí contra mí mismo. Cualquier cosa que ella dijera, cualquier actitud que asumiera, iba a significar: «Éste es el color de su futuro». Por fin no pude esperar más y dije: «¿Y?». Sonreí un poco forzadamente y agregué, con una voz temblona que estaba desmintiendo el chiste que pretendía ser: «¿Tiene algo que declarar?». Dejó de mirar su cartera. Cuando levantó los ojos, presentí que el momento peor había pasado. «Ya lo sabía», dijo. «Por eso vine a tomar café»[132].

Sábado 18 de mayo

Ayer, cuando llegué a escribir lo que ella me había dicho, no seguí más. No seguí porque quise que así terminara el día, aun el día escrito por mí, con ese latido de esperanza. No dijo: «Basta». Pero no sólo no dijo: «Basta», sino que dijo: «Por eso vine a tomar café». Después me pidió un día, unas horas por lo menos, para pensar. «Lo sabía y sin embargo es una sorpresa; debo reponerme». Mañana domingo almorzaremos en el Centro. ¿Y ahora qué? En realidad, mi discurso preparado incluía una larga explicación que ni siquiera llegué a iniciar. Es cierto que no estaba muy seguro de que eso fuera lo más conveniente. También había barajado la posibilidad de ofrecerme a aconsejarla, de poner a su disposición la experiencia de mis años. Sin embargo, cuando salí de mis cálculos y la hallé frente a mí, y caí en todos esos ademanes torpes e incontrolados, vislumbré por lo menos que la única salida para escaparme fructuosamente del ri-

---

[132] Nueva interrupción que aumenta la expectativa creada.

dículo era decir lo que dictara la inspiración del momento y nada más, olvidándome de los discursos preparados y las encrucijadas previas. No estoy arrepentido de haber seguido el impulso. El discurso salió breve y —sobre todo— sencillo, y creo que la sencillez puede ser una adecuada carta de triunfo frente a ella. Quiere pensarlo, está bien. Pero yo me digo: si sabía que yo sentía lo que siento, ¿cómo es que no tenía una opinión formada, cómo es que puede vacilar en cuanto a su actitud a asumir? Las explicaciones pueden ser varias: por ejemplo, que en realidad proyecte pronunciar el terrible «basta», pero haya encontrado demasiado cruel el decírmelo así, a quemarropa.

Otra explicación: que ella haya sabido (saber, en este caso significa intuir) lo que yo sentía, lo que yo siento, pero, no obstante ello, no haya creído que yo llegara a expresarlo en palabras, en una proposición concreta. De ahí la vacilación. Pero ella vino «por eso» a tomar café. ¿Qué quiere decir? ¿Que deseaba que yo planteara la pregunta y, por lo tanto, la duda? Cuando uno desea que le planteen una pregunta de este tipo, por lo común es para responder con la afirmativa. Pero también puede haber deseado que yo formulara por fin la pregunta, para no seguir esperando, tensa e incómoda, y estar en condiciones, de una vez por todas, de decir que no y recuperar el equilibrio. Además está el novio, el exnovio. ¿Qué pasa con él? No en los hechos (los hechos, evidentemente, indican el cese de las relaciones), sino en ella misma. ¿Seré yo, en definitiva, el impulso que faltaba, el empujoncito que su duda esperaba para decidirla a volver a él? Además están la diferencia de años, mi condición de viudo, mis tres hijos, etc. Y decidirme sobre qué tipo de relación es el que verdaderamente quisiera mantener con ella. Esto último es más complicado de lo que parece. Si este diario tuviera un lector que no fuera yo mismo, tendría que cerrar el día en el estilo de las novelas por entrega: «Si quiere saber cuáles son las respuestas a estas acuciantes preguntas, lea nuestro próximo número»[133].

---

[133] El lento tejido de la expectativa adquiere aquí caracteres lúdicos.

Domingo 19 de mayo

La esperé en Mercedes y Río Branco[134]. Llegó con sólo diez minutos de retraso. Su traje sastre de los domingos la mejora mucho, aunque es probable que yo estuviera especialmente preparado para encontrarla mejor, siempre mejor. Hoy sí estaba nerviosa. El trajecito era un buen augurio (quería impresionar bien); los nervios, no. Presentí que por debajo del colorete, sus mejillas y labios estaban pálidos. En el restorán eligió una mesa del fondo, casi escondida. «No quiere que la vean conmigo. Mal augurio», pensé. No bien se sentó, abrió su cartera, sacó su espejito y se miró. «Vigila su aspecto. Buena señal». Esta vez hubo un cuarto de hora (mientras pedimos el fiambre, el vino, mientras pusimos manteca sobre el pan negro) en que el tema fue generalidades. De pronto ella dijo: «Por favor, no me acribille con esas miradas de expectativa». «No tengo otras», contesté, como un idiota. «Usted quiere saber mi respuesta», agregó, «y mi respuesta es otra pregunta». «Pregunte», dije. «¿Qué quiere decir eso de que usted está enamorado de mí?». Nunca se me había ocurrido que esa pregunta existiera, pero ahí estaba, a mi alcance. «Por favor, Avellaneda, no me haga aparecer más ridículo aún. ¿Quiere que le especifique, como un adolescente, en qué consiste estar enamorado?». «No, de ningún modo». «¿Y entonces?». En realidad, yo me estaba haciendo el artista[135]; en el fondo bien sabía qué era lo que ella estaba tratando de decirme. «Bueno», dijo, «usted no quiere parecer ridículo, pero en cambio no tiene inconveniente en que yo lo parezca. Usted sabe lo que quiero decirle. Estar enamorado puede significar, sobre todo en la jerga masculina, muchas cosas diferentes». «Tiene razón. Entonces póngale la mejor de esas muchas cosas. A eso me refería ayer, cuando se lo dije». No era un diálogo de amor,

---

[134] *Mercedes y Río Branco,* esquina céntrica de Montevideo.
[135] *me estaba haciendo el artista,* 'hacerse el artista' o 'mandarse la parte' significa, en el habla cotidiana uruguaya y argentina, 'adoptar una actitud fingida', 'simular', 'posar'.

qué esperanza. El ritmo oral parecía corresponder a una conversación entre comerciantes, o entre profesores, o entre políticos, o entre cualesquiera poseedores de contención y equilibrio. «Fíjese», seguí, algo más animado, «está, lo que se llama la realidad y está lo que se llama las apariencias». «Ajá», dijo ella, sin decidirse a parecer burlona. «Yo la quiero a usted en eso que se llama la realidad, pero los problemas aparecen cuando pienso en eso que se llama las apariencias». «¿Qué problemas?», preguntó, esta vez creo que verdaderamente intrigada. «No me haga decir que yo podría ser su padre, o que usted tiene la edad de alguno de mis hijos. No me lo haga decir, porque ésa es la clave de todos los problemas y, además, porque entonces sí voy a sentirme un poco desgraciado». No contestó nada. Estuvo bien. Era lo menos riesgoso. «¿Comprende entonces?», pregunté, sin esperar respuesta. «Mi pretensión, aparte de la muy explicable de sentirme feliz o lo más aproximado a eso, es tratar de que usted también lo sea. Y eso es lo difícil. Usted tiene todas las condiciones para concurrir a mi felicidad, pero yo tengo muy pocas para concurrir a la suya. Y no crea que me estoy mandando la parte. En otra posición (quiero decir, más bien, en otras edades) lo más correcto sería que yo le ofreciese un noviazgo serio, muy serio, quizá demasiado serio, con una clara perspectiva de casamiento al alcance de la mano. Pero si yo ahora le ofreciese algo semejante, calculo que sería muy egoísta, porque sólo pensaría en mí, y lo que yo más quiero ahora no es pensar en mí sino pensar en usted. Yo no puedo olvidar —y usted tampoco— que dentro de diez años yo tendré sesenta. «Escasamente un viejo», podrá decir un optimista o un adulón, pero el adverbio importa muy poco. Quiero que quede a salvo mi honestidad al decirle que ni ahora ni dentro de unos meses, podré juntar fuerzas como para hablar de matrimonio. Pero —siempre hay un pero— ¿de qué hablar entonces? Yo sé que, por más que usted entienda esto, es difícil sin embargo que admita otro planteo. Porque es evidente que existe otro planteo. En ese otro planteo hay cabida para el amor, pero no la hay en cambio para el matrimonio». Levantó los ojos, pero no interrogaba. Es probable que sólo haya querido ver mi cara al decir eso. Pero, a esta altura, yo ya estaba decidido a no detenerme. «A ese otro planteo, la imaginación popular, que suele ser pobre en denominaciones, lo llama una Aventura o un Programa, y es bastante lógico que usted se asuste un poco. A decir verdad, yo también estoy asustado, nada más que porque tengo miedo de que usted crea que le estoy proponiendo una aventura. Tal vez no me apartaría ni un milímetro de mi centro de sinceridad, si le dijera que lo que estoy buscando denodadamente es un acuerdo, una especie de convenio entre mi amor y su libertad. Ya sé, ya sé. Usted está pensando que la realidad es precisamente la inversa; que lo que yo estoy buscando es justamente su amor y mi libertad. Tiene todo el derecho de pensarlo, pero reconozca que a mi vez tengo todo el derecho de jugármelo todo a una sola carta. Y esa sola carta es la confianza que usted pueda tener en mí». En ese momento estábamos a la espera del postre. El mozo trajo al fin los manjares del cielo y yo aproveché para pedirle la cuenta. Inmediatamente después del último bocado, Avellaneda se limpió fuertemente la boca con la servilleta y me miró sonriendo. La sonrisa le formaba una especie de rayitos junto a las comisuras de los labios. «Usted me gusta», dijo.

Lunes 20 de mayo

El plan trazado es la absoluta libertad. Conocernos y ver qué pasa, dejar que corra el tiempo y revisar. No hay trabas. No hay compromisos. Ella es espléndida.

Martes 21 de mayo

«Te hace bien el tónico», me dijo Blanca al mediodía. «Estás animado, más contento».

Viernes 24 de mayo

Es una especie de juego, ahora, en la oficina. El juego del jefe y la Auxiliar. La consigna es no salirse del ritmo, del trato normal, de la rutina. A las nueve de la mañana distribuyo el trabajo: a Muñoz, a Robledo, a Avellaneda, a Santini. Avellaneda es una más en la lista, sólo una de todos esos que extienden su mano frente a mi mesa para que yo les entregue los planillas. Allí están la mano de Muñoz, larga, rugosa, con uñas tipo garra; la mano de Robledo, corta, casi cuadrada; la mano de Santini, de dedos finos, con dos anillos; y al lado, la de ella, con dedos parecidos a los de Santini, sólo que femeninos en vez de afeminados. Ya le avisé que, cada vez que se acerca con los otros, y extiende su mano, yo deposito (mentalmente, claro) un beso de caballero sobre sus nudillos afilados, sensibles. Ella dice que eso no se nota en mi cara de piedra. A veces se tienta, trata de contagiarme las ganas incontenibles de reír, pero yo me mantengo firme. Tan firme que esta tarde Muñoz se me acercó y me preguntó si me pasaba algo, pues hacía unos días que me notaba un poco preocupado. «¿Es por el balance que se acerca? Esté tranquilo, jefe. Los libros los ponemos rápidamente al día. En otros años hemos estado mucho más atrasados». Qué me importa el balance. Casi le largo la risa en la cara. Pero hay que disimular. «¿Usted cree, Muñoz, que llegaremos? Mire que después vienen los plazos de Ganancias Elevadas y los pesados esos rechazan tres o cuatro veces las declaraciones juradas, y, claro, nos empezamos a atorar con el trabajo. Hay que meterle, Muñoz, mire que éste es mi último balance y quiero que salga al pelo. Dígaselo a los muchachos, ¿eh?».

Domingo 26 de mayo

Hoy cené con Vignale y Escayola. Todavía estoy impresionado. Nunca he sentido con tanto rigor el paso del tiempo como hoy, cuando me enfrenté a Escayola después de casi treinta años de no verlo, de no saber nada de él. El adolescente alto, nervioso, bromista, se ha convertido en un monstruo panzón, con un impresionante cogote, unos labios carnosos y blandos, una calva con manchas que parecen de café chorreado, y unas horribles bolsas que le cuelgan bajo los ojos y se le sacuden cuando se ríe. Porque ahora Escayola se ríe. Cuando vivía en la calle Brandzen, la eficacia de sus chistes residía precisamente en que él los contaba muy serio. Todos nos moríamos de risa, pero él permanecía impasible. En la cena de hoy hizo algunas bromas, contó un cuento verde que yo sabía desde que iba al colegio, narró alguna anécdota presumiblemente picante, extraída de su actividad como corredor de bolsa. Lo más que pudo lograr fue que yo me sonriera moderadamente y que Vignale (realmente un tipo pierna)[136] soltara una carcajada tan artificial que más bien parecía una carraspera. No pude contenerme y le dije: «Aparte de algunos kilos de más que tenés ahora, lo que más extraño en vos es que te rías fuerte. Antes te mandabas el más criminal de los chistes con una cara de velorio que era sensacional». A Escayola le pasó por los ojos un destello de rabia, o quizá de impotencia, y en seguida, se puso a explicarme: «¿Sabés lo que pasó? Yo siempre hacía los chistes con gran seriedad, tenés razón, ¡cómo te acordás! Pero un día me di cuenta de que me estaba quedando sin temas. A mí no me gustaba repetir cuentos ajenos. Vos sabés que yo era, un creador. El chiste que yo contaba, nadie lo había oído antes. Yo los inventaba y a veces intentaba verdaderas series de chistes con un personaje central como el de las historietas, y le sacaba jugo por dos o tres semanas. Ahora bien, cuando me di cuenta de que no encontraba temas (no sé qué me habrá, pasado; a lo mejor se me vació el marote)[137] no quise retirarme a tiempo, como un buen deportista, y entonces empecé a repetir chistes de otros. Al principio los seleccionaba, pero pronto se me agotó también la selección, y entonces agregué cualquier cosa a mi repertorio. Y la gente, los muchachos (yo siempre tuve mi barra)[138] empezaron a no reírse, a no encontrar gracioso nada de lo que yo decía. Tenían razón, pero tampoco ahí me retiré, inventé otro recurso: reírme yo, a

---

[136] *pierna,* una persona 'pierna' es aquella que está siempre dispuesta a dejar contenta a otra, bien sea haciéndole favores, o alabándolo, o, como en este caso, festejando sus chistes aunque carezcan de comicidad.

[137] *marote,* 'cabeza'.

[138] *barra,* 'pandilla', 'grupo permanente de compañeros, generalmente de diversión'.

medida que contaba, a fin de impresionar a mi oyente y convencerlo de que el cuento era efectivamente muy chispeante. Al principio me acompañaban en la risa, pero pronto aprendieron a sentirse defraudados, a saber que mi risa no era precisamente un augurio de segura comicidad. También aquí tenían razón, pero ya no pude dejar de reírme. Y aquí estoy, ya lo viste, convertido en un pesado. ¿Querés un consejo? Si querés conservar mi amistad, hablame de cosas trágicas».

Martes 28 de mayo

Ella viene casi todos los días a tomar el café conmigo. El tono general de la charla es siempre el de la amistad. A lo sumo, de amistad y algo más. Pero voy haciendo progresos en ese «algo más». Por ejemplo, a veces hablamos de Lo Nuestro. Lo Nuestro es ese indefinido vínculo que ahora nos une. Pero cuando lo mencionamos es siempre desde afuera. Me explico: decimos, por ejemplo, que «en la oficina todavía nadie se dio cuenta de Lo Nuestro», o que tal o cual cosa sucedió antes de que empezara Lo Nuestro. Pero, en definitiva, ¿qué es Lo Nuestro? Por ahora, al menos, es una especie de complicidad frente a los otros, un secreto compartido, un pacto unilateral. Naturalmente, esto no es una aventura, ni un programa, ni —menos que menos— un noviazgo. Sin embargo, es algo más que una amistad. Lo peor (¿o lo mejor?) es que ella se encuentra muy cómoda en esta indefinición. Me habla con toda confianza, con todo humor, creo que hasta con cariño. Tiene una visión muy personal y bastante irónica de cuanto la rodea. No le gusta oír chistes acerca de la oficina, pero los tiene a todos bien catalogados. A veces, en el café, mira a su alrededor, y deja caer un comentario certero, puntual, inmejorable. Hoy, por ejemplo, había una mesa con cuatro o cinco mujeres, todas alrededor de los treinta o treinta y cinco años. Las miró detenidamente y después me preguntó: «¿Son escribanas, verdad?». Efectivamente, eran escribanas. Conozco a algunas de ellas, por lo menos de vista, desde hace años. «¿Las conoce?», le pregunté. «No, nunca las había visto». «¿Y entonces?, ¿cómo acertó?». «No sé; siempre puedo reconocer a las mujeres que son escribanas. Tienen rasgos y hábitos muy especiales, que no se repiten en otras profesionales. O se pintan los labios de un solo trazo duro, como quien escribe en un pizarrón, o tienen una eterna carraspera de tanto leer escrituras, o no saben llevar sus carteras de tanto cargar portafolios. Hablan frenándose, como si no quisieran decir nada que vaya a contrariar los códigos, y nunca las verá usted mirarse en un espejo. Fíjese en aquélla, la segunda de la izquierda, tiene unas pantorrillas de vicecampeona atlética. Y la que está al lado, tiene cara de no saber hacer ni un huevo frito. A mí me dan fiebre, ¿y a usted?». No, a mí no me dan fiebre (más aún, recuerdo una escribana que es propietaria del busto más atractivo de este universo y sus alrededores), pero me divierte escucharla cuando se entusiasma en pro o en contra de algo. Las pobres escribanas, hombrunas, enérgicas, musculosas, siguieron discutiendo, totalmente ajenas a la demoledora crítica que, mesa por medio, iba agregando nuevos reproches a su aspecto, a su postura, a su actitud, a su charla.

Jueves 30 de mayo

Buena pieza[139] el amigo de Esteban. Me cobra el cincuenta por ciento del premio retiro[140]. Pero me asegura que no tendré que trabajar ni un solo día más de lo necesario. La tentación es grande. Bueno, era grande. Porque ya caí. Me rebajó a un cuarenta por ciento y me recomendó que aceptara antes de que se arrepintiese, que con nadie hacía eso, que nunca cobraba menos del cincuenta por ciento, que preguntara por ahí nomás, «porque en mi profesión hay muchos abusadores y gente sin escrúpulos», que a mí me hacía ese precio especial por tratarse del padre de Esteban. «Yo al

---

[139] *Buena pieza,* 'persona de comportamiento dudoso'.

[140] *premio retiro,* 'paga extraordinaria que se entrega en el momento en que se termina el trámite jubilatorio'.

flaco[141] lo quiero como a un hermano. Durante cuatro años jugamos todas las noches al billar. Eso une, don». Yo me acordaba de Aníbal, de nuestras conversaciones del domingo 5, cuando yo le decía: «Ahora también da coima el que quiere conseguir algo lícito, y esto quiere decir relajo total».

Viernes 31 de mayo

El 31 de mayo era el cumpleaños de Isabel. Qué lejos está. Una vez, en un cumpleaños, le compré una muñeca. Era una muñeca alemana, que movía los ojos y caminaba. La llevé a casa en una caja larga, de cartón durísimo. La puse sobre la cama y le pedí que adivinara. «Una muñeca», dijo ella. Nunca se lo perdoné.

Ninguno de los muchachos se acordó; por lo menos, no me lo dijeron. Se han alejado paulatinamente del culto de su madre. Creo que Blanca es la única que en realidad la echa de menos, la única que la menciona con naturalidad. ¿Seré yo el culpable? En los primeros tiempos, no hablaba mucho de ella, sólo porque me era doloroso. Ahora tampoco hablo mucho de ella, porque temo equivocarme, temo hablar de otra persona que nada haya tenido que ver con mi mujer.

¿Alguna vez Avellaneda se olvidará así de mí? He aquí el misterio: antes de empezar a olvidarse, tiene que acordarse, que empezar a acordarse.

Domingo 2 de junio

El tiempo se va. A veces pienso que tendría que vivir apurado, que sacarle el máximo partido a estos años que quedan. Hoy en día, cualquiera puede decirme, después de escudriñar mis arrugas: «Pero si usted todavía es un hombre joven». Todavía. ¿Cuántos años me quedan de «todavía»? Lo pienso y me entra el apuro, tengo la angustiante sensa-

---

[141] *flaco*, denominación cariñosa, muy usual en el Río de la Plata, que no atiende exactamente a la conformación física del aludido.

ción de que la vida se me está escapando, como si mis venas se hubieran abierto y yo no pudiera detener mi sangre. Porque la vida es muchas cosas (trabajo, dinero, suerte, amistad, salud, complicaciones), pero nadie va a negarme que cuando pensamos en esa palabra Vida, cuando decimos, por ejemplo, «que nos aferramos a la vida», la estamos asimilando a otra palabra más concreta, más atractiva, más seguramente importante: la estamos asimilando al Placer. Pienso en el placer (cualquier forma de placer) y estoy seguro de que eso es vida. De ahí el apuro, el trágico apuro de estos cincuenta años que me pisan los talones. Aún me quedan, así lo espero, unos cuantos años de amistad, de pasable salud, de rutinarios afanes, de expectativa ante la suerte, pero ¿cuántos me quedan de placer? Tenía veinte años y era joven; tenía treinta y era joven; tenía cuarenta y era joven. Ahora tengo cincuenta años y soy «todavía joven». Todavía quiere decir: se termina.

Y ése es el lado absurdo de nuestro convenio: dijimos que lo tomaríamos con calma, que dejaríamos correr el tiempo, que después revisaríamos la situación. Pero el tiempo corre, lo dejemos o no, el tiempo corre y la vuelve a ella cada día más apetecible, más madura, más fresca, más mujer, y en cambio me amenaza cada día con volverme más achacoso, más gastado, menos valiente, menos vital. Tenemos que apurarnos hacia el encuentro, porque en nuestro caso el futuro es un inevitable desencuentro. Todos sus Más se corresponden con mis Menos. Todos sus Menos se corresponden con mis Más.

Comprendo que para una mujer joven puede ser un atractivo saber que uno es un tipo que vivió, que cambió hace mucho la inocencia por la experiencia, que piensa con la cabeza bien colocada sobre los hombros. Es posible que eso sea un atractivo, pero qué breve. Porque la experiencia es buena cuando viene de la mano del vigor; después, cuando el vigor se va, uno pasa a ser una decorosa pieza de museo, cuyo único valor es ser un recuerdo de lo que se fue. La experiencia y el vigor son coetáneos por muy poco tiempo. Yo estoy ahora en ese poco tiempo. Pero no es una suerte envidiable.

Martes 4 de junio

Sensacional. La Valverde se peleó con Suárez. Toda la oficina está convulsionada. La cara de Martínez era un himno. Para él esa ruptura significa, lisa y llanamente, la subgerencia. Suárez no vino de mañana. A la tarde llegó con un moretón en la frente y cara de velorio. El gerente lo llamó y le pegó cuatro gritos. Eso quiere decir que no se trata de un simple rumor, sino de una versión realmente oficial y autorizada.

Viernes 7 de junio

Hasta ahora habíamos ido dos veces al cine, pero después ella se iba sola. Hoy, en cambio, la acompañé a la casa. Había estado muy cordial, muy compañera. En mitad de la película, cuando Alida Valli sufre tanto con el imbécil de Farley Granger, sentí de pronto que su mano se apoyaba sobre mi brazo. Creo que fue un movimiento reflejo, pero el caso es que después no la retiró. Hay dentro de mí un señor que no quiere forzar los acontecimientos, pero también hay otro señor que piensa obsesivamente en el apuro.

Nos bajamos en 8 de Octubre[142] y caminamos las tres cuadras. Estaba oscuro, pero era la clara oscuridad de la noche sin más ni más. La UTE[143], la vieja y gaucha UTE me regalaba un apagón. Ella iba caminando separada de mí, como a un metro. Pero al acercarme a una esquina (una esquina con almacén, con mesa de truco iluminada a vela), alguien separó lentamente su sombra de la sombra de un árbol. Y el metro de distancia se esfumó y antes de que yo

---

[142] *8 de Octubre,* nombre de una calle de un barrio retirado del centro de Montevideo.
[143] *UTE,* sigla correspondiente a la denominación 'Usinas y Teléfonos del Estado'. En los últimos años este ente estatal fue fraccionado, quedando la administración de teléfonos separada de la del servido eléctrico.

me diera cuenta, ella me estaba dando el brazo. El dueño de la sombra era un borracho, un borracho inofensivo e indefenso que murmuraba: «¡Vivan los pobres de espíritu y el Partido Nacional!»[144]. Sentí que ella sofocaba una risita y que aflojaba la tensión de sus dedos. Su casa es el 368 de una calle con nombre y apellido, algo como Ramón P. Gutiérrez o Eduardo Z. Domínguez, no me acuerdo. Tiene zaguán y balcones. La puerta estaba cerrada, pero ella me contó que también hay una cancel[145] con algo que quiere ser vitrales. «Dicen que el dueño quiso imitar los vitrales de Notre Dame, pero le aseguro que hay un San Sebastián que parece Gardel».

No abrió en seguida. Se recostó blandamente contra la puerta. Pensé que el pasamano de bronce estaría rozando su columna vertebral. Pero no se quejaba. Entonces dijo: «Usted es muy bueno. Quiero decir, que se porta muy bien». Y yo, que me conozco, mentí como un santo: «Claro que soy muy bueno. Pero no estoy seguro de estarme portando bien». «No sea creído», dijo, «¿no le enseñaron, cuando era chico, que cuando uno se porta bien no tiene que reconocerlo?». Era el momento y ella lo esperaba: «Cuando era chico me enseñaron que siempre que uno se porta bien, recibe un premio. ¿Acaso yo no lo merezco?». Hubo un instante de silencio. No le veía la cara porque el follaje de un maldito pino municipal interceptaba la luz de la luna. «Sí, lo merece», oí que decía. Entonces sus dos brazos emergieron de lo oscuro y se apoyaron en mis hombros. Debe haber visto ese preparativo en alguna película argentina. Pero el beso que siguió no lo vio en ninguna película, estoy seguro. Me gustan sus labios, quiero decir el gusto, el modo como se hunden, como se entreabren, como se escapan. Naturalmente, no es la primera vez que besa. ¿Y eso qué? Después de todo es un alivio volver a besar en la boca y con confianza y con cariño. No sé cómo,

---

[144] *Partido Nacional,* también llamado «Partido Blanco». Uno de los dos partidos políticos tradicionales del Uruguay.
[145] *cancel,* 'contrapuerta que consta generalmente de tres hojas, una frontal y dos laterales que se unen a la puerta de entrada'.

no sé qué paso raro habremos dado, pero lo cierto es que, de pronto, sentí que el pasamano de bronce estaba hundiéndose en mi columna vertebral. Estuve una media hora en la puerta del 368. Qué adelantos, Señor. Ni ella ni yo lo dijimos, pero después de esta jornada hay una cosa que quedó establecida. Mañana pensaré. Ahora estoy cansado. También podría decir: feliz. Pero estoy demasiado alerta como para sentirme totalmente feliz. Alerta ante mí mismo, ante la suerte, ante ese único futuro tangible que se llama mañana. Alerta, es decir: desconfiado[146].

Domingo 9 de junio

Quizá yo sea un maniático de la equidistancia. En cada problema que se me presenta, nunca me siento atraído por las soluciones extremistas. Es posible que ésa sea la raíz de mi frustración. Una cosa es evidente: si, por un lado, las actitudes extremistas provocan entusiasmo, arrastran a los otros, son índices de vigor, por otro, las actitudes equilibradas son por lo general incómodas, a veces desagradables y casi nunca parecen heroicas. Por lo general, se precisa bastante valor (una clase muy especial de valor) para mantenerse en equilibrio, pero no se puede evitar que a los demás les parezca una demostración de cobardía. El equilibrio es aburrido, además. Y el aburrimiento es, hoy en día, una gran desventaja que por lo general la gente no perdona.

¿A qué venía todo esto? Ah, sí. La equidistancia que ahora busco tiene que ver (¿qué no tiene que ver con ella en mi vida actual?) con Avellaneda. No quiero perjudicarla ni quiero perjudicarme (primera equidistancia); no quiero que nuestro vínculo arrastre consigo la absurda situación de un noviazgo tirando a matrimonio, ni tampoco que ad-

---

[146] He aquí de nuevo el recurrente tema de la incapacidad padecida por Martín Santomé para vivir la vida. No logra sentirse feliz, porque está acostumbrado a no serlo; no puede vivir plenamente ese instante, porque está acostumbrado no a vivir sino a existir vegetativamente. De ahí la desconfianza que confiesa.

quiera el matiz de un *programa* vulgar y silvestre (segunda equidistancia); no quiero que el futuro me condene a ser un viejo despreciado pon una mujer en la plenitud de sus sentidos, ni tampoco que, por temor a ese futuro, quede yo al margen de un presente como éste, tan atractivo e incanjeable (tercera equidistancia); no quiero (cuarta y última equidistancia) que vayamos rodando de amueblada en amueblada, ni tampoco que fundemos un Hogar con mayúscula.

¿Soluciones? Primera: alquilar un apartamentito. Sin abandonar mi casa, claro. Bueno, primera, y se acabó. No hay otra.

Lunes 10 de junio

Frío y viento. Qué peste. Pensar que cuando tenía quince años, me gustaba el invierno. Ahora empiezo a estornudar y pierdo la cuenta. A veces la sensación de que en vez de nariz tengo un tomate maduro, con esa madurez que tienen los tomates diez segundos antes de empezar a podrirse. Cuando voy por el trigésimo quinto estornudo, no puedo evitar el sentirme en inferioridad de condiciones con respecto al resto del género humano.

Admiro la nariz de los santos, esas narices afiladas y libres que tienen, por ejemplo, los santos del Greco. Admiro la nariz de los santos, porque éstos (es evidente) jamás estaban resfriados, jamás eran diezmados por estos estornudos en cadena. Jamás. Si hubieran estornudado en secuencias de veinte o treinta estallidos consecutivos, no habrían podido evitar el entregarse devotamente a la puteada[147] oral e intelectual. Y quien putea —aun en el más simplificado de sus malos pensamientos— se está cerrando el camino de la Gloria[148].

---

[147] *puteada,* 'insulto'.
[148] El humor es una nueva vertiente de incidencia del tema religioso en la novela.

Martes 11 de junio

No le dije nada, pero me lancé a la búsqueda de apartamento. Tengo uno, ideal, metido en la cabeza. Desgraciadamente, para los ideales no hay liquidaciones, siempre salen caros.

Viernes 14 de junio

Debe hacer como un mes que no mantengo con Jaime o con Esteban una conversación que supere los cinco minutos. Entran rezongando, se encierran en sus habitaciones, comen en silencio mientras leen el diario, se van renegando y vuelven a la madrugada. Blanca, en cambio, está amable, conversadora, feliz. A Diego lo veo poco, reconozco su presencia en la cara de Blanca. No me equivoco: es un buen tipo. Sé que Esteban tiene otro rebusque[149]. Se lo consiguieron en el club. Tengo la impresión, sin embargo, de que se está empezando a arrepentir de haberse dejado atrapar por completo. Algún día estallará, ya lo veo, y mandará todo al diablo. Ojalá sea pronto. No me gusta verlo embarcado en una empresa que aparentemente contraría sus viejas convicciones. No me gusta que se vuelva cínico, uno de esos falsos cínicos que, cuando llega la hora del reproche, se excusan: «Es el único modo de progresar, de ser algo». Jaime sí trabaja y lo hace bien; lo quieren en el empleo. Pero el problema suyo es otra cosa. Lo peor es que no sé en qué consiste. Está siempre nervioso, insatisfecho. Aparentemente, tiene carácter, pero a veces no estoy muy seguro si es carácter o si es capricho. No me gustan sus amigos. Tienen algo de pitucos, vienen de Pocitos[150] y tal vez en el fondo lo desprecian. Se aprovechan de él, porque Jaime es hábil, manualmente hábil, y siempre está haciendo algo que ellos le han encargado. Gratis, como corresponde. Ninguno de ellos

---

[149] *rebusque,* 'chapuza', 'trabajo, negocio u ocupación en general, que permite a una persona aumentar sus ingresos normales'.

[150] *Pocitos,* uno de los barrios elegantes propios de la alta sociedad montevideana.

trabaja, son hijos de papá. A veces oigo que protestan: «Ché, qué peste con tu laburo[151]. Nunca se puede contar con vos». Dicen *laburo* como quien cumple una proeza, como un salvacionista que se acerca a un mendigo borracho y, traspasado de asco y de piedad, lo toca con la punta del zapato; dicen *laburo* como si después de decirlo tuvieran que desinfectarse.

Sábado 15 de junio

Encontré apartamento. Bastante parecido al ideal e increíblemente barato. De todos modos, tendré que apretar el presupuesto, pero espero que alcance. Está a cinco cuadras de Dieciocho y Andes[152]. Tiene la ventaja, además, de que puedo amueblarlo con cuatro reales. Es un decir. No tendré más remedio que agotar el saldo de $ 2.465,79 que tengo en el Hipotecario[153].

Esta noche saldré con ella. No pienso decirle nada.

Domingo 16 de junio

Sin embargo se lo dije. Hacíamos las tres cuadras desde 8 de Octubre hasta su casa, esta vez sin apagón. Creo que tartamudeé, invoqué nuestro plan de absoluta libertad, de conocernos y ver qué pasa, de dejar correr el tiempo y revisar. Estoy seguro de que tartamudeé. Hace un mes que ella apareció en Veinticinco y Misiones a reclamar su café. «Quiero proponerte algo», dije. La tuteo desde el viernes 7, pero ella no. Pensé que iba a contestar: «Ya sé», lo que hubiera significado un gran alivio para mí. Pero no. Me dejó cargar con todo el peso de la propuesta. Esta vez no adivinó o no quiso

---

[151] *laburo*, 'trabajo' (léxico lunfardo). Cfr. Alonso Zamora Vicente, *Dialectología española*, 2.ª ed., Madrid, Gredos, 1967, págs. 400-410.

[152] *Dieciocho y Andes*, esquina céntrica montevideana, junto a la Plaza Independencia, frecuentemente mencionada en *La tregua*.

[153] *el Hipotecario*, Banco Hipotecario del Uruguay. Entidad oficial que se ocupa fundamentalmente de todos los trámites relativos a las hipotecas. El 'saldo' al que hace referencia Santomé ha de pertenecer, seguramente, a un préstamo hipotecario.

adivinar. Nunca fui especialista en prolegómenos, de modo que me ceñí a lo indispensable: «Alquilé un apartamento. Para nosotros». Fue una lástima que no hubiera apagón, porque en ese caso no habría visto su mirada. Era triste, acaso. Yo qué sé. Nunca estuve muy seguro acerca de lo que las mujeres quieren decir cuando me miran. A veces creo que me interrogan y al cabo de un tiempo caigo en la cuenta de que en realidad me estaban respondiendo. Entre nosotros se estacionó por un momento una palabra como una nube, como una nube que empezó a moverse. Ambos pensamos en la palabra matrimonio, ambos comprendimos que la nube se alejaba, que mañana el cielo estaría despejado. «¿Sin consultarme?», preguntó. Con la cabeza contesté que sí. La verdad: tenía un nudo en la garganta. «Está bien», dijo ella, tratando de sonreír, «a mí hay que tratarme así, por el método de las situaciones creadas». Estábamos en el zaguán. La puerta estaba abierta, porque era mucho más temprano que el otro día. Había luces aquí y allá. No había sitio para el misterio. Sólo esa otra cosa que se llama silencio. Empecé a comprender que mi propuesta no era un éxito rotundo. Pero a los cincuenta años ya no puede aspirarse a éxitos rotundos. ¿Y si hubiera dicho que no? Por esa falta de negativa estaba pagando un precio, y ese precio era la situación incómoda, el momento desagradable, casi penoso, de verla callada frente a mí, un poco doblada en su saco oscuro, con una cara de estarle diciendo adiós a varias cosas. No me besó. Yo tampoco tomé la iniciativa. Su rostro estaba tenso, endurecido. De pronto, sin previo aviso, pareció que se aflojaban todos sus resortes, como si hubiera renunciado a una máscara insoportable, y así como estaba, mirando hacia arriba, con la nuca apoyada en la puerta, empezó a llorar. Y no era el famoso llanto de la felicidad. Era ese llanto que sobreviene cuando uno se siente opacamente desgraciado. Cuando alguien se siente brillantemente desgraciado, entonces sí vale la pena llorar con acompañamiento de temblores, convulsiones, y, sobre todo, con público. Pero cuando, además de desgraciado, uno se siente opaco, cuando no queda sitio para la rebeldía, el sacrificio o la heroicidad, entonces hay que llorar sin ruido, porque nadie puede ayudar y porque uno tiene conciencia de que eso pasa y al final se retoma el equilibrio, la normalidad. Así era el llanto de ella. En este rubro no me engaña nadie. «¿Puedo ayudarte?», dije, con todo, «¿puedo remediar esto en algo?». Preguntas al santo botón[154]. Saqué una más, muy desde el fondo de mis dudas: «¿Qué pasa? ¿Querés que nos casemos?». Pero la nube estaba lejos. «No», dijo. «Lloro porque todo es una lástima». Y es tan cierto. Todo es una lástima: que no hubiera apagón, que yo tenga cincuenta, que ella sea buena chica, que mis tres hijos, que su antiguo novio, que el apartamento... Saqué mi pañuelo y le sequé los ojos. «¿Ya pasó todo?», pregunté. «Sí, pasó todo». Era mentira, pero ambos comprendimos que hacía bien en mentir. Con la mirada aún convaleciente, agregó: «No creas que siempre soy tan tonta». *No creas,* dijo; estoy seguro de que dijo *no creas.* Me tuteó, entonces[155].

Jueves 20 de junio

Hace cuatro días que no escribo nada. Entre los trámites para alquilar el apartamento, la aceptación de garantía, el retiro de los $ 2.465,79, la compra de algunos muebles, lo he pasado tremendamente agitado. Mañana me entregan el apartamento. El sábado de tarde me llevan las cosas.

Viernes 21 de junio

Lo echaron a Suárez, es increíble, pero lo echaron. El personal fomentó alegremente el rumor de que la Valverde había presionado para que lo liquidaran. Lo sorprendente es que la causa del despido no pudo ser menor. Expedición mandó dos encomiendas equivocadas. Suárez ni siquiera se enteró de esos envíos, seguramente efectuados por uno de esos mucha-

---

[154] *al santo botón,* frase hecha que denota inutilidad.
[155] Santomé, hombre habitualmente minucioso en sus observaciones, extrema visiblemente su capacidad de detección y análisis de los máximos y mínimos gestos de Avellaneda, como queda demostrado en el presente pasaje, que muestra a la pareja en pleno proceso de construcción de sus relaciones.

chos novicios y pajarones que tienen a su cargo la tarea de empaquetar. En un pasado no muy lejano, Suárez hizo cualquier cantidad de porquerías y nadie le dijo nada. Evidentemente, desde hace tres o cuatro días, el gerente tendría la orden de defenestrar a este amante en desgracia; pero Suárez, que olfateaba lo que se le venía encima, se estuvo portando como un niño ejemplar. Llegaba en hora, hasta hubo días que trabajó alguna horita extra; estaba amable, humilde, disciplinado. De nada le valió, sin embargo. Si no hubiera tenido lugar esa falla en expedición, estoy seguro de que igual lo habrían despedido, por fumar demasiado o por no haberse lustrado los zapatos. Algún refinado sostiene, por otra parte, que los paquetes fueron enviados con destino erróneo, por orden expresa y confidencial de la Gerencia. No me extrañaría nada.

Cuando le comunicaron a Suárez la noticia, daba lástima verlo. Fue a la Caja, cobró su indemnización, volvió a su escritorio y empezó a vaciar los cajones, en silencio, sin que nadie se le acercara a preguntarle qué le pasaba, o a darle algún consejo, o a ofrecerle una ayuda. En sólo media hora, había pasado a ser un indeseable. Yo hace años que no me hablo con él (desde el día en que me di cuenta de que extraía datos confidenciales de Contaduría para trasmitírselos a uno de los Directores y envenenarlo contra los otros), pero juro que hoy me vinieron ganas de acercarme y decirle alguna palabra de simpatía, de consuelo. No lo hice porque el tipo es una inmundicia y porque no lo merecía, pero no pude evitar sentir un poco de asco ante ese cambio total y repentino (en el que participaron desde el Presidente del Directorio hasta el último de los pinches), basado pura y exclusivamente en la suspensión de las relaciones entre Suárez y la hija de Valverde. Puede parecer insólito, pero el clima de esta empresa comercial depende, en gran parte, de un orgasmo privado.

Sábado 22 de junio

No fui a la oficina. Aprovecha el caos jubiloso de ayer, le pedí al gerente la correspondiente autorización para faltar esta mañana. Me fue concedida con sonrisas y hasta con el comentario estimulante y risueño de que no sabía cómo se podrían arreglar sin el hombre clave de la oficina. ¿Me querrán encajar a mí la hija de Valverde? Bah.

Recibí los muebles en el apartamento y trabajé como un negro. Quedó bien. Nada rabiosamente moderno. No me gustan esas sillas funcionales, con unas patas ridículamente inestables, que se desmoronan de sólo mirarlas con rencor. No me gustan esos respaldos que siempre parecen hechos a le medida de otro usufructuario. No me gustan esas lámparas que siempre iluminan lo que uno no tiene interés en ver ni en mostrar, por ejemplo: telas de arañas, cucarachas, fusibles.

Creo que es la primera vez que arreglo un ambiente a mi gusto. Cuando me casé, mi familia nos regaló el dormitorio, y la familia de Isabel aportó el comedor. Se daban de patadas el uno con el otro, pero no importa. Después, venía mi suegra y dictaminaba: «A ustedes les hace falta un cuadrito en el living». Ni que decirlo dos veces. A la mañana siguiente aparecía una naturaleza muerta, con salchichones, queso duro, un melón, pan casero, botellas de cerveza, algo en fin que me quitaba el apetito por un semestre. Otras veces, generalmente en ocasión de algún aniversario, cierto tío nos mandaba gaviotas para colgar en la pared del dormitorio o dos mayólicas con unos pajecitos maricones que eran aproximadamente repugnantes. Después que Isabel murió, y a medida que el tiempo, mis distracciones y el servicio doméstico fueron terminando con las naturalezas muertas, las gaviotas y los pajecitos, Jaime fue llenando la casa con esos mamarrachos que precisan una explicación periódica. A veces los veo, a él y a sus amigos, extasiados frente a una jarra que tiene alas, recortes de diarios, una puerta y testículos, y los oigo comentar: «¡Qué reproducción bárbara!». No entiendo ni quiero entender, porque la verdad es que su admiración ¡tiene una cara de hipócrita! Un día les pregunté: «¿Y por qué no traen alguna vez una lámina con algo de Gauguin, de Monet, de Renoir? ¿Acaso son malos?». Entonces Danielito Gómez Ferrando, un pendejo que se acuesta todos los días a las cinco de la mañana, porque «las horas de la noche son las más auténticas», un delicado que no pisa un restorán después que ha visto allá a alguien que usa escarbadientes, ése, justamente ése, me contestó: «Pero, señor, nosotros estamos con el Abstracto». Él, en cambio, no es nada abstracto con su carita sin cejas y su eterna expresión de gatita preñada[156].

Domingo 23 de junio

Abrí la puerta y me hice a un lado para que ella pasara. Entró a pasitos cortos, mirándolo todo con extrema atención, como si hubiera querido ir absorbiendo lentamente la luz, el clima, el olor. Pasó una mano por la mesa libro, luego por el tapizado del sofá. Ni siquiera miró hacia el dormitorio[157]. Se sentó, quiso sonreír y no pudo. Me pareció que le temblaban las piernas. Miró las reproducciones de la pared: «Botticelli», dijo, equivocándose. Era Filippo Lippi. Ya habrá tiempo de aclarárselo. Empezó a preguntar sobre calidades, sobre precios, sobre mueblerías. «Me gusta», dijo tres o cuatro veces.

Eran las siete de la tarde; el sol, casi tendido, convertía en naranjado el papel crema de las paredes. Me senté a su lado y se puso rígida. Ni siquiera había dejado la cartera. Se la pedí. «¿Te acordás que no sos la visita sino la dueña de casa?». Entonces, haciendo un esfuerzo, se aflojó un poco el pelo, se quitó la chaqueta, estiró nerviosamente las piernas. «¿Qué hay?», pregunté, «¿estás asustada?». «¿Tengo cara de estarlo?», respondió preguntando. «Francamente sí». «Puede ser. Pero no es de vos ni de mí». «Ya sé, estás asustada sólo del Momento». Me pareció que se tranquilizaba. Una cosa era cierta. No se estaba mandando la parte. La palidez significaba que el susto era sincero. Su actitud no era la misma de esas cajeras que aceptan ir a la amueblada, pero que, en el momento mismo en que el taxi se detiene, se vuelven puntualmente histéricas y llaman a gritos a la mamá. No,

---

[156] Obsérvese cómo se acentúan las observaciones despreciativas hacia los amigos de Jaime y cómo dichas observaciones no llegan nunca a interesarlo a él.

[157] Éste es un claro ejemplo de un recurso muy utilizado en la narrativa de Benedetti: la fugaz constatación de un hecho minúsculo, inserta en un determinado contexto, se torna intensamente significativa.

160

en ella nada es teatro. Estaba confusa y yo no quería —quizá no me convenía— indagar demasiado sobre las causas de esa confusión. «Lo que pasa es que rengo que acostumbrarme a la idea», dijo, tal vez para conformarme. Ella se daba cuenta de que yo estaba un poco desalentado. «Una siempre imagina estas cosas de un modo un poco diferente de lo que después viene a ser. Pero algo tengo que reconocer y agradecerte. Esto que has preparado no es demasiado distinto de todo lo que yo tenía pensado». «¿Desde cuándo?». «Desde que iba al Liceo y estaba enamorada del profesor de matemáticas». La mesa estaba pronta, con esos platos lisos, amarillos, que la empleada del bazar había elegido por mí. (No es totalmente cierto, a mí también me gustan.) Serví el fiambre, cumplí con toda dignidad el papel de anfitrión. A ella le gustaba todo, pero la tensión no le dejaba disfrutar de nada. Cuando llegó el momento de descorchar el champán, ya no estaba pálida. «¿Hasta qué hora podés quedarte?», pregunté. «Hasta tarde». «¿Y tu madre?». «Mi madre sabe lo nuestro».

Un golpe bajo, evidentemente. Así no vale. Me sentí como desnudo, con esa desesperada desnudez de los sueños, cuando uno se pasea en calzoncillos por Sarandí y la gente lo festeja de vereda a vereda. «¿Y eso, ¿por qué?», me atreví a preguntar. «Mi madre sabe todo lo mío». «¿Y tu padre?». «Mi padre vive fuera del mundo. Es sastre. Horrible. Nunca vayas a hacerte un traje con él. Los hace todos a la medida del mismo maniquí. Pero además es teósofo. Y anarquista. Nunca pregunta nada. Los lunes se reúne con sus amigos teósofos y glosa a la Blavatsky[158] hasta la madrugada; los jueves vienen a casa sus amigos anarquistas y discuten a grito pelado sobre Bakunin[159] y sobre Kropot-

---

[158] *Blavatsky*, Elena Petrovna (1831-1891), teósofa rusa, fundadora de diversas sociedades de práctica del género, en Nueva York, Inglaterra, India, etc. Escribió, entre otras, las siguientes obras: *Doctrina secreta de los símbolos, Doctrina y enseñanzas teosóficas* y *La voz del silencio*.

[159] *Bakunin* (1814-1876), revolucionario ruso, fundador del anarquismo como movimiento internacional organizado. Tiene una extensa obra de la que destacamos *Llamamiento a los esclavos* (1848), *Catecismo revolucionario* (1866), *El estado y la anarquía* (1873).

kin[160]. Por lo demás es un hombre tierno, pacífico, que a veces me mira con una dulce paciencia y me dice cosas muy útiles, de las más útiles cosas que he escuchado jamás». Me gusta mucho que hable de los suyos, pero hoy me gustó especialmente. Me pareció que era un buen presagio para la inauguración de nuestra flamante intimidad. «Y tu madre, ¿qué dice de mí?». Mi trauma psíquico proviene de la madre de Isabel. «¿De vos? Nada. Dice de mí». Terminó con el resto del champán que quedaba en la copa y se limpió los labios con la servilletita de papel. Ya no le quedaba nada de pintura. «Dice de mí que soy una exagerada, que no tengo serenidad». «¿Con respecto a lo nuestro o con respecto a todo?». «A todo. La teoría de ella, la gran teoría de su vida, la que la mantiene en vigor es que la felicidad, la verdadera felicidad, es un estado mucho menos angélico y hasta bastante menos agradable de lo que uno tiende siempre a soñar. Ella dice que la gente acaba por lo general sintiéndose desgraciada, nada más que por haber creído que la felicidad era una permanente sensación de indefinible bienestar, de gozoso éxtasis, de festival perpetuo. No, dice ella, la felicidad es bastante menos (o quizá bastante más, pero de todos modos otra cosa) y es seguro que muchos de esos presuntos desgraciados son en realidad felices, pero no se dan cuenta, no lo admiten, porque ellos creen que están muy lejos del máximo bienestar. Es algo semejante a lo que pasa con los desilusionados de la Gruta Azul[161]. La que ellos imaginaron es una gruta de hadas, no sabían bien cómo era, pero sí que era una gruta de hadas; en cambio llegan allí y se encuentran con que todo el milagro consiste en que uno mete las manos en el agua y se las ve levemente azules y luminosas». Evidentemente, le agrada relatar las reflexiones de su madre. Creo que las dice como una convicción inalcanzable para ella, pero también como una convicción que ella quisiera ferviente-

---

[160] *Kropotkin* (1842-1921), teórico anarquista ruso. Sus obras principales son: *El apoyo mutuo: un factor de evolución* (1902), *La conquista del pan* (1892), *Campos, fábricas y talleres* (1899).
[161] *Gruta Azul*, referencia a la famosa cueva de Capri.

mente poseer. «Y vos ¿cómo te sentís?», pregunté, «¿como si te vieras las manos levemente azules y luminosas?». La interrupción la trajo a la tierra, al momento especial que era este Hoy. Dijo: «Todavía no las introduje en el agua», pero en seguida se sonrojó. Porque, claro, la frase podía tomarse como una invitación, hasta por una urgencia que ella no había querido formular. Yo no tuve la culpa, pero ahí estuvo mi repentina desventaja. Se levantó, se recostó en la pared, y me preguntó con un tonito que quería ser simpático, pero que en realidad era notoriamente inhibido: «¿Puedo pedirte un primer favor?». «Podés», respondí y ya tenía mis temores. «¿Dejás que me vaya, así sin otra cosa? Hoy, sólo por hoy. Te prometo que mañana todo irá bien». Me sentí desilusionado, imbécil, comprensivo. «Claro que te dejo. No faltaba más». Pero faltaba. Cómo no que faltaba.

Lunes 24 de junio

Esteban está enfermo. Dice el médico que puede ser algo serio. Esperemos que no. Pleuritis o algo pulmonar. No sabe. ¿Cuándo sabrán los médicos? Después de almorzar, entré a su cuarto a ver cómo estaba. Leía, con la radio encendida. Cuando me vio entrar, cerró el libro, después de doblar el ángulo superior de la página que estaba leyendo. Apagó la radio. Como diciendo: «Bueno, se acabó mi vida privada». Hice como que no me daba cuenta. Yo no sabía de qué hablar. Nunca sé de qué hablar con Esteban. Cualquiera sea el tema que toquemos, es fatal que terminemos discutiendo. Me preguntó cómo marchaba mi jubilación. Creo que marcha bien. En realidad, no puede ser demasiado complicada. Hace tiempo que arreglé todo mi itinerario, que pagué los aportes que debía, que hice regularizar mi ficha. «Según tu amigo, el asunto no será largo». El tema Mi Jubilación es uno de los más frecuentados entre Esteban y yo. Hay una especie de convenio tácito en mantenerlo siempre al día. Con todo, hoy hice una tentativa: «Bueno, contame un poco cómo van tus cosas. Nunca hablamos». «Es cierto. Debe ser que tanto vos como yo andamos siempre muy ocupados». «Debe ser. Pero ¿de veras tenés mucho que hacer en tu oficina?». Una pregunta idiota, a la marchanta[162]. La respuesta fue la previsible, pero yo no la había previsto: «¿Qué querés decir? ¿Que los empleados públicos somos todos unos vagos? ¿Eso querés decir? Claro, solamente ustedes, los notables empleados de comercio, tienen el privilegio de ser eficaces y trabajadores». Me sentí doblemente rabioso, porque la culpa la tenía yo. «Mirá, no seas pavo. No quise decir eso ni siquiera lo pensé. Estás susceptible como una solterona. O tenés una cola de paja[163] grande como una casa». Inesperadamente, no dijo nada ofensivo. Debe ser que la fiebre lo ha debilitado. Más aún, llegó a disculparse: «Puede ser que tengas razón. Siempre ando de mal genio. Yo qué sé. Como si me sintiera incómodo conmigo mismo». Como confidencia, y partiendo de Esteban, era casi una exageración. Pero como autocrítica, creo que está muy aproximada a la verdad. Hace tiempo que me da la impresión de que el paso de Esteban no sigue al de su conciencia. «¿Qué dirías vos si dejo el empleo público?». «¿Ahora?». «Bueno, ahora no. Cuando me cure, si me curo. Dijo el médico que a lo mejor tengo para unos cuantos meses». «¿Y a qué se debe esta viaraza?»[164]. «No me preguntes demasiado. ¿No te alcanza con que quiera cambiar?». «Sí que me alcanza. Me dejás muy contento. Lo único que me preocupa es que si precisás una licencia por enfermedad, es más fácil que la consigas donde estás ahora». «A vos, cuando tuviste el tifus, ¿te echaron? ¿Verdad que no? Y faltaste como seis meses». En realidad, le llevaba la contra por el puro placer de oírlo afirmarse. «Lo principal, ahora, es que te cures. Después veremos». Entonces se lanzó a un largo retrato de sí mismo, de sus limita-

---

[162] La expresión sudamericana 'a la marchanta' es equivalente a la española *a la rebatiña* (coger una cosa arrebatándosela de las manos unos a otros) pero, particularmente en el Uruguay, la locución es utilizada en un sentido figurado, refiriéndola a cosas que se hacen o se dicen descuidadamente, sin objetivos precisos.

[163] *cola de paja*, tal como quedó explícito en la Introducción —en la referencia correspondiente al ensayo de Benedetti *El país de la cola de paja*— esta frase hecha, típicamente uruguaya, alude al sentido de culpabilidad que una persona o un grupo social pueda tener.

[164] *viaraza*, 'inspiración repentina'.

ciones, de sus esperanzas. Tan largo, que llegué a la oficina a las tres y cuarto, y tuve que disculparme con el Gerente. Yo estaba impaciente, pero no me sentía con derecho a interrumpirlo. Era la primera vez que Esteban se confiaba. No podía defraudarlo. Después hablé yo. Le di algún consejo, pero muy amplio, sin fronteras. No quería espantarlo. Y creo que no lo espanté: Cuando me fui le palmeé la rodilla que abultaba bajo la frazada[165]. Y me dedicó una sonrisa. Dios mío, me pareció le cara de un extraño ¿Será posible? Por otra parte, un extraño lleno de simpatía. Y es mi hijo. Qué bien.

Tuve que quedarme hasta tarde en la oficina y, en consecuencia, postergar la iniciación de mi «luna de miel».

Martes 25 de junio

Un trabajo bárbaro. Será para mañana.

Miércoles 26 de junio

Tuve que trabajar hasta las diez de la noche. Estoy literalmente reventado.

Jueves 27 de junio

Creo que hoy debe haber sido el último día de jaleo. Nunca he visto un pedido de informes más complicado y más inútil. Y ya tenemos el balance encima.

Esteban pasó sin fiebre. Menos mal.

Viernes 28 de junio

Al fin. A las siete y media salí de la oficina y fui al apartamento. Ella había llegado antes, había abierto con su llave y

---

[165] *frazada*, 'manta de cama'.

se había instalado. Cuando llegué me recibió alegremente, sin inhibiciones, otra vez con un beso. Comimos. Hablamos. Reímos. Hicimos el amor. Todo estuvo tan bien, que no vale la pena escribirlo. Estoy rezando: «Que dure», y para presionar a Dios voy a tocar madera sin patas[166].

Sábado 29 de junio

Parece que lo de Esteban no es tan serio. La radiografía y los análisis desmintieron al médico y su mal agüero. A ese tipo le gusta aterrorizar, anunciar por lo menos la proximidad de graves complicaciones, de peligros indefinidos e implacables. Después, si la realidad no es tan tremenda, sobreviene una gran sensación de alivio, y el alivio familiar es por lo común el mejor clima posible para pagar sin fastidio, hasta con gratitud, una cuenta abusivamente alta. Cuando uno le pregunta al doctor, humildemente, casi con vergüenza, sintiendo claramente el bochorno de tocar un tema tan vulgar y grosero frente a quien sacrifica su vida y su tiempo por la salud del prójimo: «¿Cuánto es, doctor?», él dice siempre, acompañando sus palabras con un generoso y comprensivo gesto de incomodidad: «Por favor, amigo, ya habrá tiempo para hablar de eso. Y no se apure, que conmigo nunca va a tener problema». Y en seguida, para rescatar la dignidad humana de este sórdido bache, hace punto y aparte y se lanza a dictar cátedra sobre el caldito que mañana tomará el convaleciente. Después, cuando al fin llega el tiempo de hablar de eso, viene la hinchada cuenta, sola, por correo, y uno se queda un poco turulato, ante la cifra, quizá porque en ese momento no está presente la sonrisa afable, paternal, franciscana, de aquel austero mártir de la ciencia.

---

[166] La superstición popular uruguaya dice que esto trae buena suerte. El tocar cualquier objeto de madera que no tenga patas es un acto especialmente cumplimentado por el sujeto que menciona un hecho feliz que le esté ocurriendo, por temor de que deje de producirse.

Todo un día para nosotros, desde el desayuno en adelante. Vine ansioso por verificar, por comprobarlo todo. Lo del viernes fue una cosa única, pero torrencial. Pasó todo tan rápido, tan natural, tan felizmente, que no pude tomar ni una sola anotación mental, Cuando se está en el foco mismo de la vida, es imposible reflexionar. Y yo quiero reflexionar, medir lo más aproximadamente posible esta cosa extraña que me está pasando, reconocer mis propias señales, compensar mi falta de juventud con mi exceso de conciencia. Y entre los detalles que quiero verificar está el tono de su voz, los matices de su voz, desde la extrema sinceridad hasta el ingenuo disimulo; está su cuerpo, al que virtualmente no vi, no pude descubrir, porque preferí pagar deliberadamente ese precio con tal de sentir que se aflojaba la tensión, que sus nervios cedían la plaza a los sentidos; preferí que la oscuridad fuera realmente impenetrable, a prueba de toda rendija iluminada, con tal de que sus estremecimientos de vergüenza, de miedo, qué sé yo, se cambiaran paulatinamente, en otros estremecimientos, más tibios, más normales, más propios de la entrega. Hoy me dijo: «Estoy feliz de que todo haya pasado», y parecía, por el impulso de las palabras, por la luz de los ojos, que se estuviera refiriendo a un examen, a un parto, a un ataque, a cualquier cosa de mayor riesgo y responsabilidad que la simple, corriente, cotidiana operación de acostarse juntos un hombre y su mujer, mucho más simple, corriente y cotidiana que la de acostarse juntos un hombre y *una* mujer. «Hasta te diría que me siento sin culpa, limpia de pecado». Debo haber hecho un gesto de impaciencia, porque en seguida aclaró: «Yo sé que eso no lo podés entender, que es algo que no cabe en los muchos dedos de frente masculina. Para ustedes hacer el amor es una especie de trámite normal, de obligación casi higiénica, raras veces un asunto de conciencia. Es envidiable cómo pueden separar ese detalle que se llama sexo, de todo lo otro esencial, de todas las otras zonas de la vida. Ustedes mismos inventaron eso de que el sexo lo es todo en la mujer.

Lo inventaron y después lo desfiguraron, lo convirtieron en una caricatura de lo que verdaderamente significa. Cuando lo dicen, piensan en la mujer como en una gozadora vocacional, impenitente. El sexo es todo en la mujer, es decir: la vida entera de la mujer, con sus afeites, con su arte de engañar, con su barniz de cultura, con sus lágrimas listas, con todo su equipo de seducciones para atrapar al hombre y convertirlo en el proveedor de su vida sexual, de su exigencia sexual, de su rito sexual». Estaba entusiasmada y hasta parecía enojada conmigo. Me miraba con una ironía tan segura, que parecía la depositaria de toda la dignidad femenina de este mundo. «¿Y nada de eso es cierto?», pregunté, nada más que para provocarla, porque quedaba muy linda en su actitud agresiva. «Algo de eso es cierto, a veces es cierto. Ya sé que hay mujeres que son eso y nada más. Pero hay otras, la mayoría, que no son eso, y otras más, que aunque lo sean, son además otra cosa, un ser humano complicado, egocéntrico, extremadamente sensible. Quizá sea cierto que el ego femenino sea sinónimo de sexo, pero hay que comprender que la mujer identifica el sexo con la conciencia. Allí puede estar la mayor culpa, la mejor felicidad, el problema más arduo. Para ustedes es tan diferente. Compará, si querés, el caso de una solterona y el de un solterón, que en apariencia podrían tomarse como prójimos afines, como dos frustrados paralelos. ¿Cuáles son las reacciones de una y otro?». Tomó aliento y siguió.

«Mientras la solterona se vuelve malhumorada, cada vez menos femenina, maniática, histérica, incompleta, el solterón en cambio se vuelca hacia el exterior, se hace chispeante, ruidoso, viejo verde. Los dos padecen le soledad, pero para el solterón es sólo un problema de asistencia doméstica, de cama individual; para la solterona, la soledad es un mazazo en la nuca». Fue muy inoportuno de mi parte, pero en ese momento me reí. Ella se frenó en su discurso y me miró con curiosidad. «Me hace gracia oírte defender a las solteronas», dije. «Me gusta y me asombra, además, verte así de preocupada por formular tu teoría. Debés heredarlo de tu madre. Ella tiene su teoría de la felicidad; vos también tenés la tuya, una que quizá podría denominarse "De las vinculaciones entre el sexo y la conciencia en la mujer promedio". Pero ahora decime, ¿de dónde sacaste que los hombres piensan de ese modo, de que fueron los hombres quienes inventaron esa saludable macana de que el sexo lo es todo en la mujer?». Puso cara de sentir vergüenza, de saberse acorralada: «Yo qué sé. Alguien me lo dijo. Yo no soy una erudita. Pero si no la inventó un hombre, merecería que la hubiera inventado». Ahora sí volvía a reconocerla, en esa salida de chiquilina que se ve descubierta y recurre a una vuelta de aparente ingenuidad sólo para hacerse disculpar. Después de todo, no me importan demasiado sus arranques feministas. En definitiva, todo había sido para explicarme por qué había dejado de sentirse culpable. Bueno, eso era lo importante, que no se creyera culpable, que aflojara la tensión, que se sintiera cómoda en mis brazos. Lo demás es adorno, justificación; puede y no puede estar, a mí me da lo mismo. Si a ella le gusta sentirse justificada, si ella convierte todo esto en un grave problema de conciencia, y quiere hablarlo, quiere que yo me haga cargo, que se lo escuche decir, bueno, entonces que lo diga y se lo escucho. Queda muy linda con los cachetes[167] encendidos por el entusiasmo. Además, no es cierto que para mí no sea esto un asunto de conciencia. No sé en qué día lo escribí, pero estoy seguro de que dejé constancia de mis vacilaciones, y ¿qué es la vacilación sino un rodeo de la conciencia?

Pero ella es formidable. De pronto se calló, dejó a un lado toda su militancia, se miró en el espejo, no con coquetería sino como burlándose de sí misma, se sentó en la cama y me llamó: «Vení, sentate aquí, soy una idiota perdiendo el tiempo con semejante discurso. Total, yo sé que vos no sos como los otros. Yo sé que me entendés, que sabés por qué razón esto es para mí un verdadero caso de conciencia». Había que mentir y dije: «Claro que lo sé». Pero a esa altura ella estaba en mis brazos y había otras cosas en qué pensar, otros viejos proyectos que realizar, otras nuevas caricias que atender. Los casos de conciencia tienen también su lado tierno.

---

[167] *cachetes*, 'mejillas'.

Parece mentira, pero a Aníbal no lo veía desde que volvió de Brasil, a principios de mayo. Ayer me llamó y me dejó contento. Tenía necesidad de hablar con alguien, de confiar en alguien. Sólo ahí me di cuenta de que hasta ahora todo el asunto de Avellaneda lo había guardado para mí, sin hablarlo con nadie. Y es explicable. ¿Con quién hubiera podido comentarlo? ¿Con mis hijos? De sólo imaginarlo se me pone la piel de gallina. ¿Con Vignale? Me figuro su guiño de malicia, su palmadita en el hombro, su risotada cómplice, y de inmediato me vuelvo indeclinablemente reservado. ¿Con la gente del empleo? Sería un horrible paso en falso y, a la vez, la absoluta seguridad de que Avellaneda habría de abandonar la oficina. Pero aun si ella no trabajara allí, creo que tampoco tendría fuerzas para hablar de mí mismo en esos términos. En las oficinas no hay amigos; hay tipos que se ven todos los días, que rabian juntos o separados, que hacen chistes y se los festejan, que se intercambian sus quejas y se trasmiten sus rencores, que murmuran del Directorio en general y adulan a cada director en particular. Esto se llama convivencia, pero sólo por espejismo la convivencia puede llegar a parecerse a la amistad. En tantos años de oficina, confieso que Avellaneda es mi primer afecto verdadero[168]. Lo demás tiene la desventaja de la relación no elegida, del vínculo impuesto por las circunstancias. ¿Qué tengo yo de común con Muñoz, con Méndez, con Robledo? Sin embargo, a veces nos reímos juntos, tomamos alguna copa, nos tratamos con simpatía. En el fondo, cada uno es un desconocido para los otros, porque en este tipo de relación superficial se habla de muchas cosas, pero nunca de las vitales, nunca de las verdaderamente importantes y decisivas. Y creo que el trabajo es el que impide otra clase de confian-

---

[168] Esta afirmación prueba el alcance totalizador que tiene el amor de Laura Avellaneda para Santomé, excediendo el terreno de lo simplemente erótico o amatorio. El afecto total que sustituye a la soledad total.

za; el trabajo, esa especie de constante martilleo, o de morfina, o de gas tóxico. Alguna vez, uno de ellos (Muñoz especialmente) se me ha acercado para iniciar una conversación realmente comunicativa. Ha empezado a hablar, ha empezado a delinear con franqueza su autorretrato, ha empezado a sintetizar los términos de su drama, de ese módico, estacionado, desconcertante drama que atosiga la vida de cada cual, por más hombre-promedio que se sienta. Pero siempre hay alguien que llama desde el mostrador. Durante media hora él tiene que explicar a un cliente moroso la inconveniencia y el castigo de la mora[169], discute, grita un poco, seguramente se siente envilecido. Cuando vuelve a mi mesa, me mira, no dice nada. Hace el esfuerzo muscular correspondiente a la sonrisa, pero las comisuras se le doblan hacia abajo. Entonces toma una planilla vieja, la arruga en el puño, concienzudamente, y después la tira al cesto de papeles. Es un simple sustitutivo; lo que no sirve más, lo que tira al cesto, es la confidencia. Sí, el trabajo amordaza la confianza. Pero también existe la burla. Todos somos especialistas en la burla. La disponibilidad de interés hacia el prójimo hay que gastarla de algún modo; de lo contrario, se enquista y sobreviene la claustrofobia, la neurastenia, qué sé yo. Ya que no tenemos la suficiente valentía, la suficiente franqueza como para interesarnos amistosamente por el prójimo (no el prójimo nebuloso, bíblico, sin rostro, sino el prójimo con nombre y apellido, el prójimo más próximo, el que escribe en el escritorio frente al mío y me alcanza el cálculo de intereses para que yo lo revise y ponga mi inicial de visto-bueno), ya que renunciamos voluntariamente a la amistad, bueno, pues entonces, vamos a interesarnos burlonamente por ese vecino que a través de ocho horas es siempre vulnerable. Además, la burla proporciona una especie de solidaridad. Hoy el candidato es éste, mañana es aquél, pasado seré yo. El burlado maldice en silencio, pero pronto se resigna, sabe que esto es sólo una parte del juego, que en el futuro cercano, a lo mejor dentro de una hora o dos, podrá elegir la forma de desquite que mejor coincida con su vocación.

---

[169] *castigo de la mora*, 'multa impuesta por el retraso en los pagos'.

Los burladores, por su parte, se sienten solidarios, entusiastas, chispeantes. Cada vez que uno de ellos le agrega a la burla un condimento, los otros festejan, se hacen señas, se sienten rijosos de complicidad, sólo falta que se abracen y griten los hurras. Y qué alivio reírse, incluso cuando hay que aguantar la risa porque allá en el fondo ha asomado el gerente su cara de sandía, qué desquite contra la rutina, contra el papeleo, contra esa condena que significa estar ocho horas enredado en algo que no importa, en algo que hace hinchar las cuentas bancarias de esos inútiles que pecan por el mero hecho de vivir, de dejarse vivir, de esos inanes que creen en Dios sólo porque ignoran que hace mucho tiempo que Dios ha dejado de creer en ellos. La burla y el trabajo. ¿En qué difieren, después de todo? Y qué trabajo nos da la burla, qué fatiga. Y qué burla es este trabajo, qué mal chiste.

Jueves 4 de julio

Hablé largamente con Aníbal. Es la primera vez que pronuncio ante alguien el nombre de Avellaneda, es decir, la primera vez que lo pronuncio con el verdadero sentido que ese nombre tiene para mí. En algún momento, mientras se lo relataba, me pareció que veía todo el asunto desde fuera, como un espectador profundamente interesado. Aníbal me escuchó con religiosa atención. «¿Y por qué no te casás? No entiendo bien el matiz de ese escrúpulo». Me parecía mentira que no lo entendiese, estaba tan claro. Vuelta a la explicación, al clisé de la explicación que yo me doy desde el comienzo: mi edad, su edad, yo dentro de diez años, ella dentro de diez años, el afán de no perjudicarla, el otro afán de no parecer ridículo, el goce del presente, mis tres hijos, etc., etc. «¿Y te parece que así no la perjudicás?». Claro, eso es inevitable, pero de todos modos la perjudico menos que encadenándola. «¿Y ella qué dice? ¿Está de acuerdo?». Eso se llama una pregunta incómoda. No sé si está de acuerdo. En su oportunidad, ella dijo que sí, pero la verdad es que no sé si está de acuerdo. ¿Podrá ser que ella prefiera la situación estable, oficialmente estable y consagrada? ¿Me estaré diciendo que lo hago por ella y lo estaré haciendo realmente por mí? «¿Es al ridículo que le temés o a otra cosa?». Evidentemente, el tipo estaba decidido a poner el dedo en la llaga. «¿Qué querés decir con eso?». «Me pediste que fuera franco, ¿no? Quiero decir que a mí me parece muy claro todo el problema: lo que te pasa es que tenés miedo de que dentro de diez años ella te ponga cuernos[170]. Qué feo eso de que le digan a uno la verdad, sobre todo si se trata de una de esas verdades que uno ha evitado decirse aun en los soliloquios matinales, cuando recién se despierta y murmura pavadas amargas, profundamente antipáticas, cargadas de autorrencor, a las que es necesario disipar antes de despertarse por completo y ponerse la máscara que, en el resto del día, verán los otros y verá a los otros. ¿Así que tengo miedo de que dentro de diez años ella me ponga cuernos? A Aníbal le contesté con una palabrota, que es la reacción tradicionalmente varonil para cuando a uno lo tratan de cornudo, aunque sea a larga distancia y a largo plazo. Pero la duda siguió girando en mi cabeza y en el momento en que lo escribo no puedo evitar sentirme un poco menos generoso, un poco menos equilibrado, un poco más vulgar y desabrido.

Sábado 6 de julio

Llovió a baldes, después del mediodía. Estuvimos veinte minutos en una esquina, esperando que llegara la calma, mirando desalentadamente a la gente que corría. Pero nos estábamos enfriando sin remedio y yo empecé a estornudar con une regularidad amenazadora. Conseguir un taxi era una especie de imposible. Estábamos a dos cuadras del apartamento y decidimos ir a pie. En realidad, corrimos también nosotros como enloquecidos y llegamos al apartamento en tres empapados minutos. Quedé por un rato con una gran fatiga, echado como una cosa inútil sobre la cama. Antes tuve

---

[170] Esta revelación altera repentinamente el cuadro de relación de la pareja, introduciendo un elemento distorsionador, algo oculto y negativo.

fuerzas, sin embargo, para buscar una frazada y envolverla a ella. Se había quitado el saco, que chorreaba, y también la pollera, que quedó hecha una lástima. De a poco me fui calmando y a la media hora ya había entrado en calor. Fui a la cocina, encendí el primus[171], puse agua a calentar. Desde el dormitorio, ella me llamó. Se había levantado, así, envuelta en la frazada, y estaba junto a la ventana, mirando llover, Me acerqué, yo también miré cómo llovía, no dijimos nada por un rato. De pronto tuve conciencia de que ese momento, de que esa rebanada de cotidianidad, era el grado máximo de bienestar, era la Dicha. Nunca había sido tan plenamente feliz como en ese momento, pero tenía la hiriente sensación de que nunca más volvería a serlo, por lo menos en ese grado, con ese intensidad. La cumbre es así, claro que es así. Además estoy seguro de que la cumbre es sólo un segundo, un breve segundo, un destello instantáneo, y no hay derecho a prórrogas. Allá abajo un perro trotaba sin prisa y con bozal, resignado a lo irremediable. De pronto se detuvo y obedeciendo a una rara inspiración levantó una pata, después siguió su trote tan sereno. Realmente, parecía que se había detenido a cerciorarse de que seguía lloviendo. Nos miramos a un tiempo y soltamos la risa. Me figuré que el hechizo se había roto, que la famosa cumbre había pasado. Pero ella estaba conmigo, podía sentirla, palparla, besarla. Podía decir simplemente: «Avellaneda». «Avellaneda» es, además, un mundo de palabras. Estoy aprendiendo a inyectarle cientos de significados y ella también aprende a conocerlos. Es un juego. De mañana digo: «Avellaneda», y significa: «Buenos días». (Hay un «Avellaneda» que es reproche, otro que es aviso, otro más que es disculpa.) Pero ella me malentiende a propósito para hacerme rabiar. Cuando pronuncio el «Avellaneda» que significa: «Hagamos el amor», ella muy ufana contesta: «¿Te parece que me vaya ahora? ¡Es tan temprano!». Oh, los viejos tiempos en que Avellaneda era sólo un apellido, el apellido de la nueva auxiliar (sólo hace cinco meses que anoté: «Le chica no parece tener muchas ganas de trabajar, pero al menos entiende lo que uno le

---

[171] *primus,* 'cocinilla que funciona con queroseno'.

explica»), la etiqueta para identificar a aquella personita de frente ancha y boca grande que me miraba con enorme respeto. Ahí estaba ahora, frente a mí, envuelta en su frazada. No me acuerdo cómo era cuando me parecía insignificante, inhibida, nada más que simpática. Sólo me acuerdo de cómo es ahora: una deliciosa mujercita que me atrae, que me alegra absurdamente el corazón, que me conquista. Parpadeé conscientemente, para que nada estorbara después. Entonces mi mirada la envolvió, mucho mejor que la frazada; en realidad, no era independiente de mi voz, que ya había empezado a decir: «Avellaneda». Y esta vez me entendió perfectamente.

Domingo 7 de julio

Un da de sol espléndido, casi otoñal. Fuimos a Carrasco[172]. La playa estaba desierta, tal vez debido a que, en pleno julio, la gente no se anima a creer en el buen tiempo. Nos sentamos en la arena. Así con la playa vacía, las olas se vuelven imponentes, son ellas solas las que gobiernan el paisaje. En ese sentido me reconozco lamentablemente dócil, maleable. Veo ese mar implacable y desolado, tan orgulloso de su espuma y de su coraje, apenas mancillado por gaviotas ingenuas, casi irreales, y de inmediato me refugio en una irresponsable admiración. Pero después, casi en seguida, la admiración se desintegra, y paso a sentirme tan indefenso como una almeja, como un canto rodado. Ese mar es una especie de eternidad. Cuando yo era niño, él golpeaba y golpeaba, pero también golpeaba cuando era niño mi abuelo, cuando era niño el abuelo de mi abuelo. Una presencia móvil pero sin vida. Una presencia de olas oscuras, insensibles. Testigo de la historia, testigo inútil porque no sabe nada de la historia. ¿Y si el mar fuera Dios? También un testigo insensible. Una presencia móvil pero sin vida. Avellaneda también lo miraba, con el viento en el pelo, casi sin pestañear: «Vos,

---

[172] *Carrasco,* nombre de una de las playas más renombradas de la costa montevideana.

¿creés en Dios?», dijo continuando el diálogo que había iniciado yo, mi pensamiento. «No sé, yo querría que Dios existiese. Pero no estoy seguro. Tampoco estoy seguro de que Dios, si existe, vaya a estar conforme con nuestra credulidad a partir de algunos datos desperdigados e incompletos». «Pero si es tan claro. Vos te complicás porque querés que Dios tenga rostro, manos, corazón. Dios es un común denominador. También podríamos llamarlo la Totalidad. Dios es esta piedra, mi zapato, aquella gaviota, tus pantalones, esa nube, todo». «Y eso ¿te atrae? ¿Eso te conforma?». «Por lo menos, me inspira respeto». «A mí no. No puedo figurarme a Dios como una gran Sociedad Anónima»[173].

Lunes 8 de julio

Esteban ya se levanta. Su enfermedad nos ha dejado un buen saldo, tanto a él como a mí. Hemos tenido dos o tres conversaciones francas, verdaderamente saludables. Incluso hablamos alguna vez de generalidades, pero con naturalidad, sin que el mutuo fastidio dictara las respuestas.

Martes 9 de julio

¿Así que tengo miedo de que dentro de diez años ella me ponga cuernos?

Miércoles 10 de julio.

Vignale. Lo encontré por Sarandí. No tuve más remedio que escucharlo. No parecía feliz. Yo estaba apurado, así que tomamos un café en el mostrador. Allí, en voz alta, en ese estilo de estentórea confidencia que él cultiva, me relató el nuevo capítulo de su idilio: «Qué mala pata, ché. Mi mujer nos agarró, te das cuenta? No nos pescó lo que se dice en

---

[173] Véase nota 72.

flagrante. Sólo nos estábamos besando. Pero te imaginarás el bochinche que armó le gorda. Que en su propia casa, bajo su propio techo, comiendo su propio pan. Yo, que soy el propio marido, me sentía como una cucaracha. Elvira, en cambio, lo tomó con gran serenidad y se mandó la teoría del siglo: que ella y yo siempre habíamos sido como hermanos y que lo que mi mujer había visto era eso justamente, un beso fraternal. Yo me sentí de lo más incestuoso y la gorda armó una bronca descomunal. Están arreglados, dijo, si se figuran que me voy a quedar mansita como el tarado de Francisco. Habló con mi suegra, con los vecinos, con el almacenero. A las dos horas todo el barrio sabía que la loquita esa le había querido quitar el marido. Por su lado, Elvira habló enérgicamente con Francisco y le dijo que la estaban insultando, que no se quedaría en esa casa ni un solo minuto más. Se quedó sin embargo como tres horas, en el curso de las cuales me hizo una cosa muy fea, lo que se dice muy fea. Fijate que Francisco a todo decía que sí, el tipo no era nada peligroso. Pero la gorda insistía, gritaba, dos o tres veces se le fue encima a la Elvira. Y entonces la Elvira, en uno de esos momentos de terror, ¿a que no sabés que le dijo? Que en qué cabeza cabía que ella se fuera a fijar en una porquería como yo. ¿Te das cuenta? Y lo peor de todo es que con eso la convenció a la otra, y la gorda se quedó tranquila. ¿Pero te das cuenta? Te juro que esto no se lo perdono a la Elvira. Que se vayan nomás, ella y su cornudito. Después de todo, mirá, no está tan buena como me parecía. Además, ahora que dejé de ser un marido fiel, he llegado a la conclusión de que puedo tener programitas más jóvenes, más fresquitos; sobre todo, que no tengan nada que ver con el rubro hogar, que para mí siempre fue sagrado. Y de paso la gorda no se preocupa, pobre».

Sábado 13 de julio

Ella está a mi lado, dormida. Estoy escribiendo en una hoja suelta, esta noche lo pasaré a la libreta. Son las cuatro de la tarde, el final de la siesta. Empecé a pensar en una comparación y terminé con otra. Está aquí, al lado mío, el cuerpo de ella. Afuera hace frío, pero aquí la temperatura es agradable, más bien hace calor. El cuerpo de ella está casi al descubierto, la frazada y la sábana se han deslizado hacia un costado. Quise comparar este cuerpo con mis recuerdos del cuerpo de Isabel. Evidentemente, eran otras épocas. Isabel no era delgada, sus senos tenían volumen, y por eso caían un poco. Su ombligo era hundido, grande, oscuro, de márgenes gruesos. Sus caderas eran lo mejor, lo que más me atraía; tengo una memoria táctil de sus caderas. Sus hombros eran llenos, de un blanco rosáceo. Sus piernas estaban amenazadas por un futuro de varices, pero todavía eran hermosas, bien torneadas. Este cuerpo que está a mi lado no tiene absolutamente ningún rasgo en común con aquél. Avellaneda es flaca, su busto me inspira un poquito de piedad, sus hombros están llenos de pecas, su ombligo es infantil y pequeño, sus caderas también son lo mejor (¿o será que las caderas siempre me conmueven?), sus piernas son delgadas pero están bien hechitas. Sin embargo, aquel cuerpo me atrajo y éste me atrae. Isabel tenía en su desnudez una fuerza inspiradora, yo la contemplaba e inmediatamente todo mi ser era sexo, no había por qué pensar en otra cosa. Avellaneda tiene en su desnudez una modestia sincera, simpática e inerme, un desamparo que es conmovedor. Me atrae profundamente, pero aquí el sexo es sólo un tramo de la sugestión, del llamamiento. La desnudez de Isabel era una desnudez total, más pura quizá. El cuerpo de Avellaneda es una desnudez con actitud. Para quererla a Isabel bastaba con sentirse atraído por su cuerpo. Para quererla a Avellaneda es necesario querer el desnudo más la actitud, ya que ésta es por lo menos la mitad de su atractivo. Tener a Isabel entre los brazos significaba abrazar un cuerpo sensible a todas las reacciones físicas y capaz también de todos los estímulos lícitos. Tener en mis brazos la concreta delgadez de Avellaneda, significa abrazar además de su sonrisa, su mirada, su modo de decir, el repertorio de su ternura, su reticencia a entregarse por completo y las disculpas por su reticencia. Bueno, ésa era la primera comparación. Pero vino la otra, y esa otra me dejó gris, desanimado. Mi cuerpo de Isabel y mi cuerpo de Avellaneda. Qué tristeza. Nunca he sido un atleta, líbreme Dios. Pero aquí había músculos, aquí había fuerza, aquí había una piel lisa, tirante. Y sobre todo no había tantas otras cosas que desgraciadamente ahora hay. Desde la calvicie desequilibrada (el lado izquierdo es el más desierto), la nariz más ancha, la verruga del cuello, hasta el pecho con islas pelirrojas, el vientre retumbante, los tobillos varicosos, los pies con incurable, deprimente micosis. Frente a Avellaneda no me importa, ella me conoce así, no sabe cómo he sido. Pero me importa ante mí, me importa reconocerme como un fantasma de mi juventud, como una caricatura de mí mismo. Hay una compensación quizá: mi cabeza, mi corazón, en fin, yo como ente espiritual, quizá sea hoy un poco mejor que en los días y las noches de Isabel. Sólo un poco mejor, tampoco conviene ilusionarse demasiado. Seamos equilibrados, seamos objetivos, seamos sinceros, vaya. La respuesta es: «¿Eso cuenta?». Dios, si es que existe, debe estar allá arriba haciéndose cruces. Avellaneda (oh, ella existe) está ahora acá abajo abriendo los ojos.

Lunes 15 de julio

Al fin de cuentas, puede ser que Aníbal tenga razón, que yo le esté sacando el cuerpo al matrimonio, más por miedo al ridículo que por defender el futuro de Avellaneda. Y eso no estaría bien. Porque hay una cosa cierta y es que la quiero. Esto lo escribo sólo para mí, así que no importa que suene cursi. Es la verdad. Punto. Por lo tanto, no quiero que sufra. Yo creía (en realidad, creía saberlo) que estaba eludiendo una situación estable para que Avellaneda siempre estuviera libre, para que, dentro de unos años, no se sintiera encadenada a un vejestorio. Si ahora resulta que eso era sólo un pretexto ante mí mismo, mientras que la verdadera razón era una especie de seguro contra futuros engaños, está bastante claro que había que cambiar toda la estructura, todo el aparato exterior de esta unión. Quizá ella sufra más con una situación clandestina, siempre provisoria, que sintiéndose amarrada a un tipo que la dobla en edad. Después de todo, en mi miedo al ridículo la estoy juzgando mal, y eso es una porquería de mi parte. Yo sé que es buena persona, que está hecha de buena pasta. Sé que si alguna vez se enamorase de alguien, no me dejaría en esa humillante ignorancia que constituye la afrenta de los burlados. Acaso me lo diría o, de algún modo, yo captaría el trance y tendría la suficiente serenidad como para entenderlo. Pero tal vez mejor sería hablarlo con ella, otorgarle el poder de decidir por sí misma, ayudarla a sentirse segura[174].

Miércoles 17 de julio

Blanca estuvo triste hoy. Jaime, ella y yo cenamos en silencio. Esteban hacía su primera salida nocturna después de la enfermedad. No dije nada durante la comida, porque demasiado sé cómo reacciona Jaime. Después, cuando él se fue, virtualmente sin saludar (no puede tomarse como «buenas noches» el gruñido que antecedió al portazo), me quedé leyendo el diario en el comedor, y Blanca se demoró expresamente mientras levantaba la mesa. Tuve que alzar el diario para que ella retirara el mantel, y entonces la miré. Tenía los ojos semillorosos. «¿Qué pasa con Jaime?», le pregunté. «Con Jaime y con Diego; me peleé con los dos». Demasiado enigmático. No podía imaginarme a Jaime y a Diego aliados contra ella. «Diego dice que Jaime es un marica. Por eso me peleé con Diego». Me golpeó dos veces la palabra; porque iba dirigida a mi hijo y porque la había dicho Diego, en quien cifro esperanzas, en quien confío. «¿Y se puede saber con qué motivo tu dichoso Diego se permite insultar?». Blanca sonrió con un poco de amargura. «Eso es lo peor. Que no es un insulto. Es la verdad. Por eso fue que me peleé con Jaime». Era evidente que Blanca se violentaba al decir todo eso, sobre todo por ser yo el destinatario de la revelación. A mí mismo me sonó a falso cuando dije: «¿Y vos le

---

[174] Es de destacar que han pasado ye once días desde la conversación con Aníbal, y sólo en este momento Santomé realiza un análisis de sus secretos temores, y esboza el planteamiento de un posible cambio de actitud.

das más crédito a la calumnia de Diego que a lo que diga tu hermano?». Blanca bajó los ojos. En la mano tenía la panera. Era la imagen del patetismo, de un patetismo conmovedor y de entrecasa. «Justamente», dijo, «es el propio Jaime quien lo dice». Hasta ese momento nunca había pensado que mis ojos se pudieran abrir tanto. Me dolían las sienes. «Así que esos amigos...», balbuceé. «Sí», dijo ella. Era un mazazo. Sin embargo, me di cuenta de que en el fondo de mí mismo ya existía una sospecha. Por eso, sólo por eso, la palabra no sonaba del todo nueva para mí. «Una cosa te pido», agregó, «no le digas nada. Está perdido. No siente escrúpulos, ¿sabés? Dice que las mujeres no lo atraen, que es algo que él no ha buscado, que cada uno tiene la naturaleza que Dios le dio y que a él no le dio la capacidad de sentirse atraído por las mujeres. Se justifica con ardor, te aseguro que no tiene complejo de culpa». Entonces dije, sin ninguna convicción: «Si le reviento la cabeza a trompadas, vas a ver cómo le viene el complejo de culpa». Blanca se rió, por primera vez en la noche: «No me defraudes. Yo sé que no vas a hacer eso». Entonces me entró el desánimo, un desánimo horrible sin esperanza. Se trataba de Jaime, de mi hijo, el que heredó la frente y la boca de Isabel.

¿Hasta dónde llegaba mi culpa y dónde empezaba la de él? Es cierto que yo no los atendí como debía, que no pude suplir totalmente a la madre. Ah, yo no tengo vocación de madre. Ni siquiera estoy demasiado seguro de mi vocación de padre. ¿Pero esto qué tiene que ver con que él haya terminado así? Quizá yo hubiera podido cortar esas amistades en su comienzo. Quizá, si lo hubiera hecho, él habría seguido viéndose con ellos sin que yo lo supiera. «Tengo que hablarle», dije, y Blanca pareció resignarse a la tormenta. «Y además tenés que reconciliarte con Diego», agregué.

Jueves 18 de julio

Tenía dos cosas que decirle a Avellaneda, pero sólo estuvimos una hora en el departamento y únicamente le hablé de Jaime. No me dijo que yo fuera totalmente inocente, y se lo agradecí. Mentalmente, claro. Pero yo pienso, además, que cuando un tipo viene podrido, no hay educación que lo cure, no hay atención que lo enderece. Claro que yo pude hacer más por él, eso es tan cierto, tan cierto, que no puedo sentirme inocente. Además, ¿qué es lo que quiero, qué es lo que yo preferiría? ¿Que él no fuera marica o simplemente sentirme yo libre de toda culpa? Qué egoístas somos, Dios mío, qué egoísta soy. Aun el sentirme al día con la conciencia es una especie de egoísmo, de apego a la comodidad, al confort del espíritu. A Jaime no lo vi.

Viernes 19 de julio

Tampoco lo vi hoy. Pero sé que Blanca le dijo que yo quería hablar con él. Esteban es bastante violento. Mejor que no se entere. ¿O ya lo sabrá?

Sábado 20 de julio

Blanca me trajo el sobre. La carta dice así: «Viejo: sé que querés hablar conmigo y de antemano conozco el tema. Me vas a predicar moral y hay dos razones por las que no puedo aceptar tu prédica. La primera, que yo no tengo nada que reprocharme. La segunda, que vos también tenés tu vida clandestina. Te he visto con la chiquilina esa que te ha enredado, y creo que estarás de acuerdo en que no es la mejor forma de guardar el debido respeto a la memoria de mamá. Pero allá vos con tu puritanismo unilateral. Como a mí no me gusta lo que hacés y a vos no te gusta lo que yo hago, lo mejor es desaparecer. Ergo: desaparezco. Tenés el campo libre. Soy mayor de edad, no te preocupes. Me imagino además que mi retirada te acercará más a mis hermanitos. Blanca lo sabe todo (por más informes, dirigite a ella); a Esteban lo enteré yo, en la tarde de ayer, en su oficina. Para tu tranquilidad, debo confesarte que reaccionó como todo un machito y me dejó un ojo negro. El que aún tengo abierto me alcanza para ver el futuro (no es tan malo, ya verás) y dirigir la última mi-

182

rada a mi simpática familia, tan pulcra, tan formal. Saludos, Jaime». Le alcancé el papel a Blanca. Lo leyó detenidamente y dijo: «Ya se llevó sus cosas. Esta mañana». Estaba pálida cuando agregó: «Y lo de la mujer, ¿es cierto?». «Es y no es», dije. «Es cierto que mantengo un vínculo con una mujer, una muchacha casi. Vivo con ella. No es cierto, en cambio, que ello signifique una ofensa a tu madre. Me parece que tengo derecho a querer a alguien. Bueno, a esta muchacha la quiero. No me he casado con ella, sólo porque no estoy seguro de que eso sea lo más conveniente». Tal vez esta última frase estaba de más. No sé bien. Ella tenía los labios apretados. Creo que vacilaba entre cierto atavismo filial y un sentido muy simple de lo humano. «Pero ¿es buena?», preguntó, ansiosa. «Sí, es buena», dije. Respiró aliviada; aún me tiene confianza. También yo respiré aliviado, al sentirme capaz de provocar esa confianza. Entonces obedecí a una repentina inspiración. «¿Es mucho pedirte que la conozcas?». «Yo misma te lo iba a pedir», dijo. No hice comentarios, pero el agradecimiento estaba en mi garganta.

Domingo 21 de julio

«Quizá, al principio, cuando lo nuestro empezó, lo hubiera preferido. Ahora creo que no». Lo anoto antes que nada, porque tengo miedo de olvidarlo. Ésa fue su respuesta. Porque esta vez le hablé con toda franqueza; el tema matrimonio fue discutido hasta agotarlo. «Antes de que viniéramos aquí, al apartamento, yo me di cuenta de que a vos te resultaba penoso pronunciar esa palabra. Un día la dijiste, en el zaguán de mi casa, y por haberla dicho tenés toda mi gratitud. Sirvió para que yo me decidiera a creer en vos, en tu cariño. Pero no podía aceptarla, porque hubiera sido una base falsa para este presente, que era futuro entonces. De aceptarla, hubiera tenido que aceptar también que vos te doblegaras, que te obligaras a una decisión para la que no estabas maduro. Me doblegué yo, en cambio, pero, como es lógico, puedo estar más segura de mis reacciones que de las tuyas. Yo sabía que, aun doblegándome, no te guardaría rencor; si te forzaba a doblegarte, en cambio, no sabía si vos no me guardarías un poco de rencor. Ahora todo pasó. Ya caí. Hay algo atávico en la mujer que la lleva a defender la virginidad, a exigir y exigirse las máximas garantías para rodear su pérdida. Después, cuando una ya cayó, entonces se da cuenta de que todo era un mito, una vieja leyenda para cazar maridos. Por eso te digo que ahora no estoy segura de que el matrimonio sea nuestra mejor solución. Lo importante es que estemos unidos por algo: ese algo existe, ¿verdad que sí? Ahora bien, ¿no te parece más poderoso, mis fuerte, más lindo, que lo que nos una sea eso que verdaderamente existe, y no un simple trámite, el discurso ritual de un juez apurado y panzón? Además están tus hijos. Yo no quiero aparecer como queriendo disputar tu vida con la imagen de tu mujer, no quiero que ellos sientan celos en representación de su madre. Y finalmente, está tu miedo al tiempo, a que te vuelvas viejo y yo mire a otra parte. No seas tan mimoso. Lo que más me gusta de vos, es algo que no habrá tiempo capaz de quitártelo». Más que sus verdades, eran mis deseos los que ella enunciaba tan calmosamente. Por otra parte, qué agradables de oír[175].

Lunes 22 de julio

Preparé cuidadosamente el encuentro, pero Avellaneda no sabía nada. Estábamos en la confitería. Muy pocas veces salimos juntos. Ella siempre está nerviosa y cree que nos va a ver alguien de la oficina. Yo le digo que tarde o temprano eso tiene que ocurrir. Tampoco nos vamos a pasar la vida encerrados en el apartamento. Por sobre el pocillo, ella vio mi mirada. «¿A quién viste? ¿Alguno de allá?». Allá es la oficina. «No, no es de allá. Pero es alguien que quiere conocerte». Se puso tan nerviosa que por un momento me arrepentí de haberle provocado esta prueba. Siguió el rumbo de mi

---

[175] Ya ha sido superada la distorsión de que hablábamos más arriba (véase nota 170).

mirada y la reconoció antes de que yo dijese otra cosa. Después de todo, Blanca debe de tener algún rasgo mío. La llamé con un gesto. Estaba linda, alegre, simpática. Me sentí bastante orgulloso de mi paternidad. «Ésta es Blanca, mi hija». Avellaneda tendió la mano. Temblaba. Blanca estuvo muy bien. «Por favor, tranquilícese. Fui yo quien quiso conocerla». Pero Avellaneda no recuperaba su equilibrio. Murmuraba, terriblemente inquieta: «Jesús. No puedo hacerme a la idea de que él le haya hablado de mí. No puedo hacerme a la idea de que usted haya querido conocerme. Perdóneme, debo parecerle no sé qué...». Blanca hacía todo lo posible por calmarla, yo también. Pese a todo, pude advertir que un cabo de simpatía se había tendido entre las dos mujeres. Son casi de la misma edad. De a poco, Avellaneda se fue tranquilizando; así y todo, derramó alguna lagrimita. A los diez minutos, ya hablaban como dos personas civilizadas y normales. Yo las dejaba. Era un placer nuevo tenerlas a los dos junto a mí, a las dos mujeres que quiero más. Cuando nos separamos (Avellaneda insistió con fervor en que yo acompañara a mi hija), caminamos unas cuadras bajo la llovizna, antes de tomar el ómnibus. Después, ya en casa, Blanca me dio un abrazo, uno de esos abrazos que ella no derrocha y que por eso mismo son más memorables. Con su mejilla junto a la mía, me dijo: «Me gusta de veras. Nunca creí que supieras elegir tan bien». Comí muy poco y me fui a la cama. Tengo un cansancio equivalente a un año entero de trabajos forzados. Pero qué importa.

Martes 23 de julio

No la veía a Avellaneda desde ayer, cuando nos dejó a Blanca y a mí. Hoy, temprano, en la oficina, se acercó a mi mesa con dos biblioratos para hacerme una consulta. Siempre nos cuidamos durante el trabajo (hasta ahora, nadie se dio cuenta). Pero hoy la examiné con atención. Yo quería saber cómo había salido de aquella trampa que le había preparado. Estaba seria, muy seria, casi sin colorete. Le di las indicaciones. Estábamos rodeados de gente, así que no podíamos decirnos nada. Pero ella, cuando se retiró, aprovechó para dejarme dos talonarios y un pedacito de papel con un solo garabato: «Gracias».

Viernes 26 de julio

Ocho de la mañana. Estoy desayunando en el Tupí[176]. Uno de mis mayores placeres. Sentarme junto a cualquiera de las ventanas que miran hacia la Plaza. Llueve. Mejor todavía. He aprendido a querer ese monstruo folklórico que es el Palacio Salvo[177]. Por algo figura en todas las postales para turistas. Es casi una representación del carácter nacional: guarango, soso, recargado, simpático. Es tan, pero tan feo, que lo pone a uno de buen humor. Me gusta el Tupí a esta hora, bien temprano, cuando todavía no lo han invadido los maricas (me había olvidado de Jaime, qué pesadilla) y sólo hay uno que otro viejo aislado, leyendo *El Día* o *El Debate*[178] con increíble fruición. La mayoría son jubilados que no han podido apearse de sus madrugones. ¿Seguiré yo viniendo al Tupí cuando me jubile? ¿No podré acostumbrarme a disfrutar de la cama hasta las once, como un hijo de director cualquiera? La verdadera división de las clases sociales, habría que hacerla teniendo en cuenta la hora en que cada uno se tira de la cama. Se acerca Biancamano, el mozo amnésico, eficientemente cándido y risueño. Por quinta vez

---

[176] *el Tupí,* famosa cafetería típica montevideana, desaparecida ya hace varios años. Estaba situada junto a la Plaza Independencia. Su nombre completo era Tupí Nambá.

[177] *el Palacio Salvo,* torre de muchos pisos, de una arquitectura sumamente recargada. En su planta baja estaba situado el café Sorocabana, anteriormente mencionado (véase nota 65).

[178] *El Día* y *El Debate* son dos diarios tradicionales uruguayos, órganos de expresión, respectivamente, del Partido Colorado y del Partido Nacional. *El Debate* ha sido cerrado ya hace muchos años; en cambio, *El Día* continúa siendo publicado, aunque últimamente ha sido duramente censurado por el gobierno. Los fundadores de ambos periódicos fueron las dos figuras fundamentales de los partidos tradicionales uruguayos (José Batlle y Ordóñez creó *El Día* y Luis Alberto de Herrera, *El Debate*).

le pido un cortado chico con medias lunas[179], y él me trae una café largo con traviatas[180]. Es tanta su buena voluntad, que me doy por vencido. Mientras yo echo los cuadrados de azúcar en el pocillo, él me habla del tiempo y del trabajo. «Esta lluvia le molesta a la gente, pero yo digo: "¿Estamos en invierno o qué?"». Yo le doy la razón, porque es evidente que estamos en invierno. Después lo llama un señor de la mesa del fondo, bastante molesto porque Biancamano le trajo algo que él no había encargado. Es uno que no se da por vencido. O quizá es un mero argentino, que vino a hacer su semanal negocito de dólares[181] y todavía no conoce las costumbres de la casa. En la segunda parte de mi festín, entran los diarios. Hay días en que los compro todos. Me gusta reconocer sus constantes. El estilo de cabriola sintáctica en los editoriales de *El Debate;* la civilizada hipocresía de *El País*[182]*;* el mazacote informativo de *El Día,* apenas interrumpido por una que otra morisqueta[183] anticlerical; la robusta complexión de *La Mañana*[184], ganadera como ella sola. Qué diferentes y qué iguales. Entre ellos juegan una especie de truco[185], engañándose unos a otros, haciéndose señas, cambiando de parejas. Pero todos se sirven del mismo mazo, todos se alimentan de la misma mentira. Y nosotros leemos, y, a partir de esa lectura, creemos, votamos, discutimos, perdemos la memoria, nos olvidamos generosa, cretinamente, de que hoy dicen lo contrario de ayer, que hoy defienden ardorosamente a aquel de quien ayer dijeron pestes, y, lo peor de todo, que hoy ese mismo Aquél acepta, orgulloso y ufano, esa defensa. Por eso prefiero la espantosa franqueza del Pa-

---

[179] *medias lunas,* 'croissants'.

[180] *traviatas,* 'galletitas con jamón y queso'.

[181] Referencia al alto valor del peso uruguayo —peso dólar se le llamaba— en los años cincuenta.

[182] *El País,* diario uruguayo, de orientación originalmente blanca. Continúa editándose.

[183] *morisqueta,* 'mueca', 'mohín'.

[184] *La Mañana,* nombre de un diario uruguayo, autotitulado «independiente». Continúa editándose.

[185] *truco,* juego de cartas muy popular en Uruguay y Argentina. Se juega por parejas. Es característico que los dos integrantes de una pareja se hagan señas con la cara durante la partida.

lacio Salvo, porque siempre fue horrible, nunca nos engañó, porque se instaló aquí, en el sitio más concurrido de la ciudad, y desde hace treinta años nos obliga a que todos, naturales y extranjeros, levantemos los ojos en homenaje a su fealdad. Para mirar los diarios, hay que bajar los ojos.

Sábado 27 de julio

Está entusiasmada con Blanca. «Nunca imaginé que fueras capaz de tener una hija tan encantadora». Me lo dice más o menos cada media hora. Esta frase y la de Blanca («Nunca creí que supieras elegir tan bien») no hablan muy amablemente de mí, de la confianza retroactiva que ellas depositaban en mis respectivas capacidades de generar y de escoger. Pero estoy contento. Y Avellaneda también. Su garabateado «gracias» del martes pasado tuvo después amplio desarrollo. Confiesa haber pasado un mal momento cuando se enfrentó a mi hija. Pensó que Blanca venía a hacerle una escena, con todos los reproches que se imaginaba explicables, que ella se creía a punto de merecer. Pensó que el choque iba a ser tan violento, tan grave, tan demoledor, que lo nuestro no iba a sobrevivir. Y sólo entonces se dio cuenta cabal de que eso nuestro realmente importaba en su vida, que quizá le fuera insoportable acabar ahora con esta situación que apenas tiene patente de provisoria. «No querrás creerlo, pero todo eso me pasó por la cabeza mientras tu hija se acercaba por entre las mesas». Por eso, la actitud amistosa de Blanca fue para ella un regalo inesperado. «Decime, ¿podré ser su amiga?», es ahora su pregunta esperanzada, y pone una cara deliciosa, tal vez la misma con que hace veinte años habrá preguntado a sus padres sobre los Reyes Magos.

Martes 30 de julio

No hay noticias de Jaime. Blanca preguntó en la oficina. Hace diez días que no va. Con Esteban hemos llegado al tácito acuerdo de no hablar del problema. Para él ha sido un golpe también. Me pregunto cómo reaccionará cuando se entere de la existencia de Avellaneda. Le he pedido a Blanca que no le diga nada. Por ahora, al menos. Tal vez yo exagere la nota, situando a mis hijos (o permitiendo que ellos se encaramen allí) en una función de jueces. Yo he cumplido con ellos. Les he dado instrucción, cuidado, cariño. Bueno, quizá en el tercer rubro he sido un poco avaro. Pero es que yo no puedo ser uno de esos tipos que andan siempre con el corazón en la mano. A mí me cuesta ser cariñoso, inclusive en la vida amorosa. Siempre doy menos de lo que tengo. Mi estilo de querer es ése, un poco reticente, reservando el máximo sólo para las grandes ocasiones. Quizá haya una razón y es que tengo la manía de los matices, de las gradaciones. De modo que si siempre estuviera expresando el máximo, ¿qué dejaría para esos momentos (hay cuatro o cinco en cada vida, en cada individuo) en que uno debe apelar al corazón en pleno? También siento un leve resquemor frente a lo cursi, y a mí lo cursi me parece justamente eso: andar siempre con el corazón en la mano. Al que llora todos los días, ¿qué le queda por hacer cuando le toque un gran dolor, un dolor para el cual sean necesarias las máximas defensas? Siempre puede matarse, pero eso, después de todo, no deja de ser una pobre solución. Quiero decir que es más bien imposible vivir en crisis permanente, fabricándose una impresionabilidad que lo sumerja a uno (una especie de baño diario) en pequeñas agonías. Las buenas señoras dicen con su habitual sentido de la economía psicológica, que no van al cine a ver películas tristes porque «bastante amarga es la vida». Y tienen algo de razón: bastante amarga es la vida como para que, además, nos pongamos plañideros o mimosos o histéricos, sólo porque algo se puso en nuestro camino y no nos deja proseguir nuestra excursión hacia la dicha, que a veces está al lado del desatino. Recuerdo que una vez, cuando los chicos iban al colegio, en la clase de Jaime pusieron un deber, una de esas recurrentes composiciones sobre el clásico tema de la madre. Jaime tenía nueve años y volvió a casa sintiéndose profundamente desgraciado. Yo traté de hacerle entender que eso le iba a pasar muchas veces, que él había perdido a su madre y debía conformarse, que no era cosa de estar llorando por eso todos los días, y que la mayor prueba de afecto que él podía brindar al recuerdo de su madre era precisamente demostrar que esa ausencia no le ponía en inferioridad de condiciones frente a los otros. Quizá mi lenguaje fuera inapropiado para su edad. Lo cierto es que dejó de llorar, me miró con una animadversión estremecedora, y, con una firmeza de predestinado, pronunció estas palabras: «Vos vas a ser mi madre, y si no te mato». ¿Qué quiso decir? No era tan chico como para no saber que estaba reclamando un absurdo, pero quizá no era tan grande como para disimular mejor su primera agonía, la primera de esas diarias agonías en las que después concentró sus rencores, sus rebeldías, sus frustraciones. El hecho de que sus maestras, sus compañeros, la sociedad, reclamaran a su madre, le hacía sentir por primera vez toda la fuerza de su ausencia. No sé por qué prodigio imaginativo me echaba a mí las culpas de esa ausencia. Quizá pensaba que si yo la hubiese cuidado mejor, ella no habría desaparecido. Yo era el culpable, por tanto, debía sustituirla. «Si no, te mato». No me mató, claro, pero se vino a matar él, a anularse él. Ya que el hombre de la familia le había fallado, se dedicó a negar al hombre que había en sí mismo. ¡Ufa! Qué complicada explicación para desarrollar un hecho tan escueto, tan ordinario, tan ilevantable. Mi hijo es un marica. Un marica. Uno como el repugnante de Santini, el que tiene la hermana que se desnuda. Hubiera preferido que me saliera ladrón, morfinómano, imbécil. Quisiera sentir lástima hacia él, pero no puedo. Sé que hay explicaciones racionales y hasta razonables. Sé que muchas de esas explicaciones me cargarían a mí con parte de la culpa. Pero ¿por qué Esteban y Blanca crecieron normalmente, por qué ellos no se desviaron y el otro sí? Justamente el otro, el que yo más quería. Nada de lástima. Ni ahora ni nunca[186].

---

[186] La capacidad de comprensión que demuestra Santomé para con el problema de Jaime es la propia de un hombre de su condición social e intelectual. No hubiera resultado verosímil ni una actitud más progresista, ni un comportamiento más grotesco.

Me llamó el gerente. Nunca lo pude tragar. Es un tipo maravillosamente ordinario y cobarde. Alguna vez he tratado de representarme su alma, su ser abstracto, y he conseguido una imagen repulsiva. Allí donde normalmente va la dignidad, él sólo tiene un muñón; se la amputaron. La dignidad ortopédica que ahora usa, le alcanza empero para sonreír. Precisamente, sonreía cuando entré en el despacho. «Una buena noticia». Cuando se restregaba las manos, parecía que me iba a acogotar. «Le ofrecen nada menos que la subgerencia». A la vista estaba que él no compartía la oferta del Directorio. «Permítame que lo felicite». Tiene una mano pegajosa, como si acabara de abrir un tarro de mermelada. «Claro que con una condición». Por una vez, la piedra detrás del cangrejo. Realmente se parece a un cangrejo. Sobre todo en ese instante en que caminaba hacia el costado para salir de atrás de su escritorio. «La condición es que usted no se jubile hasta dentro de dos años». ¿Y el ocio? Es un lindo puesto la subgerencia, sobre todo para terminar la carrera en la empresa. Hay poco que hacer, se atiende a algunos clientes importantes, se vigila el trabajo del personal, se sustituye al gerente cuando éste se ausenta, se dedica uno a aguantar a los directores y sus chistes horribles, a las señoras de los directores y sus muestras de enciclopédica ignorancia. Pero ¿y mi ocio? «¿Cuánto tiempo me da para pensarlo?», pregunté. Era un anticipo de mi negativa. Al Cangrejo le brillaron los ojos, y dijo: «Una semana. El jueves próximo tengo que llevar su respuesta al Directorio». Cuando volví a la sección, todos lo sabían. Siempre pasa eso con las noticias estrictamente confidenciales. Hubo abrazos, felicitaciones, comentarios. Hasta la funcionaria Avellaneda se acercó y me dio la mano. De todas aquellas manos, la suya era la única que trasmitía la vida.

191

Lo hablé largamente con ella. Me dice que lo piense bien, que la subgerencia es un puesto cómodo, agradable, respetado, bien pago. Bueno, lo mismo que yo sé. Pero también sé que tengo derecho al descanso y que ese derecho no lo vendo por cien pesos más de sueldo. Quizá tampoco lo vendería aunque la oferta fuera mucho mayor. Para mí lo esencial ha sido siempre que lo que gane me alcance para vivir. Y a mí me alcanza. Tengo un buen sueldo. No preciso más. Ni siquiera ahora, con el gasto extra del apartamento. Cuando me jubile, además, creo que podré contar con una entrada levemente mayor (casi cien pesos más) ya que los aguinaldos me han aumentado considerablemente el promedio de los últimos cinco años y además no tendré descuentos. Claro, deberé afrontar la baja de la moneda, que es la más segura garantía de inflación. La amenaza es cierta, pero tengo siempre la posibilidad de llevar alguna contabilidad más o menos clandestina. Claro que Avellaneda esgrime además otras razones más conmovedoras, menos contantes y sonantes que toda esta sórdida previsión: «Si vos no estás allí, la oficina va a ser insoportable». Mejor. Con eso tampoco me convence, porque tengo un proyecto: que cuando me jubile, ella deje de trabajar. Lo mío alcanzará para los dos. Además, somos módicos. Nuestras diversiones son, por razones obvias, rigurosamente domésticas. Alguna vez al cine, a un restorán, a una confitería. Algún domingo, cuando hace frío pero hay sol, a caminar por la orilla, a respirar mejor. Compramos algún libro, algún disco, pero más que cualquier otra cosa nos entretiene hablar, hablar de nosotros, referirnos toda esa zona de nuestras vidas que está antes de Lo Nuestro. No hay diversión, no hay espectáculo que pueda sustituir lo que disfrutamos en ese ejercicio de la sinceridad, de la franqueza, Ya vamos adquiriendo un mayor entrenamiento. Porque también hay que habituarse a la sinceridad. Con todos estos años en que Aníbal estuvo en el extranjero, con tantos problemas de comunicación en mis relaciones con mis hijos, con el pudor defensivo que siempre resguardó mi vida privada de la malicia oficinesca, con mis sólo higiénicas aproximaciones a mujeres siempre nuevas, nunca repetidas, es evidente que me había ido desacostumbrando a la sinceridad. Incluso es probable que sólo en forma esporádica la practicara conmigo mismo. Digo esto porque alguna vez, en estos diálogos francos con Avellaneda, me he encontrado pronunciando palabras que me parecían más sinceras aún que mis pensamientos. ¿Es posible eso?

Domingo 4 de agosto

Esta mañana abrí un cajón del armario chico y se desparramaron por el suelo una cantidad imprevista de fotos, recortes, cartas, recibos, apuntes. Entonces vi un papel de un color indefinido (es probable que en su origen haya sido verde, pero ahora tenía unas manchas oscuras, con la tinta corrida por viejas humedades para siempre resecas). Hasta ese momento no recordaba en absoluto su existencia, pero en cuanto lo vi reconocí la carta de Isabel. Pocas cartas nos hemos escrito Isabel y yo. En realidad, no hubo motivo, ya que no tuvimos largas separaciones. La carta estaba fechada en Tacuarembó, el 17 de octubre de 1935. Me sentí un poco extraño al enfrentarme a aquellos caracteres delgados, de largas y perfiladas colas, en los que era posible reconocer una persona y también una época. Era evidente que no había sido escrita con una estilográfica, sino con una de aquellas plumas cucharitas que, no bien se las obligaba e escribir, sabían quejarse sordamente y hasta escupir a su alrededor gotitas casi invisibles de tinta violeta. Tengo que transcribir esa carta en esta libreta. Tengo que hacerlo, porque ella es parte de mí mismo, de mi incanjeable historia. Me fue dirigida en una circunstancia muy especial y, además, su relectura me ha descentrado un poco, me ha hecho dudar de algunas cosas, incluso diría que me ha conmovido. Dice así: «Querido mío: hace tres semanas que llegué. Tradúcelo: tres semanas que duermo sola. ¿No te parece horrible? Tú sabes que a veces me despierto de noche y tengo absoluta necesidad de tocarte, de sentirte a mi lado. No sé qué tienes de reconfortante, pero el saberte junto a mí hace que en el semisueño me sienta bajo tu protección. Ahora tengo horribles pesadillas, pero mis pesadillas no tienen monstruos. Sólo consisten en soñar que estoy sola en la cama, sin ti. Y cuando me despierto y ahuyento la pesadilla, resulta que efectivamente estoy sola en la cama, sin ti. La única diferencia es que en el sueño no puedo llorar y, en cambio, cuando me despierto, lloro. ¿Por qué me pasa esto? Sé que estás en Montevideo, sé que te cuidas, sé que piensas en mí. ¿Verdad que piensas? Esteban y la nena están bien, aunque sabes que tía Zulma los mima demasiado. Apróntate a que, a nuestro regreso, la nena no nos deje dormir por unas cuantas noches. Por Dios, ¿cuándo vendrán esas cuantas noches? Tengo una noticia, ¿sabes? Estoy otra vez embarazada. Es horrible decírtelo y que no me beses. ¿O para ti no es tan horrible? Será varón y le pondremos Jaime. Me gustan los nombres que empiezan con jota. No sé por qué, pero esta vez tengo un poco de miedo. ¿Y si me muero? Contéstame pronto diciéndome que no, que no voy a morirme. ¿Pensaste ya qué harías si yo me muero? Tú eres animoso, sabrías defenderte; además, encontrarías en seguida otra mujer, ya estoy espantosamente celosa de ella. ¿Viste qué neurasténica estoy? Es que me hace mucho mal no tenerte aquí, o que no me tengas allí, es lo mismo. No te rías; siempre te ríes de todo, aun cuando no se trate de nada gracioso. No te rías, no seas malo. Escríbeme diciendo que no voy a morirme. Ni siquiera como alma en pena podría dejar de extrañarte. Ah, antes que me olvide: háblale por teléfono a Maruja para hacerle acordar de que el 22 es el cumpleaños de Dora. Que la salude por mí y por ella. ¿La casa está muy sucia? ¿Fue a limpiar la muchacha que me recomendó Celia? Cuidado con mirarla demasiado, ¿eh? Tía Zulma está feliz de tener aquí a los nenes. Y tío Eduardo no te digo nada... Los dos me hacen grandes cuentos de ti, cuando tenías diez años y venías a pasar aquí tus vacaciones. Parece que te hiciste famoso con tus respuestas para todo. Un muchacho bárbaro, dice tío Eduardo. Yo creo que sigues siendo un muchacho bárbaro, aun cuando llegas cansado de la oficina y tienes en los ojos un poco de resentimiento, y me tratas con ligereza, a veces con rabia. Pero de noche lo pasamos bien, ¿no es cierto? Hace tres días que está lloviendo. Yo me siento junto al balcón de la sala y miro la calle. Pero por la calle no pasa ni un alma. Cuando los nenes están durmiendo, voy al escritorio de tío Eduardo y me entretengo con el Diccionario Hispanoamericano. Aumentan a ojos vistas mi cultura y mi aburrimiento. ¿Será niño o niña? Si fuera niña, puedes elegir el nombre, siempre y cuando no sea Leonor. Pero no. Va a ser varón y se llamará Jaime, y tendrá una cara larga como la tuya y será muy feo y tendrá mucho éxito con las mujeres. Mira, me gustan los hijos, los quiero mucho, pero lo que más me gusta es que sean hijos tuyos. Ahora llueve frenéticamente sobre los adoquines. Voy a hacer el solitario de los cinco montones, el que me enseñó Dora, ¿te acuerdas? Si me sale, es que no me voy a morir de parto. Te quiere, te quiere, te quiere, tu Isabel. P. D.: ¡Salió el solitario! ¡Hurra!».

A veintidós años de distancia, qué indefenso parece este entusiasmo. Sin embargo, era legítimo, era honesto, era cierto. Es curioso que con la relectura de esta carta haya vuelto a encontrar el rostro de Isabel, ese rostro que, a pesar de todos mis olvidos, estaba en mi memoria. Y lo hallé a partir de esos «tú», de esos «puedes», de esos «tienes», porque Isabel nunca hablaba de «vos», y no por convicción sino meramente por costumbre, quizá por manía. Leí esos «tú» y en seguida pude reconstruir la boca que los decía. Y en Isabel la boca era lo más importante de su rostro. La carta es como ella era: un poco caótica, en permanente vaivén del optimismo al pesimismo y viceversa, siempre alrededor del amor en la cama, llena de temores, movediza. Pobre Isabel. El hijo fue varón y se llamó Jaime, pero ella murió de un ataque de eclampsia[187], pocas horas después del parto. Jaime no tiene una cara larga como la mía. No es nada feo, pero su éxito con las mujeres es provisorio, y además inútil. Pobre Isabel. Creía que, sacando el solitario, ya había convencido al destino, y únicamente lo había provocado[188]. Todo está tan lejano, tan lejano. Hasta

---

[187] *eclampsia*, 'grave alteración del metabolismo en el organismo de la embarazada, parturienta o puérpera, motivada en los centros nerviosos'.

[188] El sentido de fatalidad, que prácticamente no se menciona a lo largo de la novela, subyace permanentemente, sin embargo, y, a veces, aflora ostensiblemente, como en esta ocasión.

el marido de Isabel, el destinatario de esa carta de 1935 que era yo mismo, hasta ése también está ahora lejos, no sé si para bien o para mal. «No te rías», me dice y me repite. Y era cierto: yo me reía en ese entonces muy seguido y a ella mi risa le caía mal. No le gustaban las arrugas que se me formaban junto a los ojos cuando me reía, ni encontraba graciosa la causa de mi risa, ni podía evitar sentirse molesta y agresiva cuando yo me reía. Cuando estábamos con otra gente y yo me reía, ella me miraba, con ojos de censura, que anticipaban el reproche posterior para cuando estábamos solos: «No te rías, por favor, quedas horrible». Cuando ella murió, la risa se me cayó de la boca. Anduve casi un año agobiado por tres cosas: el dolor, el trabajo y los hijos. Después volvió el equilibrio, volvió el aplomo, volvió la calma. Pero la risa no volvió. Bueno, a veces me río, claro, pero por algún motivo especial o porque conscientemente quiero reírme, y esto es muy raro. En cambio, aquella risa que era casi un tic, un gesto permanente, ésa no volvió. A veces pienso que es una lástima que no esté Isabel para verme tan serio; ella hubiera disfrutado mucho con mi seriedad actual. Pero, tal vez, si Isabel estuviera aquí, conmigo, no me hubiera curado de la risa. Pobre Isabel. Ahora me doy cuenta de que hablaba muy poco con ella. A veces no encontraba de qué hablar; en realidad, no había entre nosotros muchos temas comunes, aparte de los hijos, los acreedores, el sexo. Pero de este último tema no era imprescindible hablar. Ya eran bastante elocuentes nuestras noches. ¿Eso era el amor? No estoy seguro. Es probable que si nuestro matrimonio no hubiera terminado a los cinco años, habríamos advertido más tarde que eso era sólo un ingrediente. Y quizá no mucho más tarde. Pero en esos cinco años fue un ingrediente que alcanzó para mantenernos unidos, fuertemente unidos. Ahora, con Avellaneda, el sexo es (para mí, al menos) un ingrediente menos importante, menos vital; mucho más importantes, mis vitales, son nuestras conversaciones, nuestras afinidades. Pero no me encandilo. Tengo bien presente que ahora tengo 49 años y cuando murió Isabel tenía 28. Es más que seguro que si ahora apareciese Isabel, la misma Isabel de 1935 que escribió su carta desde Tacuarembó, una Isabel de pelo negro, de ojos buscadores, de caderas tangibles, de piernas perfectas, es más que seguro que yo diría: «Qué lástima», y me iría a buscar a Avellaneda.

Miércoles 7 de agosto

Otro elemento a tener en cuenta frente a la posibilidad de la subgerencia. Si en mi vida no se hubiera introducido Avellaneda, quizá tendría derecho a vacilar. Comprendo que para algunos el ocio puede ser fatal; sé de varios jubilados que no fueron capaces de sobrevivir a esa interrupción de la rutina. Pero ésa es gente que se ha ido endureciendo, anquilosando, que virtualmente ha ido dejando de pensar por su cuenta. No creo que éste fuera mi caso. Yo pienso por mi cuenta. Pero aun pensando por mi cuenta, podría desconfiar del ocio, siempre que el ocio fuera una simple variante de la soledad; como podría serlo en mi futuro de hace unos meses, antes de que apareciese Avellaneda. Pero con ella instalada en mi existencia, ya no habrá soledad. Es decir: ojalá que no haya. Hay que ser más modesto, más modesto. No frente a los demás, eso qué importa. Hay que ser más modesto cuando uno se enfrenta, cuando uno se confiesa a sí mismo, cuando uno se acerca a su última verdad, que aún puede llegar a ser más decisiva que la voz de la conciencia, porque ésta sufre de afonías, de imprevistas ronqueras, que a menudo le impiden ser audible. Ya sé ahora que mi soledad era un horrible fantasma, sé que la sola presencia de Avellaneda ha bastado para espantarla, pero sé también que no ha muerto, que estará juntando fuerzas en algún sótano inmundo, en algún arrabal de mi rutina, Por eso, sólo por eso, me apeo de mi suficiencia y me limito a decir: ójala.

Jueves 8 de agosto

Qué alivio, Ya contesté que no. El gerente sonrió satisfecho, satisfecho porque yo no le gusto como colaborador, y también porque mi negativa le servirá para crear la retroactividad de las buenas razones que seguramente habrá esgrimido para oponerse a mi ascenso. «Lo que yo decía: un hombre terminado, un hombre que no quiere lucha. Para este cargo necesitamos un tipo activo, vital, emprendedor, no un fatigado». Me parece ver el jueguito grosero, jactancioso, egocéntrico, de su asqueroso pulgar. Asunto concluido. Qué tranquilidad.

Lunes 12 de agosto

Ayer de tarde estábamos sentados junto a la mesa. No hacíamos nada, ni siquiera hablábamos. Yo tenía apoyada mi mano sobre un cenicero sin ceniza. Estábamos tristes: eso era lo que estábamos, tristes. Pero era una tristeza dulce, casi una paz. Ella me estaba mirando y de pronto movió los labios para decir dos palabras. Dijo: «Te quiero». Entonces me di cuenta de que era la primera vez que me lo decía, más aún; que era la primera vez que lo decía a alguien. Isabel me lo hubiera repetido veinte veces por noche. Para Isabel, repetirlo era como otro beso, era un simple resorte del juego amoroso. Avellaneda, en cambio, lo había dicho una vez, la necesaria. Quizá ya no precise decirlo más, porque no es juego: es una esencia. Entonces sentí una tremenda opresión en el pecho, una opresión en la que no parecía estar afectado ningún órgano físico, pero que era casi asfixiante, insoportable. Ahí, en el pecho, cerca de la garganta, ahí debe estar el alma, hecha un ovillo. «Hasta ahora no te lo había dicho», murmuró, «no porque no te quisiera, sino porque ignoraba por qué te quería. Ahora lo sé». Pude respirar, me pareció que la bocanada de aire llegaba desde mi estómago. Siempre puedo respirar cuando alguien explica las cosas. El deleite frente al misterio, el goce frente a lo inesperado, son sensaciones que a veces mis módicas fuerzas no soportan. Menos mal que alguien explica siempre las cosas. «Ahora lo sé. No te quiero por tu cara, ni por tus años, ni por tus palabras, ni por tus intenciones. Te quiero porque estás hecho de buena madera». Nadie me había dedicado jamás un juicio tan conmovedor, tan sencillo, tan vivificante. Quiero creer que es cierto, quiero creer que estoy hecho de buena madera.

Quizá ese momento haya sido excepcional, pero de todos modos me sentí vivir. Esa opresión en el pecho significa vivir.

Jueves 15 de agosto

El lunes próximo empezaré mi última licencia. Será un anticipo del gran Ocio Final. Jaime no ha dado señales de vida.

Viernes 16 de agosto

Un incidente verdaderamente incómodo. Me había encontrado a las siete y media con Aníbal, y después de charlar un rato en el café, tomamos el trole. A él también le sirve, aunque se baja antes. Hablábamos de mujeres, matrimonio, fidelidad, etc. Todo en términos muy amplios, generales. Yo, en voz muy baja, porque siempre he recelado del oído viajero de la gente; pero Aníbal aun cuando quiere secretear, lo hace con un soplido estentóreo que inunda el ambiente. No sé a qué caso concreto nos referíamos. De pie junto a él, en el pasillo, iba una vieja de cara cuadrada y sombrero redondo. Yo me di cuenta de que estaba pendiente de las palabras de Aníbal, pero como lo que éste iba diciendo era muy edificante, muy pequeño burgués, muy moral sin atenuantes, no me preocupé demasiado. Sin embargo, cuando Aníbal bajó y la vieja pasó a ocupar su asiento junto a mí, lo primero que me dijo fue: «No le haga caso a ese tipo diabólico». Y antes de que yo articulara un estupefacto: «¿Cómo dijo?», ya la vieja seguía: «Un tipo verdaderamente diabólico. Son ésos los que arruinan los hogares. Ah, ustedes los pantalones. ¡Con qué facilidad condenan a las mujeres! Mire, yo le puedo asegurar que cuando una mujer se pierde, siempre hay un hombre ruin, cretino, denigrante, que primero le hizo perder la fe en sí misma». La vieja hablaba a los gritos. Todas las cabezas empezaron a darse vuelta para registrar quién era el destinatario de semejante responso. Yo me sentía como un insecto. Y la vieja seguía: «Yo soy batllista[189] pero contraria al divorcio. El divorcio es lo que ha matado la familia. Sabe en qué va a parar ese tipo diabólico que le aconsejaba? Ah, no lo sabe. Pues yo sí lo sé. Ese tipo va a parar a la cárcel o se va a matar. Y lo bien que haría. Porque yo conozco hombres a los que habría que quemarlos vivos». Me representé la insólita imagen de Aníbal chamuscándose en la hoguera. Sólo entonces tuve aliento para responder. «Dígame, señora, ¿por qué no se calla? ¿Usted qué sabe del problema? Lo que aquel señor venía diciendo es justamente lo contrario de lo que usted entendió...». Y la vieja, incólume: «Fíjese en las familias de antes. Ahí sí había moral. Usted pasaba al atardecer frente a esos hogares y veía sentados en la vereda al esposo, la esposa y los hijos, todos juiciosos, dignos, bien educados. Eso es la felicidad, señor, y no tratar siempre que la mujer se pierda, que la mujer se entregue a la mala vida. Porque en el fondo ninguna mujer es mala, ¿sabe?». Y cuando me gritaba eso agitando el índice, el sombrero se le desacomodaba un poco hacia la izquierda. Confieso que esa imagen ideal de la felicidad con toda la familia sentada en la vereda, no llegaba a conmoverme demasiado. «Usted no le haga caso, señor. Usted ríase, eso es lo que tiene que hacer». «¿Y por qué no se ríe usted, en vez de ponerse tan furiosa?». La gente ya había empezado a hacer comentarios. La vieja tenía sus partidarios; yo, los míos. Cuando digo «yo», quiero decir ese enemigo hipotético y fantasmal contra el cual la señora descargaba sus improperios. «Y tenga en cuenta que soy batllista pero contraria al divorcio». Entonces, antes de que reiniciara el ominoso ciclo, pedí permiso y me bajé, diez cuadras antes de mi destino.

---

[189] *batllista*, el batllismo es la corriente fundada por José Batlle y Ordóñez dentro del coloradismo. Batlle, que fue presidente entre 1903 y 1907 y de 1911 a 1915, es uno de los inspiradores más decisivos del liberalismo y civilismo uruguayos, así como promotor de diversas leyes y disposiciones oficiales de apoyo a la clase obrera.

Sábado 17 de agosto

Esta mañana estuve hablando con dos miembros del Directorio. Cosas sin mayor importancia, pero que alcanzaron, sin embargo, para hacerme entender que sienten por mí un amable, comprensivo desprecio. Imagino que ellos, cuando se repantigan en los mullidos sillones de la sala de Directorio, se deben sentir casi omnipotentes, por lo menos tan cerca del Olimpo como puede llegar a sentirse un alma sórdida y oscura. Han llegado al máximo. Para un futbolista, el máximo significa llegar un día a integrar el combinado nacional; para un místico, comunicarse alguna vez con su Dios; para un sentimental, hallar en alguna ocasión en otro ser el verdadero eco de sus sentimientos. Para esta pobre gente, en cambio, el máximo es llegar a sentarse en los butacones directoriales, experimentar la sensación (que para otros sería tan incómoda) de que algunos destinos están en sus manos, hacerse la ilusión de que resuelven, de que disponen, de que son alguien. Hoy, sin embargo, cuando yo los miraba, no podía hallarles cara de Alguien sino de Algo. Me parecen Cosas, no Personas. Pero ¿qué les pareceré yo? Un imbécil, un incapaz, una piltrafa que se atrevió a rechazar una oferta del Olimpo. Una vez, hace muchos años, le oí decir al más viejo de ellos: «El gran error de algunos hombres de comercio es tratar a sus empleados como si fueran seres humanos». Nunca me olvidé ni me olvidaré de esa frasecita, sencillamente porque no la puedo perdonar. No sólo en mi nombre, sino en nombre de todo el género humano. Ahora siento la fuerte tentación de dar vuelta la frase y pensar: «El gran error de algunos empleados es tratar a sus patrones como si fueran personas». Pero me resisto a esa tentación. Son personas. No lo parecen, pero son. Y personas dignas de una odiosa piedad, de la más infamante de las piedades, porque la verdad es que se forman una cáscara de orgullo, un repugnante empaque, una sólida hipocresía, pero en el fondo son huecos. Asquerosos y huecos. Y padecen la más horrible variante de la soledad: la soledad del que ni siquiera se tiene a sí mismo.

Domingo 18 de agosto

«Contame cosas de Isabel». Avellaneda tiene eso de bueno: hace que uno se descubra cosas, que se conozca mejor. Cuando uno permanece mucho tiempo solo, cuando pasan años y años sin que el diálogo vivificante y buceador lo estimule a llevar esa modesta civilización del alma que se llama lucidez hasta las zonas más intrincadas del instinto, hasta esas tierras realmente vírgenes, inexploradas, de los deseos, de los sentimientos, de las repulsiones, cuando esa soledad se convierte en rutina, uno va perdiendo inexorablemente la capacidad de sentirse sacudido, de sentirse vivir. Pero viene Avellaneda y hace preguntas, y sobre las preguntas que me hace, yo me hago muchas más, y entonces sí, ahora sí, me siento vivo y sacudido. «Contame cosas de Isabel» es un pedido inocente, simple, y sin embargo... Las cosas de Isabel son mis cosas, o fueron; son las cosas de ese tipo que era yo en tiempos de Isabel. Qué inmadurez, Dios mío. Cuando apareció Isabel, yo no sabía lo que quería, no sabía qué esperaba de ella o de mí. No había modos de comparar, pues no había patrones para reconocer cuándo era felicidad, cuándo desdicha. Los buenos momentos iban formando después la definición de la felicidad, los malos momentos servían para crear la fórmula de la desdicha. Eso también se llama frescura, espontaneidad, pero a cuántos abismos lleva lo espontáneo. Yo tuve suerte, en medio de todo. Isabel era buena, yo no era un cretino. Nuestra unión nunca fue complicada. Pero ¿qué habría pasado si el tiempo hubiera llegado e gastar ese amenazado atractivo del sexo? «Contame cosas de Isabel» era una invitación a la sinceridad. Yo sabía el riesgo que corría. Los celos retrospectivos (por su imposibilidad de rencor, por su falta de desafío, por su improbable competencia) son espantosamente crueles. No obstante, fui sincero. Conté las cosas de Isabel que verdaderamente eran suyas. Y mías. No inventé una Isabel que me permitiera lucirme ante Avellaneda. Tuve el impulso de hacerlo, claro. A uno siempre le gusta quedar bien, y después de quedar bien le gusta quedar mejor frente a quien quiere, frente a quien uno, a su vez, pretende hacer méritos para ser querido. No la inventé, primero, porque creo que Avellaneda es digna de la verdad, y luego, porque yo también soy digno, porque estoy fatigado (y en este caso la fatiga es casi un asco) del disimulo, de ese disimulo que uno se pone como una careta sobre el viejo rostro sensible. Por eso, no estoy asombrado de que, a medida que Avellaneda se fue enterando de cómo había sido Isabel, yo también me haya ido enterando de cómo había sido yo.

Lunes 19 de agosto

Empecé hoy mi última licencia. Llovió todo el día. Estuve toda la tarde en el apartamento. Cambié dos tomacorrientes, pinté un armarito, me lavé dos camisas de nailon. A las siete y media llegó Avellaneda, pero sólo estuvo hasta las ocho. Tenía que ir al cumpleaños de una tía. Dice que Muñoz, como suplente mío, es insoportablemente mandón y pedante. Ya tuvo un incidente con Robledo.

Martes 20 de agosto

Hace un mes que Jaime se fue de casa. Piense o no en eso, lo cierto es que el problema me acompaña siempre. ¡Si por lo menos hubiera podido hablar una sola vez con él!

Miércoles 21 de agoto

Me quedé en casa y leí no sé cuántas horas, pero sólo revistas. No quiero hacerlo más. Me deja una horrible sensación de tiempo derrochado, algo así como si la estupidez me anestesiara el cerebro.

Jueves 22 de agosto

Me siento un poco extraño sin la oficina. Pero quizá me sienta así porque tengo conciencia de que esto no es el ver-

dadero ocio, de que es tan sólo un ocio a término, amenazado otra vez por la oficina.

Viernes 23 de agosto

Le quise dar una sorpresa. Me puse a esperarla a una cuadra de la oficina. A las siete y cinco la vi acercarse. Pero venía con Robledo. No sé qué le diría Robledo; lo cierto es
que ella se reía sin trabas, realmente divertida. ¿Desde cuándo Robledo es tan gracioso? Me metí en un café, los dejé
pasar y después empecé a caminar a unos treinta pasos detrás de ellos. Al llegar a Andes[190] se despidieron. Ella dobló
hacia San José[191]. Iba al apartamento, claro. Yo entré en un
cafecito bastante mugriento, donde me sirvieron un cortado
en un pocillo que aún tenía pintura de labios. No lo tomé,
pero tampoco le reclamé al mozo. Estaba agitado, nervioso,
intranquilo. Sobre todo, fastidiado conmigo mismo. Avellaneda riéndose con Robledo. ¿Qué había de malo en eso?
Avellaneda en una simple relación humana, no meramente
oficinesca, con un tipo que no era yo. Avellaneda caminando por la calle junto a un hombre joven, uno de su generación, no un calandraca[192] como yo. Avellaneda lejos de mí,
Avellaneda viviendo por su cuenta. Claro que no había
nada malo en todo eso. Pero la horrible sensación proviene
quizá de que ésta es la primera vez que entreveo conscientemente la posibilidad de que Avellaneda pueda existir, desen-
volverse y reír, sin que mi amparo (no digamos mi amor) re-
sulte imprescindible. Yo sabía que la conversación entre ella
y Robledo había sido inocente. O quizá no. Porque Robledo no tiene por qué saber que ella no es libre. Qué idiota,
que cursi, qué convencional me siento al escribir: «Ella no
es libre». ¿Libre para qué? Acaso la esencia de mi inquietud
sea haber comprobado esto, nada más: que ella puede sen-

---

[190] *Andes,* calle céntrica de Montevideo.
[191] *San José,* calle céntrica de Montevideo.
[192] *calandraca,* 'persona de físico desgastado por la edad o por alguna enfermedad'.

tirse muy cómoda con gente joven, especialmente con un hombre joven. Y otra cosa: esto que vi no es nada, pero en cambio es mucho lo que entreví, y lo que entreví es el riesgo de perderlo todo. Robledo no interesa. En el fondo, es un frívolo que jamás llegaría a interesarle. Salvo que yo no la conozca en absoluto. Bueno, ¿la conoceré? Robledo no interesa. Pero ¿y los otros, todos los otros del mundo? Si un hombre joven la hace reír, ¿cuántos otros pueden enamorarla? Si ella me pierde un día (su única enemiga puede ser la muerte, la maliciosa muerte que nos tiene fichados)[193], ella tendría su vida entera, tendría el tiempo en sus manos, tendría su corazón, que siempre será nuevo, generoso, espléndido. Pero si yo la pierdo un día (mi único enemigo es el Hombre, el Hombre que es joven y fuerte y que promete) perdería con ella la última oportunidad de vivir, el último respiro del tiempo, porque si bien mi corazón ahora se siente generoso, alegre, renovado, sin ella volvería a ser un corazón definitivamente envejecido.

Pagué el cortado que no tomé y me encaminé hacia el apartamento. Llevaba conmigo un vergonzante temor a su silencio, sobre todo porque sabía de antemano que aunque ella no dijese nada, yo no iba a investigar ni a preguntar ni a reprochar. Simplemente iba a tragarme la amargura, y, eso sí era seguro, a comenzar una era de pequeñas tormentas sin desahogo. Tengo una particular desconfianza hacia mis épocas grises. Creo que me temblaba la mano cuando hice girar la llave de la cerradura.

«¿Cómo llegaste tan tarde?», gritó desde la cocina. «Estaba esperándote para contarte la última locura de Robledo, ¡qué tipo! Hacía años que no me reía tanto». Y apareció en el living con su delantal, su pollera verde, su buzo[194] negro, sus ojos limpios, cálidos, sinceros. Ella no podrá saber nunca de qué me estaba salvando con esas palabras. La atraje hacia mí y mientras la abrazaba, mientras aspiraba el olor tiernamente animal de sus hombros a través del otro olor

---

[193] Nótese de qué manera el autor suelta constantemente pistas falsas sobre el futuro, haciendo temer al lector por lo que no va a producirse.

[194] *buzo*, 'jersey'.

universal de la lana, sentí que el mundo empezaba de nuevo a girar, sentí que podía relegar otra vez a un futuro lejano, todavía innominado, esa amenaza concreta que se había llamado Avellaneda y los Otros. «Avellaneda y yo», dije, despacito. Ella no entendió el porqué de esas tres palabras en esa precisa oportunidad, pero alguna oscura intuición le hizo saber que estaba aconteciendo algo importante. Se separó un poco de mí, todavía sin soltarme, y reclamó: «A ver, decilo otra vez». «Avellaneda y yo», repetí, obediente. Ahora estoy solo, de vuelta en casa, y son casi las dos de la madrugada. De vez en cuando, nada más que porque me da fuerzas y me entona y me afirma, sigo repitiendo: «Avellaneda y yo».

Sábado 24 de agosto

Son raras las veces que pienso en Dios. Sin embargo, tengo un fondo religioso, un ansia de religión. Quisiera convencerme de que efectivamente poseo una definición de Dios, un concepto de Dios. Pero no poseo nada semejante. Son raras las veces en que pienso en Dios, sencillamente porque el problema me excede tan sobrada y soberanamente, que llega a provocarme una especie de pánico, una desbandada general de mi lucidez y de mis razones. «Dios es la Totalidad», dice a menudo Avellaneda. «Dios es la Esencia de todo», dice Aníbal, «lo que mantiene todo en equilibrio, en armonía, Dios es la Gran Coherencia». Soy capaz de entender una y otra definición, pero ni una ni otra son *mi definición*. Es probable que ellos estén en lo cierto, pero no es ése el Dios que yo necesito. Yo necesito un Dios con quien dialogar, un Dios en quien pueda buscar amparo, un Dios que me responda cuando lo interrogo, cuando lo ametrallo con mis dudas. Si Dios es la Totalidad, la Gran Coherencia, si Dios es sólo la energía que mantiene vivo el Universo, si es algo tan inconmensurablemente infinito, ¿qué puede importarle de mí, un átomo malamente encaramado a un insignificante piojo de su Reino? No me importa ser un átomo del último piojo de su Reino, pero me importa que Dios esté a mi alcance, me importa asirlo, no con mis manos, claro, ni siquiera con mi razonamiento. Me importa asirlo con mi corazón.

Domingo 25 de agosto

Me trajo fotos de su infancia, de su familia, de su mundo. Es una prueba de amor, ¿verdad que sí? Fue una criatura delgadita, de ojos algo espantados, de pelo oscuro y lacio. Hija única. Yo también fui hijo único. Y no es fácil, uno acaba por sentirse desamparado. Hay una foto deliciosa en que aparece con un enorme perro policía, y el animal la mira con aire de protección. Me imagino que siempre todo el mundo habrá tenido ganas de protegerla. Sin embargo, no es tan indefensa, está bastante segura de lo que quiere. Además, me gusta que esté segura. Está segura de que el trabajo la asfixia, de que nunca se suicidará, de que el marxismo es un grave error, de que yo le gusto, de que la muerte no es el fin de todo, de que sus padres son magníficos, de que Dios existe, de que la gente en que confía no habrá de fallarle jamás. Yo no podría ser así de categórico. Pero lo mejor de todo es que ella no se equivoca. Su seguridad le sirve incluso para amedrentar al destino. Hay una foto en que está con sus padres, cuando tenía doce años.

A partir de esa imagen yo también me animo a construir mi impresión de ese matrimonio singular, armónico, diferente. Ella es una mujer de rasgos suaves, nariz fina, pelo negro y piel muy clara, con dos lunares en la mejilla izquierda. Los ojos son serenos, quizá demasiado; tal vez no sirvan para comprometerse totalmente en el espectáculo a que asisten, en lo que ven vivir, pero me parecen capaces de comprenderlo todo. Él es un hombre alto, de hombros más bien estrechos, con una calvicie que ya en ese entonces había hecho estragos, unos labios muy delgados y un mentón muy afilado pero nada agresivo. Me preocupan mucho los ojos de la gente. Los suyos tienen algo de desequilibrio. No por cierto de enajenación, sino de ajenidad. Son los ojos de un tipo que está sorprendido por el mundo, por el mero hecho de encontrarse en él. Ambos son (se les ve en la cara) buenas personas, pero me gusta más la bondad de ella que la de él. El padre es un hombre excelente, pero no es capaz de comunicarse con el mundo, de modo que no se puede saber qué iría a suceder el día en que llegara a establecerse esa comunicación. «Se quieren, de eso estoy segura», dice Avellaneda, «pero no sé si ése es el modo de quererse que a mí me gusta». Sacude la cabeza para acompañar la duda, luego se anima a agregar: «Relacionadas con los sentimientos hay una serie de zonas vecinas, afines, fáciles de confundir. El amor, la confianza, la piedad, la camaradería, la ternura; yo no sé nunca en cuál de esas zonas tienen lugar las relaciones de papá y mamá. Es algo muy difícil de definir y no creo que ellos mismos lo hayan definido. En alguna ocasión he rozado el tema en conversaciones con mamá. Ella cree que hay demasiada serenidad en su unión con mi padre, demasiado equilibrio como para que exista efectivamente amor. Esa serenidad, ese equilibrio, a los que también puede llamarse falta de pasión, habrían sido quizá insoportables si ellos hubieran tenido algo que reprocharse. Pero no hay reproches ni motivos de reproches. Se saben buenos, honestos, generosos. Saben también que todo eso, aun siendo tan magnífico como es, no significa todavía el amor, ni significa que se quemen en ese fuego. No se queman, y eso que los une dura más aún». «¿Y qué pasa contigo y conmigo? ¿Nos estamos quemando?», pregunté, pero en ese preciso instante estaba distraída, y su mirada también parecía la de alguien sorprendido por el mundo por el mero hecho de encontrarse en él.

Lunes 26 de agosto

Se lo dije a Esteban. Blanca había ido a almorzar con Diego, así que estábamos solos al mediodía. Fue un gran alivio enterarme de que ya lo sabía. Jaime lo había enterado. «Mirá, papá, yo no lo puedo comprender totalmente ni creo que sea la mejor solución que te hayas unido a una muchacha tantos años menor que vos. Pero una cosa es cierta: no me atrevo a juzgarte. Sé que cuando uno ve las cosas desde fuera, cuando uno no se siente complicado en ellas, es muy fácil proclamar qué es lo malo y qué es lo bueno. Pero cuando uno está metido hasta el pescuezo en el problema (y yo he estado muchas veces así), las cosas cambian, la intensidad es otra, aparecen hondas convicciones, inevitables sacrificios y renunciamientos que pueden parecer inexplicables para el que sólo observa. Ojalá que lo pases bien, no superficialmente bien, sino bien de veras. Ojalá te sientas a la vez protector y protegido, que es una de las más agradables sensaciones que puede permitirse el ser humano. Yo me acuerdo muy poco de mamá. En realidad, es una imagen verdadera a la que se le han superpuesto las imágenes y los recuerdos de los demás. Ya no sé cuál de esos recuerdos es exclusivamente mío. Uno solo quizá: ella peinándose en el dormitorio, con su largo y oscuro pelo cayéndole en la espalda. Ya ves que no es mucho lo que recuerdo de mamá. Pero con los años he ido habituándome a considerarla algo ideal, inalcanzable, casi etéreo. Era tan linda. ¿Verdad que sí? Comprendo que a lo mejor esa representación mía tiene poco que ver con lo que verdaderamente fue mamá. Sin embargo, es así como ella existe para mí. Por eso me chocó un poco cuando él me dijo que andabas con una muchacha. Me chocó pero lo admito, porque sé que estabas muy solo. Y más me doy cuenta ahora, porque he seguido tu proceso y te he visto revivir. Así que no te juzgo, no puedo juzgarte; más aún, me gustaría mucho que hubieras acertado y te acercaras lo más posible a la buena suerte».

Martes 27 de agosto

Frío y sol. Sol de invierno, que es el más afectuoso, el más benévolo. Fui hasta la Plaza Matriz[195] y me senté en un banco, después de abrir un diario sobre la caca de las palomas. Frente a mí, un obrero municipal limpiaba el césped. Lo hacía con parsimonia, como si estuviera por encima de todos los impulsos. ¿Cómo me sentiría yo si fuera un obrero mu-

---

[195] *Plaza Matriz*, la plaza principal de la «Ciudad Vieja» montevideana, junto a la cual está situado el Cabildo.

nicipal limpiando el césped? No, ésa no es mi vocación. Si yo pudiera elegir otra profesión que la que tengo, otra rutina que la que me ha gastado durante treinta años, en ese caso yo elegiría ser mozo de café. Y sería un mozo activo, memorioso, ejemplar. Buscaría asideros mentales para no olvidarme de los pedidos de todos. Debe ser magnífico trabajar siempre con caras nuevas, hablar libremente con un tipo que hoy llega, pide un café, y nunca más volverá por aquí. La gente es formidable, entretenida, potencial. Debe ser fabuloso trabajar con la gente en vez de trabajar con números, con libros, con planillas. Aunque yo viajara, aunque me fuera de aquí y tuviera oportunidad de sorprenderme con paisajes, monumentos, caminos, obras de arte, nada me fascinaría tanto como la Gente, como ver pasar la Gente y escudriñar sus rostros, reconocer aquí y allá gestos de felicidad y de amargura, ver cómo se precipitan hacia sus destinos, en insaciada turbulencia, con espléndido apuro, y darme cuenta de cómo avanzan, inconscientes de su brevedad, de su insignificancia, de su vida sin reservas, sin sentirse jamás acorralados, sin admitir que están acorralados. Creo que nunca, hasta ahora, había sido consciente de la presencia de la Plaza Matriz. Debo haberla cruzado mil veces, quizá maldije en otras tantas ocasiones el desvío que hay que hacer para rodear la fuente. La he visto antes, claro que la he visto, pero no me había detenido a observarla, a sentirla, a extraer su carácter y reconocerlo. Estuve un buen rato contemplando el alma agresivamente sólida del Cabildo, el rostro hipócritamente lavado de la Catedral, el desalentado cabeceo de los árboles. Creo que en ese momento se me afirmó definitivamente una convicción: soy de este sitio, de esta ciudad. En esto (es probable que en nada más) creo que debo ser un fatalista. Cada uno ES de un solo sitio en la tierra y allí debe pagar su cuota. Yo soy de aquí. Aquí pago mi cuota. Ese que pasa (el de sobretodo largo, la oreja salida, la renquera rabiosa) ése es mi semejante. Todavía ignora que yo existo, pero un día me verá, de frente, de perfil o de espaldas, y tendrá la sensación de que entre nosotros hay algo secreto, un recóndito lazo que nos une, que nos da fuerzas para entendernos. O quizá no llegue nunca ese día, quizá él no se fije nunca en esta plaza, en este aire que nos hace prójimos, que nos empareja, que nos comunica. Pero no importa; de todos modos, es mi semejante[196].

Miércoles 28 de agosto

Sólo me quedan cuatro días de licencia. No echo de menos la oficina. Echo de menos a Avellaneda. Hoy fui al cine, solo. Vi una de cowboys. Hasta la mitad, me entretuve; a partir de allí, me aburrí de mí mismo, de mi propia paciencia.

Jueves 29 de agosto

Le pedí a Avellaneda que faltara a la oficina. Yo, su jefe, la autoricé y basta. Se quedó todo el día conmigo en el apartamento. Me imagino la bronca de Muñoz, con dos tipos menos en la sección y toda la responsabilidad sobre sus hombros. No sólo la imagino sino que la comprendo. Pero no importa. Estoy en una edad en que el tiempo parece y es irrecuperable. Tengo que asirme desesperadamente a esta razonable dicha que vino a buscarme y que me encontró. Por eso es que no puedo volverme magnánimo, generoso, no puedo ponerme a pensar en las preocupaciones de Muñoz antes que en las mías. La vida se va, se está yendo ahora mismo, y yo no puedo soportar esa sensación de escape, de acabamiento, de final. Este día con Avellaneda no es la eternidad, es sólo un día, un pobre, indigno, limitado día, al que todos, desde Dios para abajo, hemos condenado. No es la eternidad pero es el instante que, después de todo, es su único sucedáneo verdadero. Así que tengo que apretar el puño, tengo que gastar esta plenitud sin ninguna reserva, sin previsión alguna. Quizá después venga el ocio definitivo, el ocio

---

[196] Pasajes como éste permiten afirmar que *La tregua* es la piedra fundamental de la literatura de la solidaridad humana que ha ido desarrollando Mario Benedetti hasta la actualidad.

asegurado, quizá haya después muchos días como éste, y piense entonces en este apuro, en esta impaciencia, como en un ridículo agotamiento. Quizá, sólo quizá. Pero este Mientras Tanto tiene el alivio, la garantía de lo que es, de lo que está siendo.

Hacía frío. Avellaneda estuvo todo el día de buzo y pantalones. Así, con el pelo recogido, parecía un muchacho. Le dije que tenía cara de diariero[197]. Pero no me prestó demasiada atención. Estaba preocupada con su horóscopo. Hace un año alguien le hizo su horóscopo y le predijo el futuro. Al parecer, en ese futuro figuraba su actual empleo, y, sobre todo, figuraba yo. «Hombre maduro, de mucha bondad, algo apagado pero inteligente». ¿Qué tal? Ese soy yo. «¿Vos qué pensás? ¿Se podrá así nomás, predecir el futuro?». «Yo no sé si se podrá, pero de cualquier manera me parece una trampa. Yo no quiero saber qué me va a pasar. Sería horrible. ¿Te imaginás qué vida espantosa si uno supiera cuándo se va a morir?». «A mí me gustaría saber cuándo voy a morirme. Si fuera posible conocer la fecha de la propia muerte, uno podría regular su ritmo de vida, gastarse más o gastarse menos de acuerdo al saldo que le restara». A mí eso me parecería monstruoso. Pero la predicción dice que Avellaneda tendrá dos o tres hijos, que será feliz, pero quedará viuda (bah), que morirá de una enfermedad circulatoria, allá por sus ochenta. A Avellaneda le preocupan mucho los dos o tres hijos. «¿Vos querés tener?». «No estoy muy seguro». Ella se da cuenta de que mi respuesta es la prudencia en persona, pero cuando me mira yo sé que ella quisiera tener hijos, por lo menos uno. «No te pongas triste», dijo, «si te ponés triste soy capaz de encargar mellizos». Sabe lo que yo pienso, sufre por eso y se aferra al vaticinio. «¿Y no te importa la viudez, aunque sea una viudez clandestina?». «No me importa, porque hasta allí no llega mi fe. Y sé que sos indestructible, que las predicciones te pasan al lado, sin tocarte». Nada más que una muchacha trepada sobre el sofá, con las piernas arrolladas, y la punta de la nariz colorada de frío.

---

[197] *diariero,* vendedor callejero de periódicos, también llamado 'canillita'.

Viernes 30 de agosto

Durante la licencia, escribí todos los días. Se me hace cuesta arriba reintegrarme al trabajo. Esta licencia ha sido un buen aperitivo de mi jubilación. Blanca recibió hoy una carta de Jaime, rencorosa, violenta. El párrafo que me dedica, dice así: «Decidle al viejo que todos mis amores fueron platónicos, así que, cuando tenga pesadillas en las que aparezca mi inmunda persona, puede darse vuelta y respirar tranquilo. Por ahora». Es demasiado odio junto para que sea verdadero. Al final voy a pensar que este hijo me quiere un poco.

Sábado 31 de agosto

Avellaneda y Blanca se veían sin que yo lo supiera. A Blanca se le escapó una frasecita reveladora y todo quedó al descubierto. «No queríamos decírtelo, porque estamos aprendiendo mucho sobre vos». Al principio me pareció una broma miserable, después me conmoví. No tuve más remedio que figurarme a las dos muchachas intercambiando sus respectivas imágenes incompletas acerca de este tipo sencillo que soy yo. Una especie de rompecabezas. Hay curiosidad en esto, claro, pero también hay cariño. Avellaneda, por su parte, se mostró muy culpable, me pidió perdón, dijo por centésima vez que Blanca era estupenda. Me gusta que sean amigas, por mí, a través de mí, a causa de mí, pero no puedo evitar a veces la sensación de estar de más. En realidad, soy un veterano del que se están ocupando dos muchachas.

Domingo 1.º de setiembre

Se acabó la farra. Mañana otra vez a la oficina. Pienso en las planillas de ventas, en la goma de pan[198], en los libros co-

---

[198] *goma de pan*, goma muy blanda, especialmente utilizada para borrar trazos suaves de lápiz.

piadores, en las libretas de cheques, en la voz del gerente, y el estómago se me revuelve.

Lunes 2 de setiembre

Me recibieron como a un salvador: con todos los problemas sin resolver. Parece que estuvo un inspector y armó tremendo lío sobre una idiotez. Muñoz, el pobre, se ahoga en un vaso de agua. A Santini lo encontré más marica que de costumbre. Me hizo unas monerías bastante escandalosas. ¿Éste también será platónico? Se dice que, en vista de mi negativa, traerán un subgerente de otra compañía. Martínez está que brama. Hoy, por primera vez después de la borrasca, vino la Valverde. Mueve el trasero con un entusiasmo digno de mejor causa.

Martes 3 de setiembre

Por primera vez, Avellaneda me habló de su antiguo novio. Se llama Enrique Avalos y trabaja en el Municipio. El noviazgo sólo duró un año. Exactamente, desde abril del año pasado hasta abril de este año. «Es un buen tipo. Todavía le tengo estima, pero...». Me doy cuenta de que siempre temí esta explicación, pero también me doy cuenta de que mi mayor temor era que no llegara. Si ella se atrevía a mencionarlo, era porque el tema ya no importaba tanto. De cualquier modo, todos mis sentidos estuvieron pendientes de ese Pero, que me sonaba a música celestial. Porque el novio había tenido sus ventajas (su edad, su aspecto, el mero hecho de llegar primero) y quizá no las había sabido aprovechar. A partir de ese Pero empezaban las mías y yo sí estaba dispuesto a aprovecharlas, es decir, a socavarle el terreno al pobre Enrique Avalos. La experiencia me ha enseñado que uno de los métodos más eficaces para derrotar a un rival en el vacilante corazón de una mujer es elogiar sin restricciones a ese mismo rival, es volverse tan comprensivo, tan noble y tolerante, que uno mismo se sienta conmovido. «De veras, todavía le tengo estima, pero estoy segura de que no hubiera podido ser ni medianamente feliz con él». «Bueno, ¿por qué estás tan segura? ¿No decís que es un buen tipo?». «Claro que es. Pero no alcanza. Ni siquiera puedo achacarle que él sea muy frívolo y yo muy profunda, porque ni yo soy tan profunda como para que me moleste una buena dosis de frivolidad, ni él es tan frívolo como para que no llegue a conmoverlo un sentimiento verdaderamente hondo. Las dificultades eran de otro orden. Creo que el obstáculo más insalvable era que no nos sentíamos capaces de comunicarnos. Él me exasperaba; yo lo exasperaba. Posiblemente me quisiera, vaya uno a saberlo, pero lo cierto es que tenía una habilidad especial para herirme». Qué estupendo. Yo tenía que hacer un gran esfuerzo para que la satisfacción no me inflara los carrillos, para poner la cara preocupada de alguien que en verdad lamentara que todo aquello hubiera acabado en una frustración. Hasta tuve fuerzas para abogar por mi enemigo: «¿Y vos pensaste si no tendrías también tu poco de culpa? A lo mejor, él te hería simplemente porque vos estabas siempre esperando que él te hiriese. Vivir eternamente a la defensiva no es, con toda seguridad, el método más eficaz para mejorar la convivencia». Entonces ella sonrió y sólo dijo: «Contigo no tengo necesidad de vivir a la defensiva. Me siento feliz». Eso ya era superior a mis fuerzas de contención y disimulo. La satisfacción se derramó por todos mis poros, mi sonrisa llegó de oreja a oreja, y ya no me importó dedicarme a arruinar para siempre los prestigios aún sobrevivientes del pobre Enrique, un maravilloso derrotado.

Miércoles 4 de setiembre

Muñoz, Robledo, Méndez, me hablaron con insistencia de Avellaneda, de lo bien que había trabajado durante mi licencia, de lo buena compañera que había demostrado ser. ¿Qué pasa? ¿Cómo se habrá comportado Avellaneda en estos días para que esos insensibles se muestren emocionados? Hasta el gerente me llamó y, entre otros asuntos, me dejó caer esta frase distraída: «¿Qué tal esa muchacha que tiene en su sección? Tengo buenos informes sobre su trabajo». Formulé un mesurado elogio, en el tono más convencional del mundo. Pero el Cangrejo agregó: «¿Sabe por qué se lo preguntaba? Porque a lo mejor la traigo aquí, como secretaria». Sonrió mecánicamente, sonreí, mecánicamente. Debajo de mi sonrisa, por lo menos, había palabrotas a granel.

Jueves 5 de setiembre

Creo que en esto sentimos igual. Tenemos imperiosa necesidad de decírnoslo todo. Yo hablo con ella como si hablara conmigo mismo; en realidad, mejor aún que si hablara conmigo mismo. Es como si Avellaneda participara de mi alma, como si estuviera acurrucada en un rincón de mi alma, esperando mi confidencia, reclamando mi sinceridad. Ella, por su parte, también me lo dice todo. En otro momento, sé que hubiera anotado: «Por lo menos, así lo creo», pero ahora no puedo, sencillamente porque no sería cierto. Ahora sé que ella me lo dice todo.

Viernes 6 de setiembre

Lo vi a Vignale en la confitería, muy escondido en una mesita del fondo, con una chiquilina bastante vistosa. Me saludó con un gran ademán, como para confirmarme que se ha lanzado a la aventura en gran escala. Así, desde lejos, la pareja me daba un poco de lástima. De pronto me encontré pensando: «¿Y yo?». Claro que Vignale es un tipo grosero, ampuloso, guarango... Pero ¿y yo? ¿Cómo seré yo para quien mire desde lejos? Salgo muy poco con Avellaneda. Nuestra vida transcurre en la oficina y en el apartamento. Me temo que mi resistencia a salir con ella se apoye más que nada en un vigilado temor a quedar mal. No, no puede ser. En un momento en que Vignale estaba hablando con el mozo, la muchacha le lanzó una mirada dura, de desprecio. Avellaneda no podría mirarme así.

Sábado 7 de setiembre

Me citó el amigo de Esteban. Es prácticamente seguro que mi jubilación esté pronta para dentro de cuatro meses. Es curioso: cuanto más me acerco al descanso, más insoportable me resulta la oficina. Sé que me restan sólo cuatro meses de asientos, de contrasientos, balancetes, cuentas de orden, declaraciones juradas. Pero daría un año de vida porque esos cuatro meses se redujeran a cero. Bueno, pensándolo mejor, no daría un año de vida, porque ahora mi vida tiene a Avellaneda.

Domingo 8 de setiembre

Esta tarde hicimos el amor. Lo hemos hecho tantas veces y sin embargo no lo he registrado. Pero hoy fue algo maravilloso. Nunca en mi vida, ni con Isabel ni con nadie, me sentí tan cerca de la gloria. A veces pienso que Avellaneda es como una horma que se ha instalado en mi pecho y lo está agrandando, lo está poniendo en condiciones adecuadas para sentir cada día más. Lo cierto es que yo ignoraba que tenía en mí esas reservas de ternura. Y no me importa que ésta sea una palabra sin prestigio. Tengo ternura y me siento orgulloso de tenerla. Hasta el deseo se vuelve puro, hasta el acto más definitivamente consagrado al sexo se vuelve casi inmaculado. Pero esa pureza no es mojigatería, no es afectación, no es pretender que sólo apunto el alma. Esa pureza es querer cada centímetro de su piel, es aspirar su olor, es recorrer su vientre, poro a poro. Es llevar el deseo hasta la cumbre.

Lunes 9 de setiembre

En la sección Ventas le han preparado una trampa sangrienta a un tal Menéndez, un muchacho ingenuo, supersticioso, tremendamente cabulero[199], que entró en la empresa

---

[199] *cabulero,* 'jugador supersticioso'.

formando parte de la misma tanda que Santini, Sierra y Avellaneda. Resulta que Menéndez se compró un entero para la lotería de mañana. Dijo que esta vez no lo iba a mostrar a nadie, porque tenía la corazonada de que, si no lo mostraba, el número iba a salir con la grande. Pero esta tarde vino el cobrador de Peñarol[200], y Menéndez, al abrir la billetera para pagarle, dejó por unos segundos el número sobre el mostrador. Él no se dio cuenta, pero Rosas, un cretino en permanente estado de alerta, anotó mentalmente el número y de inmediato hizo un repartido verbal. La broma que han preparado para mañana es la siguiente: se combinaron con el lotero de enfrente para que, a determinada hora, anote en el pizarrón el número 15.301 en el lugar del primer premio. Sólo por unos minutos, después lo borrará. Al lotero le gustó tanto la concepción del chiste, que, contra lo previsto, accedió a colaborar.

Martes 10 de setiembre

Fue tremendo. A las tres menos cuarto, llegó Gaizolo de la calle y dijo en voz alta: «Puta qué bronca. Le estuve jugando a la cifra uno hasta el sábado pasado, y justo sale hoy». Desde el fondo llegó la primera pregunta prevista: «¿Así que terminó en uno? ¿Te acordás de las dos cifras?». «Cero uno», fue la respuesta de mal talante. Entonces Peña saltó desde su escritorio: «Ché, yo le jugué al 301» y agregó en seguida, dirigiéndose a Menéndez, que trabaja frente al ventanal: «Dale, Menéndez, fijate en el pizarrón. Si salió el 301, me forré de veras». Parece que Menéndez dio vuelta la cabeza con toda parsimonia, en la actitud del tipo que todavía se está frenando para no hacerse ilusiones. Vio las grandes y claras cifras del 15.301 y quedó por un momento paralizado. Creo que en ese instante habrá pesado todas las posibilidades y también habrá desechado toda posible trampa. Nadie, sino él, conocía el número. Pero el itinerario de la

---

[200] *Club Atlético Peñarol*, uno de los equipos de fútbol más importantes del Uruguay.

broma terminaba allí. El plan establecía que, en ese momento, todos vendrían en equipo a tomarle el pelo. Pero nadie había previsto que Menéndez pegara un salto y saliera corriendo hacia el fondo. La versión de algún testigo es que entró sin golpear en el despacho del gerente (que en ese momento atendía a un representante de una firma americana), prácticamente se le tiró encima y antes de que el otro pudiera encauzar su propio asombro, ya le había dado un sonoro beso en la pelada. Yo, que me di cuenta tarde de este último giro, penetré tras él en el despacho, lo tomé de un brazo y lo saqué a la fuerza. Allí, entre las cajas de pernos y pistones, mientras él se sacudía en unas carcajadas eléctricas que nunca podré olvidar, le dije casi a los gritos la verdad verdadera. Me sentí horrible haciendo eso, pero no había más remedio. Nunca vi desmoronarse a un hombre de esa manera irremediable y repentina. Se le doblaron las piernas, abrió la boca sin poderla cerrar, y después, sólo después, se tapó los ojos con la mano derecha[201]. Lo senté en una silla y entré en el despacho del gerente a explicarle el episodio, pero el cretino no podía tolerar que el representante americano hubiera presenciado su humillación: «No se fatigue explicándome una historia increíble. Ese imbécil está despedido».

Eso es lo horrible: está efectivamente despedido, y además amargado para siempre. Esos cinco minutos de frenética ilusión van a ser imborrables. Cuando los otros supieron la noticia, fueron en delegación a la gerencia, pero el Cangrejo es inflexible. Debe ser el día más triste, más grosero, más deprimente de todos los muchos años que he pasado en la oficina. Sin embargo, a última hora, la cofradía de los crueles tuvo un gesto: en tanto que Menéndez no encuentre otro empleo, el personal decidió contribuir con un pequeño porcentaje hasta formar su sueldo y entregárselo. Pero hubo

---

[201] El crítico John A. Crow comenta así este episodio: «Su colapso (de Menéndez) sugiere la imagen de un globo pinchado: ha recorrido la gama de sentimientos desde la alegría desenfrenada hasta la derrota absoluta, todo en menos de un minuto. La experiencia que Santomé realiza de la felicidad y la derrota resulta un poco más duradera pero su fin es igualmente seguro» (cfr. John A. Crow, crítica sobre *La tregua*, en *Saturday Review*, Nueva York, 10 de enero de 1970).

un obstáculo: Menéndez no acepta el regalo o la reparación o como quiera llamársele. Tampoco quiere hablar con nadie de la oficina. Pobre tipo. Yo mismo me estoy reprochando por no haberlo puesto sobre aviso desde ayer. Pero nadie podía imaginarse que su reacción fuera tan fulminante.

Miércoles 11 de setiembre

Pasado mañana es mi cumpleaños, pero ella igual me mostró sus regalos. Primero me dio el reloj de oro. Pobrecita. Debe haber consumido íntegramente sus ahorros. Después, con un poco de vergüenza, abrió una cajita y me mostró el otro obsequio: un caracolillo alargado, de líneas perfectas: «Lo recogí en La Paloma[202], el día en que cumplí nueve años. Vino una ola y lo dejó a mis pies, como una atención del mar. Creo que fue el momento más feliz de mi infancia. Por lo menos, es el objeto material que más quiero, que más admiro. Quiero que lo tengas, que lo lleves contigo. ¿Te parece ridículo?».

Ahora está en la palma de mi mano. Vamos a ser buenos amigos.

Jueves 12 de setiembre

Diego es un preocupado y, merced a su influencia, Blanca se está convirtiendo en otra preocupada. Esta noche hablé largamente con ambos. Su preocupación es el país, su propia generación, y, en el fondo de ambas abstracciones, su preocupación se llama Ellos Mismos. Diego quisiera hacer algo rebelde, positivo, estimulante, renovador; no sabe bien qué. Hasta ahora lo que siente con la máxima intensidad es un inconformismo agresivo, en el cual falta todavía un poco de coherencia. Le parece funesta la apatía de nuestra gente, su carencia de impulso social, su democrática tolerancia hacia el fraude, su reacción guaranga e inocua ante la mistifica-

---

[202] *La Paloma*, ciudad balnearia uruguaya, en el departamento de Rocha.

ción. Le parece espantoso, por ejemplo, que exista un matutino con diecisiete editorialistas que escriben como un hobby, diecisiete rentistas que desde un bungalow de Punta del Este[203] claman contra la horrible plaga del descanso, diecisiete pitucos que usan toda su inteligencia, toda su lucidez, para henchir de habilidosa convicción un tema en que no creen, una diatriba que en el fondo de sí mismos consideran injusta. Le subleva que las izquierdas sobrelleven, sin disimularlo mucho, un fondo de aburguesado acomodo, de rígidos ideales, de módico camanduleo. «¿Usted ve alguna salida?», pregunta y vuelve a preguntar, con franca, provocativa ansiedad. «Lo que es yo, por mi parte, no la veo. Hay gente que entiende lo que está pasando, que cree que es absurdo lo que está pasando, pero se limitan a lamentarlo. Falta pasión, ése es el secreto de este gran globo democrático en que nos hemos convertido. Durante varios lustros hemos sido serenos, objetivos, pero la objetividad es inofensiva, no sirve para cambiar el mundo, ni siquiera para cambiar un país de bolsillo como éste. Hace falta pasión, y pasión gritada, o pensada a los gritos, o escrita a los gritos. Hay que gritarle en el oído a la gente, ya que su aparente sordera es una especie de autodefensa, de cobarde y malsana autodefensa. Hay que lograr que se despierte en los demás la vergüenza de sí mismos, que se sustituya en ellos la autodefensa por el autoasco. El día en que el uruguayo sienta asco de su propia pasividad, ese día se convertirá en algo útil».

Viernes 13 de setiembre

Hoy cumplo cincuenta años. Es decir, a partir de este día estoy en condiciones de jubilarme. Una fecha que parece sentenciada para hacer balance. Pero yo he estado haciendo balance todo el año. Me revientan los aniversarios, las alegrías y las penas a plazo fijo. Me parece deprimente, por

---

[203] *Punta, del Este,* ciudad balnearia, en el departamento de Maldonado, considerado tradicionalmente como el lugar más concurrido de las zonas turísticas uruguayas.

ejemplo, que el 2 de noviembre debamos llorar a coro por nuestros muertos, que el 25 de agosto[204] nos emocionemos a la simple vista de la bandera nacional. Se es o no se es, no importa el día.

Sábado 14 de setiembre

Sin embargo, la fecha de ayer no pasó en vano. Hoy, en varios momentos del día, pensé: «Cincuenta años», y se me fue el alma a los pies. Estuve frente al espejo y no pude evitar un poco de piedad, un poco de conmiseración hacia ese tipo arrugado, de ojos con fatiga, que nunca llegó ni llegará a nada. Lo más trágico no es ser mediocre pero inconsciente de esa mediocridad; lo más trágico es ser mediocre y saber que se es así y no conformarse con ese destino que, por otra parte (eso es lo peor), es de estricta justicia[205]. Entonces, cuando estaba mirándome al espejo, apareció sobre mi hombro la cabeza de Avellaneda. Al tipo arrugado, que nunca llegó ni llegará a nada, se le encendieron los ojos, y por dos horas y media se olvidó de que había cumplido cincuenta años.

Domingo 15 de setiembre

Ella se ríe. Yo le pregunto: «¿Te das cuenta de lo que significan cincuenta años?», y ella se ríe. Pero quizá en el fondo se dé cuenta de todo y vaya depositando muy diversas cosas en los platillos de la balanza. Sin embargo, es buena y no me dice nada. No menciona que llegará un instante inevitable en que yo la miraré sin sexo, en que su mano en mi mano no será un choque eléctrico, en que yo conservaré por

---

[204] *25 de agosto,* día de la independencia nacional, en Uruguay, en conmemoración del 25 de agosto de 1825, cuando se resolvió formular la independencia de Portugal —que dominaba en esos momentos el territorio uruguayo— y la incorporación a las Provincias Unidas del Río de la Plata.
[205] La conciencia de su propia mediocridad es lo que hace trágico al personaje.

ella el suave cariño que se tiene por las sobrinas, por las hijas de los amigos, por las más remotas actrices de cine, un cariño que es una especie de decoración mental pero que no puede herir ni ser herido, no puede provocar cicatrices ni apurar el corazón, un cariño manso, apacible, inocuo, que parece un adelanto del monótono amor de Dios. Entonces la miraré y no podré sentir celos, porque habrá pasado la época de las tormentas. Cuando en el cielo despejado de la setentena aparece una nube, ya se sabe que es la nube de la muerte. Ésta debe ser la frase más cursi, más ridícula, que he dejado caer en la libreta. La más verdadera, quizá. ¿Por qué será que lo verdadero es siempre un poco cursi? Los pensamientos sirven para edificar lo digno sin excusa, lo estoico sin claudicación, el equilibrio sin reservas, pero las excusas, las claudicaciones, las reservas, están agazapadas en la realidad, y cuando allí llegamos, nos desarman, nos aflojan. Cuanto más dignos sean los propósitos a cumplir, más ridículos parecen los propósitos incumplidos. La miraré y no podré sentir celos de nadie; sólo celos de mí mismo, celos de este individuo de hoy que siente celos de todos. Salí con Avellaneda y mis cincuenta años, la paseé y los paseé a lo largo de Dieciocho. Quise que me vieran con ella. Creo que no me crucé con nadie de la oficina. Pero en cambio me vieron la mujer de Vignale, un amigo de Jaime, dos parientes de ella. Además (¡qué horrible además!) en Dieciocho y Yaguarón me crucé con la madre de Isabel. Es increíble: han pasado años y años por mi rostro y por el suyo, y sin embargo, cuando la veo, el corazón me sigue dando un vuelco; en realidad, algo más que un vuelco, un brinco de rabia e impotencia. Una mujer invencible, tan admirablemente invencible que uno no puede menos que sacarse el sombrero. Saludó, con la misma agresiva reticencia de veinte años atrás, y después envolvió literalmente a Avellaneda en una larga ojeada, que era a la vez diagnóstico y desahucio. Avellaneda percibió la sacudida, me apretó el brazo y preguntó quién era. «Mi suegra», dije. Y es cierto: mi primera y única suegra. Porque aun en el caso de que yo me casara con Avellaneda, aun en el caso de que yo nunca hubiera sido el marido de Isabel, esta altísima, potente, decisiva matrona de setenta años, habría sido siempre y hasta siempre mi Suegra Universal, inevitable, destinada[206], mi Suegra que procede directamente de ese Dios de terror que ojalá no exista, aunque más no sea que para recordarme que el mundo es eso, que el mundo también se detiene a veces a contemplarnos, con una mirada que también puede llegar a ser diagnóstico y desahucio.

Lunes 16 de setiembre

Salimos de la oficina casi juntos, pero ella no quiso ir al apartamento. Está resfriada. Así que fuimos a la farmacia y le compré un jarabe expectorante. Después tomamos un taxi y la dejé a dos cuadras de su casa. No quiere correr el riesgo de que el padre se entere. Caminó unos pocos pasos, se dio vuelta y me hizo un alegre saludo con la mano. En el fondo, nada de eso es demasiado importante. Pero en el gesto había familiaridad, había sencillez. Y en ese instante me sentí cómodo, estuve seguro de que entre ella y yo existe una comunicación, desvalida, quizá, pero tranquilamente cierta.

Martes 17 de setiembre

Avellaneda no vino a la oficina.

Miércoles 18 de setiembre

Santini volvió a la confidencia. Es repugnante y a la vez divertido. Dice que la hermana ya no va a bailarle desnuda. Tiene novio.

Avellaneda tampoco vino hoy. Parece que le madre llamó por teléfono cuando yo no estaba, así que habló con Muñoz. Dice que la hija tiene gripe.

---

[206] Nuevamente el tema de la fatalidad, entre terrorífico y humorístico.

Jueves 19 de setiembre

Hoy sí empecé a extrañarla. En la sección estuvieron hablando de ella, y de pronto me resultó insoportable que no hubiese venido.

Viernes 20 de setiembre

Tampoco hoy vino Avellaneda. Esta tarde estuve en el apartamento y en cinco minutos se me aclaró todo. En cinco minutos desaparecieron todos los escrúpulos: voy a casarme. Más que todos los argumentos que yo mismo me había venido haciendo, más que todas las conversaciones con ella, más que todo eso lo que vale es esta ausencia. Qué acostumbrado estoy a ella, a su presencia.

Sábado 21 de setiembre

Se lo confesé a Blanca y la dejé feliz. Tengo que decírselo a Avellaneda, tengo que decírselo porque ahora sí encontré toda la fuerza, toda la convicción. Pero hoy tampoco vino.

Domingo 22 de setiembre

¿No podría enviarme un telegrama? Me ha prohibido que vaya a su casa, pero si mañana lunes no aparece, descubriré de todos modos algún pretexto para visitarla.

Lunes 23 de setiembre

Dios mío. Dios mío. Dios mío. Dios mío. Dios mío. Dios mío[207].

---

[207] Nótese que la desesperada necesidad de Dios cubre todo el espectro emocional e intelectual del día. Es la única información existente.

225

Hace casi cuatro meses que no anoto nada. El 23 de setiembre no tuve valor para escribirlo.

El 23 de setiembre, a las tres de la tarde, sonó el teléfono. Rodeado de empleados, formularios, consultas, levanté el tubo[208]. Una voz de hombre dijo: «¿El señor Santomé? Mire, está hablando con un tío de Laura. Una mala noticia, señor. Verdaderamente una mala noticia. Laura falleció esta mañana».

En el primer momento no quise entender. Laura no era nadie, no era Avellaneda. «Falleció», dijo la voz del tío. La palabra es un asco. *Falleció* significa un trámite: «Una mala noticia, señor», había dicho el tío. ¿Él qué sabe? ¿Qué sabe cómo una mala noticia puede destruir el futuro y el rostro y el tacto y el sueño? ¿Qué sabe, eh? Lo único que sabe es decir: «Falleció», algo tan insoportablemente fácil como eso. Seguramente se estaba encogiendo de hombros. Y eso también era un asco. Fue por eso que cometí algo tan horrible. Con la mano izquierda hice una pelota con una planilla de ventas, con la derecha acerqué el tubo a mi boca y dije lentamente: «¿Por qué no se va a la mierda?». No recuerdo bien. Me parece que la voz preguntó varias veces: «¿Cómo dijo, señor?», pero yo también dije varias veces: «¿Por qué no se va a la mierda?». Entonces me quitaron el teléfono y hablaron con el tío. Creo que grité, resoplé, dije tonterías. Apenas si podía respirar. Sentí que me desabrochaban el cuello, que me aflojaban la corbata. Hubo una voz desconocida que dijo: «Ha sido un choque emocional», y otra voz, ésta sí conocida, la de Muñoz, que se puso a explicar: «Era una empleada que él apreciaba mucho». En esa nebulosa de sonidos, había también sollozos de Santini, una chabacanísima explicación de Robledo sobre el misterio de la muerte, y las rituales instrucciones del gerente para que se enviara una corona. Al fin, entre Sierra y Muñoz consiguieron meterme en un taxi y me trajeron a casa.

---

[208] *tubo,* 'teléfono'; 'levantar el tubo', 'coger o contestar el teléfono'.

Blanca abrió la puerta; asustadísima, pero Muñoz en seguida la tranquilizó: «No se preocupe, señorita, su papá está perfectamente. ¿Sabe lo que pasó? Falleció una compañera y él se impresionó mucho. Y con razón porque era una chica macanuda»[209]. Él también dijo: «Falleció». Bueno, quizá el tío, Muñoz y los otros, hagan bien en decir «falleció», porque eso suena tan ridículo, tan frío, tan lejos de Avellaneda, que no puede herirla, no puede destruirla.

Entonces, cuando estuve en casa, solo en mi cuarto, cuando hasta la pobre Blanca me retiró el consuelo de su silencio, moví los labios para decir: «Murió. Avellaneda murió», porque *murió* es la palabra, *murió* es el derrumbe de la vida, *murió* viene de adentro, trae la verdadera respiración del dolor, *murió* es la desesperación, la nada frígida y total, el abismo sencillo, el abismo. Entonces, cuando moví los labios para decir: «Murió», entonces vi mi inmunda soledad, eso que había quedado de mí, que era bien poco. Con todo el egoísmo de que disponía, pensé en mí mismo, en el remendado ansioso que ahora pasaba a ser. Pero ésa era, a la vez, la forma más generosa de pensar en ella, la más total de imaginarla a ella. Porque hasta el 23 de setiembre, a las tres de la tarde, yo tenía mucho más de Avellaneda que de mí. Ella había empezado a entrar en mí, a convertirse en mí, como un río que se mezcla demasiado con el mar y al fin se vuelve salado como el mar. Por eso, cuando movía los labios y decía: «Murió», me sentía atravesado, despojado, vacío, sin mérito. Alguien había venido y había decretado: «Despójenlo a este tipo de cuatro quintas partes de su ser». Y me habían despojado. Lo peor de todo es que ese saldo que ahora soy, esa quinta parte de mí mismo en que me he convertido, sigue teniendo conciencia, sin embargo, de su poquedad, de su insignificancia. Me ha quedado una quinta parte de mis buenos propósitos, de mis buenos proyectos, de mis buenas intenciones, pero la quinta parte que me ha quedado de mi lucidez, alcanza para darme cuenta de que eso no sirve. La cosa se acabó, sencilla-

---

[209] *macanuda,* adjetivo de uso muy frecuente en Uruguay y Argentina, que designa a la persona que es especialmente agradable, apreciable por su simpatía, bondad, afectividad.

mente. No quise ir a su casa, no quise verla muerta, porque era una indecorosa desventaja. Que yo la viera y ella no. Que yo la tocara y ella no. Que yo viviera y ella no. Ella es otra cosa, es el último día, allí puedo tratarla de igual a igual. Es ella bajándose del taxi, con el remedio[210] que yo le había comprado, es ella caminando unos pasos y dándose vuelta para dedicarme un gesto. El último, el último, el último gesto. Lloro y me aferro a él. Aquel día escribí que en ese instante tuve la seguridad de que entre ella y yo existía una comunicación. Pero la seguridad existía mientras ella existía. Ahora mis labios se mueven para decir: «Murió. Avellaneda murió», y la seguridad está extenuada, la seguridad es una cosa impúdica, indecorosa, que nada tiene que hacer aquí. Volví a la oficina, claro, a que los comentarios me atravesaran, me pudrieran, me hartaran. «Me dijo la prima que era una gripe vulgar y silvestre, y de repente ¡páfate! le falló el corazón». Me integré otra vez en el trabajo, resolví asuntos, evacué consultas, redacté informes. Soy verdaderamente un funcionario ejemplar. A veces se me acercan Muñoz o Robledo o el mismo Santini, y tratan de iniciar una charla evocativa con prolegómenos de este tipo: «Pensar que este trabajo lo hacía Avellaneda», «Mire, jefe, esta anotación es de Avellaneda». Yo entonces desvío los ojos y digo: «Bueno, está bien, hay que seguir viviendo». Los puntos que gané el 23 de setiembre, los he perdido con creces. Sé que murmuran que soy un egoísta, un indiferente, que la desgracia ajena no me roza. No importa que murmuren. Ellos están fuera. Fuera de ese mundo en que estuvimos Avellaneda y yo. Fuera de ese mundo en que ahora estoy yo, solo como un héroe, pero sin ninguna razón para sentir coraje.

Miércoles 22 de enero

A veces hablo de ella con Blanca. No lloro, no me desespero; hablo simplemente. Sé que allí hay un eco. Es Blanca la que llora, la que se desespera. Dice que no puede creer en

---

[210] *remedio,* 'medicamento'.

Dios. Que Dios me ha ido dando y quitando las oportunidades, y que ella no se siente con fuerzas como para creer en un Dios de crueldad, en un sádico omnímodo. Sin embargo, yo no me siento tan lleno de rencor. El 23 de setiembre no sólo escribí varias veces: «Dios mío». También lo pronuncié, también lo sentí. Por primera vez en mi vida, sentí que podía dialogar con él. Pero en el diálogo Dios tuvo una parte floja, vacilante, como si no estuviera muy seguro de sí. Tal vez yo haya estado a punto de conmoverlo. Tuve la sensación, además, de que había un argumento decisivo, un argumento que estaba junto a mí, frente a mí, y que, pese a ello, yo no podía reconocer, no podía incorporar a mi alegato. Entonces, pasado ese plazo que él me otorgó para que yo lo convenciera, pasado ese amago de vacilación y apocamiento, Dios recuperó finalmente sus fuerzas. Dios volvió a ser la todopoderosa Negación de siempre. Sin embargo, no puedo tenerle rencor, no puedo manosearlo con mi odio. Sé que me dio la oportunidad y que no supe aprovecharla. Quizá algún día pueda asir ese argumento único, decisivo, pero para ese entonces yo ya estaré atrozmente ajado y este presente más ajado aún. A veces pienso que si Dios jugara limpio, también me habría dado el argumento que debía usar contra él. Pero no. No puede ser. No quiero un Dios que me mantenga, que no se decida a confiarme la llave para volver, tarde o temprano, a mi conciencia; no quiero un Dios que me brinde todo hecho, como podría hacer uno de esos prósperos padres de la Rambla[211], podridos en plata, con su hijito pituco e inservible. Eso sí que no. Ahora las relaciones entre Dios y yo se han enfriado. Él sabe que no soy capaz de convencerlo. Yo sé que él es una lejana soledad, a la que no tuve ni tendré nunca acceso. Así estamos, cada uno en su orilla, sin odiarnos, sin amarnos, ajenos[212].

---

[211] *Rambla*, avenida que costea las playas, donde suelen vivir les familias adineradas de Montevideo.
[212] Este pasaje encierra la conclusión definitiva que aporta la novela acerca de la religiosidad de Santomé: Dios existe, pero está ajeno a los problemas de los hombres.

Hoy, a través de todo el día, mientras desayunaba, mientras trabajaba, mientras almorzaba, mientras discutía con Muñoz, estuve ofuscado por una sola idea, desgajada a su vez en varias dudas: «¿Qué pensó ella antes de morir? ¿Qué representé para ella en ese instante? ¿Recurrió a mí? ¿Dijo mi nombre?».

Domingo 26 de enero

Por primera vez releí mi Diario, de febrero a enero. Tengo que buscar todos Sus Momentos. Ella apareció el 27 de febrero. El 12 de marzo anoté: «Cuando dice señor, siempre pestañea. No es una preciosura. Bueno, sonríe pasablemente. Algo es algo». Yo escribí eso, yo pensé alguna vez eso de ella. El 10 de abril: «Avellaneda tiene algo que me atrae. Eso es evidente, pero ¿qué es?». Bueno, ¿y qué era? Todavía no lo sé. Me atraían sus ojos, su voz, su cintura, su boca, sus manos, su risa, su cansancio, su timidez, su llanto, su franqueza, su pena, su confianza, su ternura, su sueño, su paso, sus suspiros. Pero ninguno de esos rasgos bastaba para atraerme compulsiva, totalmente. Cada atractivo se apoyaba en otro. Ella me atraía como un todo, como una suma insustituible de atractivos, acaso sustituibles. El 17 de mayo le dije: «Creo que estoy enamorado de usted», y ella había contestado: «Ya lo sabía». Me sigo diciendo eso, la oigo diciendo eso, y todo este presente se vuelve insoportable. Dos días después: «Lo que estoy buscando denodadamente es un acuerdo, una especie de convenio entre mi amor y su libertad». Ella había contestado: «Usted me gusta». Es horrible cómo duelen esas tres palabras. El 7 de junio la besé y a la noche escribí: «Mañana pensaré. Ahora estoy cansado. También podría decir feliz. Pero estoy demasiado alerta como para sentirme totalmente feliz. Alerta ante mí mismo, ante la suerte, ante ese único futuro tangible que se llama mañana. Alerta, es decir: desconfiado». Sin embargo, ¿de qué me sirvió esa desconfianza? ¿Acaso la aproveché para vivir más intensa, más afanosa, más perentoriamente? No por cierto. Después adquirí cierta seguridad, pensé que todo estaba bien si uno era consciente de querer, y de querer con eco, con repercusión. El 23 de junio me habló de sus padres, de la teoría de la felicidad creada por su madre. Quizá yo debiera reemplazar a mi inexorable Suegra Universal con esta imagen buena, con esta mujer que entiende, que perdona. El 28 tuvo lugar el hecho más importante de mi vida. Yo, nada menos que yo, terminé por rezar: «Que dure», y para presionar a Dios toqué madera sin patas. Pero quedó demostrado que Dios era incorruptible. Todavía el 6 de julio me permití anotar: «De pronto tuve conciencia de que ese momento, de que esa rebanada de cotidianidad, era el grado máximo de bienestar, era la Dicha», pero en seguida yo mismo me di bofetadas de alerta: «Estoy seguro de que la cumbre es un breve segundo, un destello instantáneo, y no hay derecho a prórrogas». Lo escribí fallutamente, sin embargo; ahora lo sé. Porque en el fondo yo tenía fe en que hubiera prórrogas, en que la cumbre no fuera sólo un punto, sino una larga inacabable meseta. Pero no había derecho a prórrogas, claro que no. Después escribí lo de la palabra «Avellaneda», de todos los significados que tenía. Ahora pienso: «Avellaneda» y la palabra significa: «No está, no estará nunca más». No puedo[213].

Martes 28 de enero

En la libreta hay tantas otras cosas, tantos otros rostros: Vignale, Aníbal, mis hijos, Isabel. Nada de eso importa, nada de eso existe. Mientras estuvo Avellaneda, comprendí mejor la época de Isabel, comprendí mejor a Isabel misma. Pero ahora ella no está, e Isabel ha desaparecido detrás de un espeso, de un oscuro telón de abatimiento.

---

[213] La presente síntesis, que podríamos llamar periodística, de la historia de Santomé y Avellaneda, muestra la nueva luz, el encuadre definitivo que la muerte aporta para la comprensión de lo pasado. La irreversibilidad de la muerte determina juicios también irreversibles para todo lo vivido y todo lo no vivido.

Viernes 31 de enero

En la oficina defiendo tenazmente mi vida (mi muerte) esencial, entrañable, profunda. Nadie sabe qué pasa exactamente en mí. Mi colapso del 23 de setiembre fue, para todos, una explicable conmoción y nada más. Ahora ya se habla menos de Avellaneda y yo no saco el tema. Yo la defiendo con mis pocas fuerzas.

Lunes 3 de febrero

Ella me daba la mano y no hacía falta más. Me alcanzaba para sentir que era bien acogido. Más que besarla, más que acostarnos juntos, más que ninguna otra cosa, ella me daba la mano, y eso era amor.

Jueves 6 de febrero

Se me ocurrió la otra noche y hoy lo llevé a cabo. A las cinco me escapé de la oficina. Cuando llegué al 368 e hice sonar el timbre, sentí una picazón en la garganta y empecé a toser.

Se abrió la puerta y yo estaba tosiendo como un condenado. Era el padre, el mismo padre de las fotos, pero más viejo, más triste, más cansado. Tosí más fuerte, para sobreponerme definitivamente a la tos, y conseguí preguntar si él era el sastre. Inclinó la cabeza hacia un costado para responder que sí: «Bueno, yo quería hacerme un traje». Me hizo pasar al taller. «Nunca vayas a hacerte un traje con él», había dicho Avellaneda, «los hace todos a la medida del mismo maniquí». Allí estaba —impertérrito, burlón, mutilado— el maniquí. Elegí la tela, enumeré algunos detalles, arreglé el precio. Entonces se acercó a la puerta del fondo y llamó sin gritar: «Rosa». «Mi madre sabe lo nuestro», había dicho ella, «mi madre sabe todo lo mío». Pero Lo Nuestro no incluía mi apellido, mi rostro, mi estatura. Para la madre, Lo Nuestro era Avellaneda y un amante sin nombre. «Mi mujer», presentó el padre, «el señor, ¿cómo dijo que se llamaba?». «Morales», mentí. «Cierto, el señor Morales». Los ojos de la madre tenían una tristeza penetrante. «Se va a hacer un traje». Ninguno de los dos usaba luto. Había una amargura liviana, natural. La madre me sonrió. Tuve que mirar hacia el maniquí, porque era superior a mis fuerzas soportar esa sonrisa que había sido de Avellaneda. Abrió una libretita y el padre empezó a tomar mis medidas, a dictar números de dos cifras. «¿Usted es del barrio? Setenta y cinco». Dije que más o menos. «Se lo pregunto porque me resultó cara conocida. Cincuenta y cuatro». «Bueno, vivo en el Centro pero vengo muy a menudo por acá». «Ah, con razón. Sesenta y nueve». Ella anotaba automáticamente, mirando hacia la pared. «El pantalón que caiga sobre el zapato, ¿verdad? Uno cero siete». Tengo que volver el jueves próximo, para la prueba. Había un libro sobre la mesa: Blavatsky. Él tuvo que irse un momento. La madre cerró la libretita y me miró. «¿Por qué vino a hacerse un traje con mi marido? ¿Quién lo recomendó?». «Oh, nadie en especial. Estaba enterado de que aquí vivía un sastre y nada más». Sonó tan poco convincente que me dio vergüenza. Ella me miró otra vez. «Ahora trabaja poco. Desde que murió mi hija». No dijo *falleció*. «Ah, claro. ¿Y hace mucho?». «Casi cuatro meses». «Lo siento, señora», dije, y yo, que lo siento no exactamente como un dolor sino como una catástrofe, como un derrumbe, como un caos, fui consciente de la mentira, porque decir: «Lo siento», pronunciar ese pésame, tan frívolo, tan tardío, era sencillamente espantoso, era casi lo mismo que decir: «Falleció». Y era espantoso sobre todo porque se lo decía a la única persona que podía comprender lo otro, que podía comprender la verdad.

Jueves 13 de febrero

Era el día de la prueba, pero no estaba el sastre. El señor Avellaneda no estaba. Me lo dijo su esposa cuando yo ya había entrado. «No pudo esperarlo, pero dejó todo listo para que yo se lo pruebe». Fue a la otra habitación y apareció con el saco. Me queda horrible. Después de todo, era cierto que él hacía los trajes a la medida del maniquí. De pronto me di vuelta hacia un costado (en realidad, ella me fue dando vuelta con la excusa de ir colocando alfileres y hacer marcas de tiza) y quedé frente a una fotografía de Avellaneda que no estaba el jueves pasado. El golpe fue demasiado repentino, demasiado brutal. La madre me estaba observando y sus ojos tomaron buena nota de mi pobre estupor. Entonces depositó sobre la mesa los alfileres sobrantes y la tiza, y sonrió tristemente, ya segura, antes de preguntarme: «Usted... ¿es?». Entre la primera y la segunda palabra hubo un espacio en blanco de dos o tres segundos, pero ese silencio bastó para convertir la pregunta en algo transparente. Era obligatorio responder. Y respondí, sin decir palabra; con la cabeza, con los ojos, con todo mi ser dije que sí. La madre de Avellaneda apoyó una mano en mi brazo, en el brazo todavía sin manga que emergía de aquel inhábil proyecto de hilvanes. Después me quitó lentamente el saco, lo depositó sobre el maniquí. Qué bien le quedaba. «Usted quiere saber, ¿verdad?». Yo estaba seguro de que no me miraba con rencor, ni vergüenza, ni nada que no fuera una exhausta, sufrida piedad. «Usted la conoció, usted la quería, y estará atormentado. Yo sé cómo se siente. Siente que su corazón es una cosa enorme que empieza en el estómago y acaba en la garganta. Se siente desgraciado, y feliz de sentirse desgraciado. Yo sé qué horrible es eso». Hablaba como si se hubiera reencontrado con un antiguo confidente, pero también hablaba cosa algo más que su dolor actual. «Hace veinte años se me murió alguien. Alguien que era todo. Pero no se murió con esta muerte. Simplemente, se fue. Del país, de mi vida, sobre todo de mi vida. Es peor esa muerte, se lo aseguro. Porque fui yo quien pedí que se fuera, y hasta ahora nunca me lo perdoné. Es peor esa muerte, porque una queda aprisionada en el propio pasado, destruida por el propio sacrificio». Se pasó una mano por la nuca y yo pensé que iba a decir: «No sé por qué le cuento a usted estas cosas». Pero en cambio agregó: «Laura era lo último que me quedaba de él. Por eso siento otra vez que mi corazón es una cosa enorme que empieza en el estómago y acaba en la garganta. Por eso sé lo que usted está pasando». Acercó una silla y se sentó extenuada. Yo pregunté: «Y ella, ¿qué sabía de eso?». «Nada», dijo. «Laura no sabía absolutamente nada. Yo soy la única dueña de mi historia. Pobre orgullo, ¿verdad?». De pronto me acordé: «¿Y su teoría de la felicidad?». Sonrió, casi indefensa: «¿También le contó eso? Fue una hermosa mentira, un cuento de hadas para que mi hija no perdiera pie, para que mi hija se sintiera vivir. Fue el mejor regalo que le hice. Pobrecita». Lloraba con los ojos en alto, sin pasarse las manos por la cara, lloraba con orgullo. «Pero usted quiere saber», dijo. Entonces me contó los últimos días, las últimas palabras, los últimos minutos de Avellaneda. Pero eso nunca será anotado. Eso es Mío, incorruptiblemente Mío. Eso estará esperándome en la noche, en todas las noches, para cuando yo retome el hilo de mi insomnio, y diga: «Amor».

Viernes 14 de febrero

«Se quieren, de eso estoy segura», decía Avellaneda acerca de sus padres, «pero no sé si ése es el modo de quererse que a mí me gusta».

Sábado 15 de febrero

El amigo de Esteban me telefoneó para avisarme que mi jubilación está pronta. El 1.º de marzo ya no iré a la oficina.

Domingo 16 de febrero

Esta mañana fui a buscar el traje. El señor Avellaneda estaba terminando de plancharlo. La fotografía llenaba la habitación y yo no pude dejar de mirarla. «Es mi hija», dijo, «mi única hija». No sé qué le contesté ni me importa acordarme. «Murió hace poco». Otra vez volví a escucharme pronunciar: «Lo siento». «Cosa curiosa», agregó en seguida, «ahora pienso que estuve ajeno a ella, que nunca le demostré cuánto la necesitaba. Desde que era chiquilina fui postergando la gran charla que me había prometido tener con ella. Primero yo no tenía tiempo, después ella empezó a trabajar, y, además, soy bastante cobarde. Me asusta un poco, ¿sabe?, Sentirme sentimental. Lo cierto es que ahora no está y yo me he quedado con esa carga en el pecho, con esas palabras nonatas que hubieran podido ser mi salvación». Por un momento dejó de hablar y contempló la foto. «Muchas veces pensé que ella no había heredado ni un solo rasgo mío. ¿Usted le encuentra alguno?». «Un aire general», mentí. «Puede ser. Pero en el alma sí era como yo. Mejor dicho, como fui yo. Porque ahora me siento vencido, y cuando uno se deja vencer, se va deformando, se va convirtiendo en una grosera parodia de sí mismo. Mire, esta muerte de mi hija fue una mala jugada. Del destino o del médico, no sé bien. Pero estoy seguro de que fue una mala jugada. Si usted la hubiera conocido, se daría cuenta de lo que quiero decirle». Yo pestañeé unas diez veces seguidas, pero él no ponía atención. «Sólo en una mala jugada se puede liquidar a una muchacha así. Era (¿cómo puedo explicarle?) un ser limpio y a la vez intenso y a la vez pudoroso de su intensidad. Era un encanto. Yo siempre estuve convencido de que no merecía esa hija. La madre sí la merecía, porque Rosa es un carácter, Rosa es capaz de enfrentarse con el mundo. Pero a mí me falta decisión, me falta estar seguro. ¿Usted ha pensado alguna vez en el suicidio? Yo sí. Pero nunca podré. Y eso también es una carencia. Porque yo tengo todo el cuadro mental y moral del suicida, menos la fuerza que se precisa para meterse un tiro en la sien. Tal vez el secreto resida en que mi cerebro tiene algunas necesidades propias del corazón, y mi corazón algunas exquisiteces propias del cerebro». Otra vez se quedó inmóvil, esta vez con la plancha en alto, mirando la foto. «Fíjese en los ojos. Fíjese cómo siguen mirando, por sobre la costumbre, por sobre su muerte. Si hasta parece que lo miran a usted». La frase quedó sola. Yo quedé sin aliento. Él se quedó sin tema. «Bueno, ya está», dijo doblando cuidadosamente el pantalón, «es una buena tela peinada. Mire qué bien se plancha».

Martes 18 de febrero

No iré más al 368. En realidad, no puedo ir más.

Jueves 20 de febrero

Hace tiempo que no veo a Aníbal. No sé nada de Jaime. Esteban se limita a hablarme de temas generales. Vignale me llama a la oficina y yo hago decir que no estoy. Quiero estar solo. A lo sumo, hablar con mi hija. Y hablar de Avellaneda, claro.

Domingo 23 de febrero

Hoy, después de cuatro meses, estuve en el apartamento. Abrí el ropero. Estaba su perfume. Eso qué importa. Lo que importa es su ausencia. En algunas ocasiones, no puedo captar los matices que separan la inercia de la desesperación.

Lunes 24 de febrero

Es evidente que Dios me concedió un destino oscuro. Ni siquiera cruel. Simplemente oscuro. Es evidente que me concedió una tregua. Al principio, me resistí a creer que eso pudiera ser la felicidad. Me resistí con todas mis fuerzas, después me di por vencido y lo creí. Pero no era la felicidad, era sólo una tregua. Ahora estoy otra vez metido en mi destino. Y es más oscuro que antes, mucho más[214].

Martes 25 de febrero

A partir del primero de marzo, no llevaré más esta libreta. El mundo ha perdido su interés. No seré yo quien registre

---

[214] Este breve fragmento es un verdadero resumen de toda la novela.

ese hecho. Hay un solo tema del que podría escribir. Pero no quiero.

Miércoles 26 de febrero

Cómo la necesito. Dios había sido mi más importante carencia. Pero a ella la necesito más que a Dios.

Jueves 27 de febrero

En la oficina me quisieron dar una despedida y no acepté. Para no incurrir en grosería, armé una excusa muy verosímil, a base de problemas familiares. La verdad es que no puedo imaginarme como el desabrido motivo de una cena alegre, ruidosa, con bombardeos de pan, y vino derramado.

Viernes 28 de febrero

Último día de trabajo. Nada de trabajo, claro. Me lo pasé dando apretones de manos, recibiendo abrazos. Creo que el gerente desbordaba de satisfacción y que Muñoz estaba realmente conmovido. Allí quedó mi mesa. Nunca pensé que me importara tan poco desprenderme de la rutina. Los cajones quedaron vacíos. En uno de ellos encontré un carnet de Avellaneda. Ella lo había dejado para que registráramos el número en su ficha personal. Me lo puse en el bolsillo y aquí está. La foto debe tener unos cinco años, pero hace cuatro meses ella era más linda. Otra cosa que ha quedado en claro y es que la madre está en un error: yo no me siento feliz de sentirme desgraciado. Me siento simplemente desgraciado. Se acabó la oficina. Desde mañana y hasta el día de mi muerte, el tiempo estará a mis órdenes. Después de tanta espera, esto es el ocio. ¿Qué haré con él?

Montevideo, enero a mayo de 1959.